N&K

Miika Nousiainen

VERRÜCKT NACH SCHWEDEN

Roman

Aus dem Finnischen von
Elina Kritzokat

Nagel & Kimche

Verlag und Übersetzerin danken dem Europäischen
Übersetzerkollegium, Straelen, dem Baltic Centre for Writers and
Translators, Gotland sowie FILI, Finnish Literature Exchange,
Helsinki, für die freundliche Unterstützung.

F I L I FINNISH
LITERATURE
EXCHANGE

Das Dialogzitat auf Seite 73f. stammt aus:
Ingmar Bergman, Szenen einer Ehe. Deutsche Synchronversion der
ungekürzten TV-Fassung. Ingmar Bergman Edition,
Arthaus 1973. © 1973 AB Svensk Filmindustri

1. Auflage 2019

Titel der Originalausgabe: Vadelmavenepakolainen
© 2007 Miika Nousiainen, Otava Verlag, Helsinki

© 2019 Nagel & Kimche
in der MG Medien Verlags GmbH, München
Satz: JournalMedia GmbH, München
gesetzt aus der Berling Roman, 9,8 Punkt
Umschlag: Hauptmann & Kompanie, Zürich,
unter Verwendung zweier Fotos von © Thomas Jackson / Getty
Images und © Clare Mansell / Getty Images
Druck und Bindung: Friedrich Pustet, Regensburg
ISBN 978-3-312-01118-6
Printed in Germany

MIX
Papier aus verantwor-
tungsvollen Quellen
FSC
www.fsc.org FSC® C014889

Leitungswasser kann Krebs verursachen.
Aftonbladet 6.5.2006

Für Paula,
mit der alles möglich ist.

Großen Dank an alle meine schwedischen
Freunde auf der Insel – so viele Umarmungen,
so eine harmonische gemeinsame Zeit!

Teil 1

Jetzt reden sie über Elternschaft: Das ist doch so viel mehr als nur biologisches Muttersein und Vatersein, unendlich viel mehr! Man übernimmt eine riesige Verantwortung, gigantische, lebenslange Rollen. Mutter und Vater. Ich bewundere sie für das, was ich da zu Ohren bekomme.

Sie sitzen seit vier Stunden am Tisch neben mir und diskutieren. Manchmal wird es hitzig, trotzdem lassen alle sich gegenseitig ausreden und hören einander zu. Ich sitze zwei Meter von ihnen entfernt, und ich verstehe zwar nicht jedes Wort, aber alles, was ich mitkriege, klingt echt und von Liebe erfüllt.

Wir befinden uns in einem typischen Thai-Restaurant direkt am Strand, mit freier Sicht aufs Wasser, keine störenden Wände, über uns nur ein schützendes Dach. An den Betonstufen zur Terrasse streifen die Gäste ihre Flipflops ab und stellen sie in die lange Reihe bunter Badelatschen und Sandalen, dann schlendern sie barfuß zu den Tischen, nehmen auf den roten Plastikstühlen Platz und bestellen bunte Currygerichte mit Kokosmilch.

Die Gruppe am Nachbartisch besteht aus zwei Familien; gut aussehende, braungebrannte Menschen. Das eine Paar ist um die vierzig und hat zwei Söhne – einer blond, einer rothaarig –, das andere Paar wirkt etwas jünger, sie haben einen Sohn und eine Tochter. Alle vier Kinder sehen aus wie kleine Engel, benehmen sich wohlerzogen und höflich.

Zu einer guten Pädagogik gehört es, die Kinder am Gespräch teilhaben zu lassen, damit sie sich als gleichberechtigte Mitglieder der Gemeinschaft erleben. Jetzt geht es um die Schule: Zwei der Kinder haben vor den Ferien ein gutes Zeugnis bekommen, sind anscheinend Klassenbeste. Die

Eltern wuscheln ihnen stolz durch die sonnengebleichten Haare, die Schulkinder freuen sich über die Extra-Aufmerksamkeit. Aber sie geben sich groß und abgeklärt, und das sind sie ja auch. Sogar die beiden Kleineren wirken erstaunlich reif für ihr Alter.

Der rothaarige Junge hat zum ersten Mal ein Zeugnis mit Noten bekommen. Dank der konstruktiv erziehenden Eltern ist er diesem Ereignis bestens gewachsen und kommt mit der Bewertung seiner Fähigkeiten problemlos zurecht. Sein Bruder ist noch im Kita-Alter. Genauer gesagt, scheint er von einer dieser kommunalen Erzieherinnen betreut zu werden, die maximal fünf Kinder aufnehmen. Klar, normale Kitas können nicht individuell genug fördern. Doch genau das ist wichtig, wenn Kinder sich zu souveränen Mitgliedern der Gesellschaft entwickeln sollen.

Auffällig ist: Die Schweden hier bewegen sich immer in Gruppen, relativ großen sogar. In der Regel sind es acht bis vierzehn Individuen zwischen null und neunzig Jahren. Das könnte glatt für Dokumentarfilmer interessant sein, als Basismaterial für Rudelforschung sozusagen. Und in der Dankesrede für den bedeutenden internationalen Preis, den der Regisseur dann mit seinem Film einsackt, könnte er bescheiden sagen: «Tack så mycket, tack så mycket, aber die Ehre gebührt nicht mir allein – ich hatte wundervolle Studienobjekte. Bedanken Sie sich also bei der großartigen Gruppe.»

Was sonst noch außergewöhnlich ist: Die Eltern neben mir müssen ihren Kindern nie drohen. Die Kinder lassen sich gern von ihnen leiten und sind erstaunlich offen für neue Erfahrungen. Begeistert probieren sie neue Gerichte, Bockigkeit scheint ihnen fremd. Der etwa siebenjährige Sohn des jüngeren Paares führt eindrucksvoll die Resultate gelungener Erziehung vor:

«Mama, reichst du mir bitte mal die Chilisoße?»

«Aber natürlich, mein Schatz. Schön, dass du so lieb fragst.»

Echt bemerkenswert, wie zuvorkommend diese Kinder sind, und wie gern sie Neues kennenlernen. Wie schnell sie sich mit anderen Kindern anfreunden und sich gegenseitig akzeptieren, trotz unterschiedlicher Eigenschaften. Wie bereitwillig sie ihre Computerspiele, Autos und Puppen an Gleichaltrige verleihen. Ja, diese Kinder haben dermaßen viel Liebe tanken dürfen, dass sie selbst lieb sein können.

Als die Diskussion dem Ende entgegengeht, stellen die Erwachsenen gutgelaunt fest: «Du liebe Güte, wir sitzen ja schon ewig hier! Na, kein Wunder, in guter Gesellschaft wird einem nie langweilig. Jetzt aber schleunigst in die Heia.» Die Kinder brauchen keine zweite Aufforderung, und drinnen im Ferienbungalow werden sie ganz selbstverständlich ihre Zähne putzen: gute Zähne, keine Frage.

Die beiden Pärchen verabschieden sich herzlich voneinander, sogar die Männer umarmen sich. Wieso auch nicht, immerhin kennen sie sich schon einen ganzen Abend lang. Dann spazieren die Familien zu ihren jeweiligen Bungalows. Gleich werden sie zu Bett gehen, das Licht ausmachen und einem neuen, *noch* besseren Tag entgegenträumen.

Halt, vielleicht gehen die Eltern mit ihren Kindern vor dem Einschlafen noch die Eindrücke des Tages durch, fragen sie, ob sie etwas beschäftigt. Die Väter beantworten die Fragen ihrer Kinder mit leisen, liebevollen Stimmen, tief und gleichmäßig brummend wie ein Volvo-Motor. Mit beruhigenden Antworten im Kopf schlafen die Kleinen sofort ein und wachen morgens ausgeruht und ausgeglichen wieder auf. Und zwar als privilegierte Bürger des Königreichs Schweden. Und das jeden Morgen aufs Neue. Und hier in Thailand verbringen sie ihre Ferien.

Am Morgen begegnet man sich in trauter Harmonie wieder
– kein Wunder, wenn man sich am Abend zuvor umarmt
hat. Na, wie habt ihr geschlafen? Gut, gut! Diese Leute ver-
lagern ihre heimelige Liebesblase problemlos von Schweden nach Asien, können überall auf der Welt gut schlafen.
Und morgens schieben sie als Erstes die Tische im Restaurant zusammen, denn hej, wir sind doch Freunde!

Ich dagegen sitze mit steifem Lächeln allein in meiner
Ecke. Als sie mich fragen, ob der Stuhl neben mir frei sei und
sie ihn mit an ihren Tisch nehmen könnten, nicke ich, fast
ein bisschen heftig: Logisch ist der frei, und er wird es garantiert bleiben, ich werde nie mit einem ganzen Rudel umher-
ziehen, denn ich gehe mir schon selbst genug auf die Nerven! – Ich muss aufpassen, dass ich nicht aggressiv rüber-
komme. Im Grunde ist es ja pure Bewunderung, die ich für
diese Menschen empfinde. Na ja, eine Prise Neid ist auch
dabei. Ach, ja. Bewunderung und Neid liegen für uns Finnen
leider dicht beieinander.

Mein Name ist Mikko Virtanen, und ich bin ein finnischer
Mann. Seit einigen Jahren verbringe ich jeden Weihnachtsurlaub in Thailand, ist also schon fast eine Tradition.
Bitte nicht verwechseln mit öder Routine! Im Ernst – jedes
Jahr aufs Neue bedeutet diese Reise für mich pure Hoffnung. Und zwar deshalb, weil nicht nur ich, sondern auch
etliche Familien aus Schweden ihren Weihnachtsurlaub in

Thailand verbringen. Perfekte Familien, die ihre Umgebung in eine Idylle verwandeln, allein durch ihre Ausstrahlung. Eine andere Art von Familie gibt es in Schweden praktisch nicht. Und wenn das jemand beurteilen kann, dann ich, schließlich beobachte ich das schwedische Familienleben schon seit langem.

Das hört sich nach einer fixen Idee, nach Besessenheit oder gar Stalking an? Das ist es nicht, wirklich nicht. Es ist die reine, aufrichtige, unschuldige Bewunderung. Außerdem könnte ich jederzeit aufhören, schwedische Bürger zu beobachten. Allerdings wäre mein Leben dann um einiges leerer.

Ich betrachte die Sache übrigens als eine Art Fernstudium. Durch Anschauung erlerne ich eine bessere Form des Lebens – ich vertiefe mich in den skandinavischen, genauer gesagt, den schwedischen Lebensstil.

Zum Beispiel diese Familie aus Göteborg an dem Tisch da drüben. Die Eltern sind schon seit zehn Jahren ein Paar, trotzdem schauen sie sich noch verliebt an. Ihre Kinder kommen alle paar Minuten vom Strand hochgerannt und präsentieren stolz ihre Fundstücke, Muscheln und Steine und so was. Jedes Mal, wirklich jedes Mal schenken die Eltern dem Nachwuchs ihre volle Aufmerksamkeit und bewundern das hübsche Strandgut. Irgendwann schaue ich demonstrativ von meinem Buch auf und grüße zu ihnen hinüber. Ja, ich kenne die beiden, es sind Roger und Ulrica, wir haben uns angefreundet.

Roger ist ein super Typ. Er wäre vielleicht gern etwas jünger, als er ist, jedenfalls seiner lässigen Rockfestival-Kleidung nach zu urteilen, aber das ist schon okay. Mit Ulrica hat er Schwein gehabt, sie ist ein Prachtweib. Schön, klug und lässig, trägt ihre dunklen Haare wuschelig kurz. Selbst Glut-

sonne und Meerwasser können ihrem Style nichts anhaben.
So sind sie, die schwedischen Ladys.

Endlich entdecken sie mich und schauen zu mir rüber.

23.12.2002

Ehrlich gesagt beobachte ich die Schweden schon mein ganzes Leben. Mal aus der Nähe, mal aus der Ferne, aber immer mit derselben Leidenschaft. Schweden ist meine große Liebe, die schwedische Staatsbürgerschaft mein Traum. Die Bewohner aus dem Nachbarland, gerade die durchschnittlichen, sind meine Vorbilder. Tief im Innern wusste ich schon immer: Mein Zuhause liegt eigentlich woanders. Westlich von Finnland, hinter der Grenze. Kennen nicht viele von uns diese Bewunderung für ein Nachbarland? Schauen die Deutschen nicht neidisch auf den Charme und die Eleganz der Franzosen, auf ihre kultivierte Lebensart? Oder auf die Toleranz und Entspanntheit der Niederländer?

Meine medizinische Selbstdiagnose lautet *Nationalitätstransvestit*. Wie viele es von uns gibt, weiß ich leider nicht, wir sind weder organisiert noch statistisch erfasst. Wir leiden nur heimlich, still und leise vor uns hin. Für viele ist es ein ewiges Trauma, das uns von der Geburt bis in den Tod begleitet. Direkt tödlich ist es natürlich nicht. Ich würde sagen, das Leben ist ein langsames Verelenden. Da Nationalitätstransvestiten medizinisch offiziell noch nicht klassifiziert sind und sich demzufolge nicht krankmelden können, jedenfalls nicht aufgrund der wahren Gründe, haben sie keine Chance auf professionelle Behandlung und Psychotherapie. Doch wer weiß, vielleicht liege ich mit meiner Selbstdiagnose und den vermeintlich typischen Begleitsymptomen auch falsch. Menschen, die von Geburt an schüchtern sind, scheinen ein ähnlich unbefriedigendes Leben zu führen wie ich. Und wo ich gerade darüber nachdenke: Das gilt auch für die meisten Wähler rechter Parteien.

Rein äußerlich wirkt alles okay: Ich bin Finne und führe – wieder rein äußerlich – in meinem Heimatland ein gutes und gesetzestreues Leben. Innerlich fühlt es sich komplett anders an: Ich bin im falschen Land geboren und völlig falsch erzogen worden. Ja, die Erziehung ist nicht zu unterschätzen. Nach zwanzig Jahren Ballflachhalten und Understatement fühlt man sich mit jeder Körperzelle wie der letzte Loser.

Dabei bin ich eigentlich deutlich stärker und geistig potenter angelegt, als das finnische Männerbild es zulässt, und meine Sehnsucht nach Veränderung ist dementsprechend groß. Wie satt ich die Probleme und die mentale Beengtheit meines Landes habe! Es ist zum Kotzen. Ich will kein finnischer Mann mehr sein. Denn ehrlich, das klingt doch fast nach einem Schimpfwort: finnischer Mann! Vor allem, wenn man dem noch ein *typisch* voranstellt: ein typisch finnischer Mann. Einer, der aufrichtig ist, aber sonst nichts draufhat. Ein ungekünstelter, hochauthentischer Loser sozusagen. Ich habe mal darauf geachtet: Finnische Männer als ehrlich loben, das tun nur finnische Frauen, genauer gesagt diejenigen unter ihnen, die nicht hübsch oder geschickt genug waren, sich einen Ausländer zu angeln.

Verdammt, wieso ziehst du dann nicht einfach weg und lebst in Schweden?, könnte man jetzt einwerfen. Berechtigte Frage, doch bisher ging das nicht. Neben der großen Sehnsucht nach dem schwedischen Lebensstil empfinde ich eine

15

starke Verantwortung gegenüber meinen Wurzeln, sprich: meinen Eltern. Ich musste die beiden lange Zeit pflegen, sie waren ziemlich krank. Allerdings sind sie inzwischen gestorben, und insofern könnte ich nun jederzeit den Wohnort wechseln.

Aber meiner Ansicht nach bringt das nichts. Ich will ja keinen popeligen Umzug, ich will eine grundlegende Verwandlung, eine Transformation! Umziehen kann man innerhalb einer Woche, und die schwedische Nationalität könnte man dann vermutlich nach fünf oder spätestens sieben Jahren beantragen. Doch was nützt mir das? Ich wäre mehrere Jahre lang ein Finne in Schweden, mit Aussicht auf einen schwedischen Pass. Nein, mein Schwedentum muss vollständig und umfassend sein! Bloß kein Leben als halber Schwede, mit Akzent und Migrationshintergrund. Ich will ein *geborener* Schwede sein, modern, offen und empathisch: Herr Andersson, Familienvater. Oder Johansson oder Svensson, wäre auch okay, meinetwegen auch Lindqvist. Ich will schwedische Wurzeln. Erst dann bin ich der Familie aus Göteborg ebenbürtig. Oder der aus Stockholm, die gerade ihr Strandpicknick auspackt. Die haben es gut. Sie leben in Stockholm und stammen aus Piteå, haben also urschwedische Wurzeln, und das macht ihre Ausstrahlung so harmonisch und rund. Seufz. Wäre ihre Vergangenheit doch meine Zukunft.

24.12.2002

Heute ist Heiligabend. Die schwedischen Kinder laufen munter herum und fragen ihre Eltern, wann der Weihnachtsmann denn endlich kommt. Die Eltern necken ihre

Kinder liebevoll und sagen, dass der Weihnachtsmann es vielleicht gar nicht bis nach Thailand schaffen wird. Genau wie diese schwedischen Kinder habe auch ich mich Jahr für Jahr als Kind gefühlt, kribbelig und erwartungsvoll. Allerdings wurden meine Erwartungen empfindlich getrübt durch die frühe Ahnung, dass das schwedische Weihnachtsfest dem finnischen haushoch überlegen ist. Ich wusste einfach, dass die Speisen dort leckerer und die Geschenke üppiger ausfallen.

Meine Liebe zu Schweden war von Geburt an spürbar. Sie konkretisierte sich, als ich sechs wurde und meine Eltern mich auf eine Schifffahrt mit ins Nachbarland nahmen. Schon die Reise mit der Viking Line war phantastisch, obendrein bekam ich dreißig Finnmark geschenkt. Als Erstes kaufte ich mir eine Tüte schwedisches Himbeerfruchtgummi, pinkfarbenes in Form kleiner Boote. Ich aß es sofort auf, in zwei Minuten waren fünfhundert Gramm weggeputzt. Der Geschmack war natürlich besser und weniger künstlich als der von finnischem Fruchtgummi. Und die Übelkeit, die der Fressattacke folgte, war angenehmer als alle anderen Übelkeiten. Sogar beim Wiederhochkommen schmeckten die Boote noch gut. Meine Mutter hielt mir beim Übergeben die modebedingt etwas längeren Haare aus dem Gesicht und war voller Mitleid. In Wirklichkeit ging es mir so gut wie noch nie.

Am nächsten Morgen wachte ich geradezu euphorisch auf. Schon um sieben in der Frühe rannte ich an Deck und bestaunte die hübschen roten Häuser auf den Stockholmer Schären. Die Gärten wirkten einladend, an den Fahnenmasten wehten schwedische Flaggen. Kurz darauf legte das Schiff im Hafen an, und ich konnte die schönen Altbauten von Skansen bewundern – ein um vieles erfreulicherer

Anblick als die funktionalen Schuhschachteln meiner finnischen Heimatstadt Kouvola. Hinter den Gebäuden der Stockholmer Altstadt entdeckte ich sogar das königliche Schloss.

Die Menschen auf den Straßen und in den Geschäften machten einen gesunden, zufriedenen Eindruck, waren gut gekleidet und fuhren neue Autos. In den Supermärkten gab es feines Essen, und sogar das simple Schinkenbrötchen, das meine Mutter mir kaufte, schmeckte besser als zu Hause. Als meine Eltern mich durch Slussen zurück zum Terminal schleiften, heulte ich vor Abschiedsschmerz. Die musikalische Sprache klang mir noch Tage später in den Ohren.

Ich musste bis zur siebten Klasse warten, ehe ich sie endlich erlernen durfte. Meine Schwedischlehrerin wurde mir im tristen Kouvola zum echten Lichtblick, ja, sie wurde sogar meine erste Liebe, wie ich gern zugebe. Doch so sehr sie auch meine Verehrung und Begeisterung schätzte, die Leidenschaft blieb einseitig, sie durfte meine Gefühle leider nicht erwidern. Damals wusste man zwar noch nichts von Pädophilie, aber Getuschel im Lehrerzimmer, ach was, in der ganzen Stadt, das hätte es natürlich trotzdem gegeben. Beziehungsweise gab es das schon, denn irgendwann rief meine Schwedischlehrerin bei meinen Eltern an und berichtete von meinem übertriebenen Einsatz. Ab da schrumpelte meine Verliebtheit langsam in sich zusammen – nicht aber meine Liebe zur schwedischen Sprache.

Ich demonstrierte in aller Öffentlichkeit für mehr Schwedischunterricht gleich ab der ersten Klasse. Meinen Eltern war das peinlich. Aber egal, sie waren schließlich auch mir peinlich – genügsame Werktätige, die in einer hässlichen Stadt lebten und eine hässliche Sprache sprachen.

Manchmal machte ich auf dem Marktplatz in der Innenstadt die Augen zu und stellte mir vor, ich würde mich in einer schwedischen Kleinstadt befinden und wäre umgeben von attraktiven, optimistischen Menschen. Im deprimierenden Kouvola musste ich dafür eine Menge Phantasie aufbringen. Aber mein Verlangen nach Ästhetik und einer positiven Lebenseinstellung war riesig. Gestillt werden würde es nur im Nachbarland.

Immer wieder fragte ich meine Eltern, ob wir wenigstens ins westfinnische Tammisaari umziehen könnten, das deutlich schwedisch geprägt war. Doch wir blieben in Kouvola. Dort also wuchs ich auf, jedenfalls physisch. Psychisch hatte diese Umgebung mir nichts zu bieten.

Mein Vater war ein *typisch finnischer Mann*. Ging pünktlich und pflichtbewusst zur Arbeit, redete über Autosport und andere faktenbasierte Themen, schlug freitags beim Alkohol zu und lobte mich selten. Er war hart und gerecht und ließ nur in betrunkenem Zustand Gefühle erkennen. Er und all die anderen Männer aus der Nachbarschaft waren das abschreckende Beispiel dafür, wie ich *nicht* werden wollte.

Meine Mutter dagegen war aufopfernd und lieb, genau wie viele andere Mütter, die ich kannte. Sie gab ihr Bestes, mich zu verstehen und mir eine erträgliche Kindheit zu bieten. Sie beschützte mich, wenn mein Vater laut wurde, und steckte mir heimlich Geld zu. Aber ihr Leben als Frau war alles andere als glorreich. Sie kochte, putzte und ging zur Arbeit, blieb aber ohne jede Anerkennung. In Schweden hätte sie garantiert mehr Wertschätzung erfahren.

Mit diesen beiden Menschen also wuchs ich als Einzelkind im Finnland der siebziger und achtziger Jahre auf. Und sehnte mich die ganze Zeit ins sozialdemokratische, von Politikergrößen wie Olof Palme geprägte Schweden. Der

Tag, an dem der Sozialdemokrat Palme ermordet wurde, war für mich ein tiefschwarzer. Ja, sein Tod war schlimmer als der Tod meiner Eltern. Das werden jetzt einige seltsam finden, aber man sollte es mal so betrachten: Eltern gibt es wie Sand am Meer, Olof Palme nur ein einziges Mal. Meine Eltern haben mich materiell versorgt. Palme dagegen hat mich erzogen und geistig genährt. Deshalb schmerzt sein Verlust bis heute.

Seine letzten Fernsehauftritte habe ich noch auf Videokassette. Wir hatten gerade unser erstes VHS-Gerät im Wohnzimmer stehen, und immer, wenn Palme auf dem Bildschirm erschien, nahm ich ihn auf. Knapp siebzig Minuten Material bekam ich zusammen, dann wurde er ermordet. Auf der Kassette steht in krakeliger Jungenhandschrift: *Leben und Taten des Olof Palme*.

Weder konnte Palme sein Lebenswerk vollenden, noch ich meine Arbeit als VHS-Regisseur. Die Spezialsendung zu seinem Tod habe ich nicht aufgenommen, das ging mir zu nah. Zu sehr vermisste ich Palmes freundliches, wohlwollendes Gesicht.

Für fünf Jahre sank ich in eine leichte bis mittelschwere Depression. Wobei das Wissen über dieses Krankheitsbild in Finnland damals absolut rückständig war und ich nach Ansicht der Ärzte nur unter Antriebslosigkeit und Müdigkeit litt. Hallo? Ich war nicht müde, ich war lebensmüde! Ich hatte schlicht kein Interesse an einem Dasein ohne Vorbild. Was sollte nun aus den Werten der Sozialdemokratie werden? Und aus mir? Ich durchlitt eine Art Glaubenskrise. Dabei hatte meine politische Konfession ja im Grunde gerade einen Märtyrer bekommen, der bis zum Schluss für unsere Sache gekämpft hatte und für sie gestorben war.

Schweden hat vieles zu bieten, und natürlich habe ich nicht nur vom geistigen Beistand Olof Palmes profitiert, sondern auch von dem der Königsfamilie. Die Liebesgeschichte von Carl Gustav und Silvia finde ich bis heute aufregend. Böse Zungen behaupten ja, Carl hätte Silvia ständig betrogen, doch das halte ich für ausgeschlossen, und so habe ich schon einige Male die königliche Ehre Schwedens verteidigt – wenn es sein musste, auch mit Fäusten. Auf die Narben, die mir das eingetragen hat, bin ich einigermaßen stolz. Wenn Carl Gustav von meinem Einsatz wüsste, hätte er mir längst Eintritt zu Victorias Geburtstagspartys verschafft. Doch auch wenn ich solche Dankesgesten mehr als verdient hätte, ich dränge mich nicht auf, ich kämpfe im Stillen. Man soll den Dingen nicht vorausgreifen. Eines Tages werde ich bestimmt bei Victoria vorbeischauen und ihr gratulieren können.

Genüsslich male ich es mir aus. Gerade als ich Silvia mit zitternden Knien die Hand schüttle, reißt mich lauter Trubel am Strand aus den Gedanken. Ein Boot legt am Steg an und bringt die letzten Weihnachtsurlauber auf die Insel. Eine der Familien hat dasselbe Resort gebucht wie ich und lässt sich erschöpft auf die Stühle am Nachbartisch fallen.

«Hej, ihr seid aus Schweden, nicht wahr?», frage ich in ihrer Muttersprache.

«Richtig geraten. Woher weißt du das?»

«Ich erkenne Schweden einfach auf den ersten Blick. Ich bin übrigens Mikko aus Finnland.»

«Finland, how nice! My name is Jacob and this is my wife Lisa. And these are our kids, Ylva and Petter. Ylva, Petter, sa hej till Mikko!»

«Hej», sagen die Kleinen im Chor.

Immer dasselbe. Da kann ich noch so gut Schwedisch sprechen – sobald die Leute erfahren, dass ich kein echter

Schwede bin, schalten sie um auf Englisch. Aber so schnell gebe ich nicht auf.

«Also, eurem Dialekt nach zu urteilen», sage ich in meinem schönsten Schwedisch, «kommt ihr eher aus dem Norden des Landes, aus Umeå vielleicht?»

«Yes, not bad, quite near, it is Sundsvall, to be precise. Do you know where Sundsvall is?», fragt Jacob.

«Aber klar, ich bin mehrfach dort gewesen, ein schönes Reiseziel, vor allem im Sommer. Und weniger Mücken als in Finnland», sage ich, wieder auf Schwedisch.

«Oh yeah, Finland, yes, you mentioned it. Yksi, kaksi, kolme, perkele.»

«Nicht übel, aber wie ihr vielleicht bemerkt habt, spreche ich eure Muttersprache, und zwar bedeutend lieber als Englisch.»

«All right. Woher kannst du denn so gut Schwedisch?» Endlich hört er mit dem dummen Englisch auf.

«Sechs Jahre Schulunterricht, nahezu dreißig Jahre Selbststudium.»

Jetzt schaltet sich seine Frau Lisa ein.

«Wirklich erstaunlich. Unser Finnisch ist dagegen armselig.»

«Ihr habt eben nie unter der Herrschaft eures Nachbarlandes gestanden. Aber das ist schon okay mit dem schwedischen Einfluss auf Finnland.»

Eine Mitarbeiterin bringt ihnen die Resort-Schlüssel. Sie trinken ihre Wassergläser aus und schultern die Rucksäcke.

«Braucht ihr Hilfe mit dem Gepäck?», frage ich.

«No thanks, but see you later, it was nice to meet you.»

Sie gehen zum Bungalow gleich neben meinem. An den kleinen Rucksäcken von Ylva und Petter hängen bunte Schnorchel. Die Familie hat sicher einen Topurlaub vor sich.

Zu ärgerlich, dass mir immer wieder auf Englisch geantwortet wird. Dabei beherrsche ich sogar die Unterscheidung von *en* und *ett* im Schlaf. Inzwischen *denke* ich sogar die meiste Zeit auf Schwedisch, meiner seelisch-geistigen Muttersprache, wie ich sie nenne.

Mein Vater hielt meine Naturbegabung – die übrigens nicht für andere Sprachen wie Englisch, Deutsch oder Französisch galt – für höchst bedenklich. Er verbannte alle schwedischen Texte aus unserer Wohnung und übermalte die schwedischen Angaben auf Lebensmittelpackungen mit schwarzem Edding. Auf dem vielsprachigen Warnaufkleber *Nicht bedecken*, der immer auf der Seite von elektrischen Heizkörpern prangte, waren die schwedischen Worte dick durchgestrichen. Doch meinen Lernerfolg konnte das nicht aufhalten, und kurz vor seinem Tod haben wir uns sogar wieder ausgesöhnt. Auf dem Sterbebett bat er mich um Entschuldigung:

«Mikko, eins musst du mir versprechen. Verzeih mir, dass ich so wenig Verständnis hatte für deine … du weißt schon, diese Macke. Schweden.»

«Das ist keine Macke, Papa. Aber keine Sorge, ich verzeihe dir. Ich kann mir gut vorstellen, dass es nicht einfach war für dich und Mama.»

Ich drückte seine blasse, schlaffe Hand.

Mein Vater sah sich im Krankenhauszimmer um, und als er sicher war, dass niemand mithörte, sagte er: «Ich werde dir von oben zusehen, Mikko. Und ich werde alle deine künftigen Entscheidungen respektieren. Selbst wenn du die finnische gegen die schwedische Staatsangehörigkeit eintauschen solltest.»

Dann gestand er mir noch, dass er die schwedischen Comics unter einem losen Brett auf unserem Dachboden versteckt hatte. Heikel, aber ich sehe das so: Hätte er mich nicht geliebt, hätte er die schwedischen *Donald Ducks* einfach entsorgt. Doch er hat sie für mich aufbewahrt. Manchmal können finnische Männer ihre Liebe nur auf Umwegen zeigen. Sie in Worte zu fassen, ist für sie tabu.

Dann starb er. Ging dorthin, wo vielleicht auch Olof Palme weilt. Meine Mutter folgte ihm relativ bald nach. Und jetzt bin ich allein in Finnland. In diesem Land, das mich nicht braucht. Was interessieren mich Formel-1-Rennen, die gefühlsduselige Nationalhymne «Unser Land» und das regelmäßige Schwitzen in überheizten Saunas?

In Schweden fühlt sich das Leben viel authentischer an, leichter und positiver. Dort öffnen sich die Türen der Häuser nach innen, nicht wie bei uns nach außen. Die Architektur heißt den Besucher im wahrsten Sinne des Wortes willkommen. In Finnland dagegen muss man die Türen umständlich nach außen zerren, ehe man sich reinquetschen kann. Das ist besonders mit vollen Einkaufstüten und bei Schneeregen unangenehm. In Schweden hören Fahrradklingeln sich fröhlich und freundlich an, in Finnland drohend, fast gemeingefährlich. An schwedischen Bankautomaten stehen die Leute parallel zur Hauswand Schlange, in Finnland stellen sie sich quer auf den Bürgersteig und verstopfen den Weg. In Schweden lassen die Autofahrer dich ohne jede Hektik über den Zebrastreifen gehen, in Finnland spürt man ihre Aggression und Ungeduld sogar durch die Windschutzscheibe. In Schweden reden die Sportreporter nett und normal, in Finnland versuchen sie zu klingen wie Formel-1-Fahrzeuge und brüllen sich die Kehle heiser.

Und, nicht zuletzt: In Schweden gehören Minderheiten – im Gegensatz zur Situation bei uns in Finnland – ganz selbstverständlich dazu. Was würde das besser belegen als der Name der Restaurantkette *Folkets Kebab*? Volkskebab, ist doch großartig, oder? Das deftige Essen unserer türkischen Freunde ist fester Bestandteil der schwedischen Alltagskultur. Und die Schweden sind souverän genug, das nicht als Verwässerung ihrer Identität zu betrachten, sondern als zusätzliche Würze in ihrem skandinavischen Lebensstil.

Ich schätze, als Nationalitätstransvestit bin ich in Finnland eine Minderheit von genau einer Person. Amnesty International und all die anderen Organisationen kümmern sich schön um die Türken und andere Leute, die aufgrund freier Meinungsäußerung im Gefängnis sitzen, mich dagegen sieht niemand. Gerade im eigenen Land scheren die Leute sich einen Dreck um die sogenannten kleinen Minderheiten. Eine einzige Person, das ist angeblich nicht genug. Ich finde, eine Person ist genau eine Person zu viel, um das Problem zu ignorieren. Aber ich werde ignoriert. Und so kämpfe ich meinen Kampf allein. Den Kampf um die richtige Nationalität, die richtigen Papiere, die richtigen Wurzeln. Und ich ertrage tapfer das Hauptsymptom meiner Krankheit, den quälenden Begleiter in diesem Kampf: das ständige Minderwertigkeitsgefühl.

Bosse und Maria aus Stockholm unterbrechen meine Gedanken und rufen vom Nachbartisch herüber:

«Hej, Finne!»

Die schlimmste Begrüßung, die ich mir vorstellen kann. Ich nicke kleinlaut.

«Kennst du eigentlich den Witz von den zwei Finnen?»

«Schieß los.» Ich ahne, was jetzt kommt.

«Zwei finnische Brüder sehen sich seit fünf Jahren zum ersten Mal wieder und feiern das Ereignis mit einem Saufgelage. Nach einer Woche Dauertrinken fragt der eine den anderen: Wie geht's eigentlich Mama? Sagt der andere:

Willst du saufen oder labern?»

Ich habe den Witz an die hundert Mal gehört. Bosse und Maria schütten sich aus vor Lachen und wiederholen mehrmals die Pointe. «Der ist gut, oder?», fragt Bosse.

«Nicht übel. Leider ist ein bisschen was dran», sage ich.

«Haha, ja. Und was ist mit dir? Wirst du dir heute zu Ehren von Weihnachten eine Flasche Koskenkorva gönnen?»

«Ganz bestimmt nicht. Ich werde mir einen zivilisierten Abend machen.»

Vor Koskenkorva-Wodka ekle ich mich geradezu. Ich hasse es, wenn er mir von schwedischen Barkeepern oder Würstchenbudenbesitzern aufgrund meiner Herkunft geradezu aufgedrängt wird. Und zurückziehen werde ich mich heute Abend in jedem Fall. Ich habe keine Lust, der einzige Nichtschwede zu sein und die landestypischen Weihnachtslieder nicht auswendig mitsingen zu können. Dabei kann ich sie gar nicht schlecht. Dazu noch ein Skåne-Aquavit, wäre eigentlich ganz schön. Immerhin wäre ich in der erwünschten Gesellschaft.

Aber eben als Finne. Dabei möchte ich gleichberechtigt zu ihnen gehören, wie selbstverständlich mitdiskutieren bei diesen langen, fair geführten Auseinandersetzungen. Darüber etwa, ob der Rasenmäher der Hausgemeinschaft daheim in Malmö neue Klingen braucht.

Meine Sehnsucht legt sich wie ein düsteres Tuch über meine Stimmung. Der Wunsch, ein Schwede zu sein, ist auch hier in Asien, Tausende Kilometer von Stockholm entfernt, kein bisschen schwächer.

Abends sitze ich in meinem Bungalow und höre sie zusammen Weihnachten feiern. Die gutaussehenden Schweden. Zum Glück hat mir niemand Bescheid gesagt – ich wäre den ganzen Abend nur neidisch gewesen. Ganz ehr-

lich, ich verbringe Heiligabend lieber allein. Ihre Weihnachtslieder tönen bis in mein Bett. Es dauert lange, bis ihr
fröhlicher Abend zu Ende geht. Und noch länger, bis ich
einschlafe.

1.1.2003

Ein neues Jahr. Schon wieder liegen 365 vergeudete Tage
hinter mir. Vergeudet als Finne. Meine Staatsangehörig-
keitsuhr tickt immer lauter.

4.1.2003

Die Maschine der SAS rollt auf dem verhassten Flughafen
Helsinki-Vantaa aus, sie hat mich «nach Hause» gebracht.
Was für ein Hohn! Wie sagte noch gleich der schwedische
Ministerpräsident Per Albin Hansson, als er 1928 das natio-
nale Zuhause, das Volksheim Schweden mitbegründete?
Der Grundstein für ein gutes Zuhause ist das Zusammengehörigkeitsgefühl. Ein gutes Zuhause kennt keine Über- oder
Unterlegenheit, keine Ober- oder Unterschicht, keine Lieb-
lings- oder Stiefkinder. Niemand macht andere klein, niemand profiliert sich auf Kosten anderer. Stärkere werden
Schwächere nicht unterdrücken. Denn in einem guten Zuhause herrschen Fürsorge, Gleichberechtigung, Zusammenhalt und Hilfsbereitschaft.
  Ich habe die Reden von Per Albin Hansson gründlich studiert und bin sicher: Er meinte beides, das konkrete Zuhau-

se jedes Einzelnen, aber auch den Staat als schützendes Zuhause von allen.

Die finnische Familie, die vor mir in der Schlange für die Passkontrolle steht, ist weit entfernt von diesem Leitbild. Der Vater ist besoffen, die Mutter frustriert, die Kinder streiten. Finnische Familien sind das genaue Gegenteil von Hanssons Vision. Und wenn sie sich tatsächlich mal Mühe geben, dann übertreiben sie es mit der Liebe, und am Ende prügeln sich doch wieder alle. Dabei fehlt meinen Landsleuten weder der Wille noch die Kompetenz – ihnen fehlt die Mission. Deshalb sind unsere Nachbarn im Westen uns so haushoch überlegen. In Finnland hat es nie einen Visionär vom Kaliber Hanssons gegeben, der den Menschen gezeigt hätte, wie man als Familie leben und sich fühlen soll. Wo einer wie Hansson Liebe vermittelt hat, sind die finnischen Präsidenten distanzierte Eisblöcke gewesen. Präsident Mannerheim, angeblich der größte Finne aller Zeiten, ist in hohen Lederstiefeln quer durch Europa geritten. Einsatz für das Projekt Familie? Fehlanzeige. Und auch seine Nachfolger konnten dem Volk weder den Wert der Familie noch den der nationalen Gemeinschaft vermitteln. Inzwischen ist es dafür zu spät.

Ich sitze im Taxi. Wie wird sich das Heimkehren erst anfühlen, wenn ich dem Fahrer schwedische Kronen geben und meine schwedischen Kinder, die auf dem Rücksitz schlummern, sanft aufwecken kann? Großartig.

In Helsinki hat es geschneit, und ich spüre ganz deutlich, dass hierzulande selbst der Schnee nicht mit dem im Nachbarland mithalten kann. In Schweden segeln die Flocken fröhlicher und freier herab, als würden sie wissen, dass sie auf tolerantem Grund und Boden landen. In Finnland trudeln die Flocken geradewegs in die Schwermut. Sie landen auf den Schultern depressiver Menschen, die den Schnee als Störenfried sehen: Er verursacht Verkehrschaos, lässt Wasserleitungen einfrieren, macht nasse Flecken im Hausflur.

Ich freue mich unglaublich auf meinen ersten Schnee in Schweden – mit eigenen Kindern. «Papa, bauen wir einen Schneemann?», werden sie fragen. An diesem Abend wird es dafür schon zu spät sein, wir wollen gleich Zähneputzen und eine Geschichte von Astrid Lindgren vorlesen, aber morgen werden wir gemeinsam einen Schneemann bauen. Meine Kinder haben ein stabiles Urvertrauen und wachsen zu selbstbewussten Menschen heran, und dementsprechend werden auch *ihre* Kinder selbstbewusst und zufrieden sein. Auch sie werden mit ihren Eltern Schneemänner bauen wollen, oder Schneefrauen. Und ob nun Mama oder Papa dabei hilft, ist ebenfalls unwichtig. In gleichberechtigten Gesellschaften muss man nicht mehr zwischen Mann und Frau unterscheiden.

Ich stehe vor meiner Wohnungstür und hole den Schlüssel aus meiner Jackentasche. Könnte ich diese Tür und alles, was dahinter liegt, doch nach Karlstad zaubern. Dann würde der Schritt über die Schwelle mich in eine bessere Zukunft führen.

In der Post liegen meine schwedischen Zeitungen, *Dagens Nyheter* und so weiter. Das Gute ist die kurze Entfernung zu Schweden, ich lese die Schlagzeilen meist nur einen Tag verspätet. Alles ist so, wie ich es verlassen habe. An der Wand begrüßt mich das Foto der schwedischen Fußballnationalmannschaft, gleich daneben hängt ein Bild der königlichen Familie. Ich nicke ihnen freundlich, aber mit dem gebührenden Respekt zu. Auf dem Nachttisch liegt noch das Buch von Selma Lagerlöf, das ich in der Eile des Aufbruchs vergessen habe. Auf dem Stuhl hängen meine Winterklamotten, alle von schwedischen Designern wie Lindeberg oder Filippa K, mein Wintermantel ist von Tiger of Sweden. Gute Qualität, die fein und doch schlicht und bescheiden aussieht. Auf meinem Anrufbeantworter (Marke Ericsson) ist genau eine Nachricht:

«Guten Tag, noch ein Nachtrag zu Ihrer Anfrage. Um die schwedische Staatsangehörigkeit zu erhalten, müssten Sie, wie schon gesagt, erst länger im Land gelebt haben, und …»

Ich schalte das Gerät ab. Die schwedische Einwanderungsbehörde, ich will mir nicht die Laune verderben lassen. In ein paar Tagen rufe ich zurück und erkläre ihnen meinen speziellen Fall im Detail. Sie werden mich schon noch verstehen.

Wunderbar, alle schwedischen Serien wurden aufgenommen, genau, wie ich es programmiert habe. Ehrensache, dass ich ausschließlich Kanäle des Nachbarlandes schaue.

Jetzt wäre ein bisschen Gesellschaft schön, zur Feier meiner Rückkehr. In Schweden begeht man so etwas mit einer *kalas*, einer kleinen Party. Ich klingele bei meinem Nachbarn Jarkko. Er ist einer meiner wenigen finnischen Freunde, geht auf die vierzig zu und sucht – ähnlich wie ich – noch seinen Platz in dieser Welt. Deshalb versteht er mein Interesse an Schweden auch recht gut, denke ich. Und wenn ich auf Reisen bin, gießt er zuverlässig meine Grünpflanzen. Ich habe ihm eine Flasche Taxfree-Kognak und thailändisches Tigerbalsam mitgebracht.

«Hallo, Mikko, willkommen zurück!»

«Hej, Jarkko. Danke für die Hilfe mit den Pflanzen! Hier, ein kleines Mitbringsel. Du, ich will spontan eine kleine Party veranstalten, magst du rüberkommen?»

«Also, ich habe eigentlich noch zu tun, danke für die Einladung, aber lieber ein anderes Mal …»

Jarkko hat genau einmal bei einer *kalas* mitgemacht und sich offensichtlich ziemlich unwohl dabei gefühlt. Schade, aber ich nehme ihm das nicht übel, ich bin solche Reaktionen gewöhnt. Spätestens beim Singen schauen die Leute betreten zu Boden. Dabei ist Singen fester Bestandteil schwedischer Geselligkeit. *Gemeinsames* Singen, wohlgemerkt.

Ich lasse mich von seiner Absage nicht runterziehen und feiere für mich allein, im engsten Kreis und ganz bescheiden. Zu anderen Anlässen lasse ich es dafür richtig krachen, etwa am Jahrestag von Abbas Grand-Prix-Sieg mit «Waterloo»; weitere Daten wie Gustav Adolfs oder Björn Borgs Geburtstag nutze ich ebenfalls für private Feste. Als ich meinen Arbeitgeber deshalb um zusätzliche bezahlte Urlaubstage gebeten habe, erhielt ich folgende Reaktion:

Lieber Mikko, ich denke, du verlangst ein bisschen viel. Du hast genauso viele Feiertage wie alle anderen Kollegen. Ich sehe nicht ein, wieso du noch zusätzliche brauchst, um fragwürdige Personen aus der Unterhaltungsmusik oder dem Tennis (!) zu feiern, deren Ruhm längst verblasst ist. Nichts für ungut ;-) Beste Grüße, Jari.

Ein Arsch. In diesem Umfeld muss ich also leben. Die Muslime dürfen während des Ramadan kommen und gehen, wie sie wollen, und ich? Ich muss mir weiterhin regelmäßig Urlaub für meine schwedischen Feierlichkeiten nehmen.

Ich setze mich vor meinen kleinen Altar mit den Bildern meiner schwedischen Helden. Zusätzlich zu den bisher genannten sind das Alfred Nobel, Pippi Langstrumpf, Ingmar Bergman, August Strindberg, Greta Garbo, die Außenministerin Anna Lindh, Raoul Wallenberg und Henning Mankell. Unter anderem.

Natürlich habe ich mir die Frage gestellt, ob das Schwedentum für mich eine Art Religion ist. Und ich kann diese Frage mit Nein beantworten, denn alles, was Schweden ausmacht, widerspricht dem unguten Geist institutionalisierter Religion. Kriege führen, missionieren, unterdrücken – das hat ein Land wie Schweden nicht nötig. Dennoch finde ich, dass dort das Konzept der Sozialdemokratie – im positiven Sinne – religiöse Züge hat und dass man Olof Palme durchaus als einen Märtyrer sehen kann.

Meine Schwedenbegeisterung macht übrigens auch die engsten zwischenmenschlichen Beziehungen nicht einfacher. Als meine Freundin Tiina an einer Gedenkfeier zu Ehren von Olof Palmes Todestag teilnahm, schaffte sie es gerade mal bis knapp zur Hälfte – dann verließ sie wortlos meine Wohnung. Mich hat das ziemlich verletzt.

Wir sind seitdem zwar weiterhin in Kontakt, aber Tiina kommt nicht mehr zu mir nach Hause, und auch insgesamt sehen wir uns eher selten. Eigentlich ist sie voll und ganz mein Typ, hat sogar große Ähnlichkeit mit Prinzessin Victoria. Vielleicht geht es eines Tages ja wieder bergauf mit uns beiden. Wenn sie bereit ist, mich so zu akzeptieren, wie ich bin. Na ja, und ich sollte mich wohl mal wieder aufraffen und sie anrufen.

Ich schiebe den Gedanken an Tiina beiseite und konzentriere mich auf meine Feier. Ich esse Knäckebrot mit Fischrogencreme von Kalle und trinke Skåne-Aquavit. Mein schwedisches Abendmahl, Fleisch und Blut sozusagen. Ich hebe das Schnapsglas in die Luft und leere es auf ex. Vom Altar her scheint Astrid Lindgren mich zu einem zweiten Glas aufzufordern, und wer wäre ich, dem nicht nachzukommen. Mit Alkoholkonsum bis zum Abend warten? Wozu! Irgendwann singe ich schwedische Trinklieder. Nach dem achten Glas beginne ich zu tanzen. Bis das Telefonklingeln meine Party unterbricht.

«Hej, hier ist Malin Persson von der Einwanderungsbehörde.»

«Hej, hej! Nett, dass Sie nochmal anrufen!»

«Sie waren verreist und hatten um Rückruf gebeten, richtig? Ich dachte, ich melde mich nochmal bei Ihnen persönlich, statt nur über den Anrufbeantworter zu kommunizieren. Damit wir uns nicht missverstehen.»

Mist, ich bin ganz außer Atem. Und betrunken bin ich außerdem. Ganz schlechter Zeitpunkt für so ein wichtiges Gespräch. Ich reiße mich zusammen.

«Sehr gut. Also, ich bemühe mich ja nun schon lange um die schwedische Staatsangehörigkeit, und immer kriege ich ablehnende Reaktionen.»

«Ja, das tut mir wirklich leid. Leider kann ich Ihnen auch jetzt nichts anderes sagen. Sie haben in Ihrem bisherigen Leben ja nicht einen einzigen Monat in Schweden verbracht.»

«Ja, wegen meiner blöden Eltern ging das dummerweise nicht anders, als Kind und als Jugendlicher ist man ja von denen abhängig, wie Sie vermutlich wissen. Und die ganzen letzten Jahre musste ich sie dann hier in Finnland pflegen und konnte nicht weg. Aber in Wahrheit bin ich Schwede, zu hundert Prozent. Oder bemerken Sie etwa irgendwelche sprachlichen Fehler? Ist mein Schwedisch nicht geradezu perfekt?»

«Hm, ja, eigentlich schon …»

Sie benutzt das Wort *faktiskt*. Das heißt so viel wie *eigentlich, tatsächlich*. Das benutzt man dann, wenn man etwas anderes erwartet hätte. Und damit hat Malin Persson mich diskriminiert.

«Sie haben mich vorschnell in eine Schublade gesteckt.

Das Wort *faktiskt* verrät, dass Sie mich nicht neutral behandelt haben. So leid es mir tut, ich denke, das werde ich an höherer Stelle gegen Sie vorbringen müssen.»

Solche Drohungen sind für die harmonie- und gerechtigkeitsbewussten Schweden reinster Horror. Malin Persson klingt sofort viel weicher.

«Ja, ich gebe zu, ich habe Sie leider nicht vorurteilsfrei eingeschätzt, und das tut mir aufrichtig leid. Dennoch sehe ich derzeit bedauerlicherweise keinen Weg, wie wir Ihnen die schwedische Staatsangehörigkeit zusprechen könnten. Man kann es drehen und wenden, wie man will, aber Sie müssten erst fünf Jahre in Schweden gelebt haben.»

So weit, so schlecht, Malin Persson ist definitiv keine gute Schwedin: Paragrafen haben für sie höhere Priorität als der gesunde Menschenverstand. In dieser Hinsicht bin ich wesentlich schwedischer als sie. Trotzdem liege ich jetzt zerschmettert auf meinem finnischen Fußboden und bin noch immer ein finnischer Mann.

Scheiß drauf! Wenn ich nach wie vor in dieser blöden Haut stecke, kann ich meinen Frust auch auf finnische Art ertränken.

Die Kneipe ist voll von unglücklichen Männern. Ich schließe mich ihrer schweigsamen Legion unauffällig, aber entschlossen an und bestelle mein erstes Bier. Es wird nicht das letzte sein.

16.6.2003

Der Kneipenabend hat sich sozusagen auf mehrere Monate ausgedehnt, und ich bin ernsthaft demoralisiert. In einem Moment akuter Verzweiflung habe ich sogar die Bilder der

Königsfamilie zerrissen – nur um sie wenige Minuten später reuevoll zusammenzukleben. Meiner Umgebung ist völlig egal, wie ich leide. Niemand hilft mir. Noch depressiver macht mich die Tatsache, dass ich mit dem ständigen Trinken exakt dem Klischee des finnischen Mannes entspreche. Je öfter und länger ich mich in Bars betrinke, umso weniger kann ich es leugnen.

Anfang Mai habe ich die letzten Verbindungen zu meinen finnischen Mitbürgern gekappt, zu Freunden wie Verwandten. Ich will sie nicht mehr sehen. Reinste Zeitverschwendung. Auch mit Tiina treffe ich mich nicht mehr, ein letzter gemeinsamer Cafébesuch, das war's. Sie hatte unübersehbar Angst vor mir. Tja, aus mit der Liebe. Was soll's, sie hat mich nie richtig verstanden, meinen Herzenswunsch nie ernst genommen. Niemand hat das getan. Jedenfalls bis jetzt. Ich fürchte, vermutlich ist es gar nicht so einfach, jemanden zu akzeptieren, der sehnlichst jemand anders sein will.

17.6.2003

Ziellos und deprimiert laufe ich durch Helsinkis Straßen. Heute kommt mir ein Grüppchen entgegen, das für die Rechte sexueller Minderheiten demonstriert. Ich gehe auf einen Transvestiten zu und stelle ihn zur Rede:

«Ihr glaubt also, eine Minderheit zu sein?»

«Klarer Fall, was fragst du da überhaupt?»

«Ihr habt doch gar keine Ahnung, wie es ist, wirklich eine Minderheit zu sein.»

«Hör mal. Hast du mal versucht, als Transvestit zu leben?»

«Was soll daran schwierig sein?»

«Es gibt so gut wie keine gesellschaftliche Akzeptanz.»

Aha, so gut wie keine gesellschaftliche Akzeptanz. Ich könnte dem Typen, äh, der Tussi, an die Gurgel gehen, so wütend bin ich. Er oder sie kriegt Fernsehdokumentationen und Bühnenauftritte, ich dagegen gar nichts. Wer will schon eine Nationalitätstranse auf der Bühne sehen?

Na ja, ich gönne der Transe natürlich ihre Auftrittsmöglichkeiten und bin im Grunde meines Herzens ganz auf ihrer Seite. Wer wüsste besser als ich, wie es ist, als Minderheit zu leben. Aber irgendwie bin ich auch neidisch. Die Transe hat es so viel leichter als ich. Sie kriegt jede Menge Therapiestunden, und wenn sie eine Transsexuelle ist und die Ärzte lange genug volljammert, kriegt sie sogar eine OP spendiert. Hier hast du dreißigtausend Euro für deine Geschlechtsumwandlung, Schätzchen, mach dir ein schönes Leben!

Und dann blüht er, äh, sie, erst richtig auf, hat haufenweise Shows in Bars und wird reich, und die Zuschauer klatschen wie verrückt, und natürlich sitzen auch die Psychotherapeutin und der OP-Arzt im Publikum und sind gerührt.

Die Demonstranten ziehen weiter, ich bleibe zurück. Ach ja, das Leben könnte so einfach sein. Als Transe hat man natürlich genug Gründe, heiter bei einer Demo mitzulaufen und Luftschlangen in die Gegend zu pusten.

Wie ich sie hasse.

18.6.2003

Ein weiterer Abend voller Hass. Ich liege auf dem Sofa und hasse alles: Meine Wohnung. Meine Nachbarn. Mein Heimatland. Die Nachrichten im Fernsehen. Die Leute in den

Geschäften, die ihren Einkaufswagen fürs Mittsommerfest beladen. Mein einziger Trost: Auch an diesem Mittsommerwochenende werden wieder mehrere Dutzend Besoffene im See ertrinken oder sich den Arsch am Mittsommerfeuer versengen.

Ich hasse auch den Meteorologen im ersten Programm. Ja, auch den, und zwar schon seit Jahren. Er heißt Petri Takala, und seine Wettervorhersagen mögen in aller Regel zutreffend sein, aber er ist ein Schrank von Mann und verdeckt mit seinem Oberkörper regelmäßig halb Schweden. Meist hat er einen hippen Pferdeschwanz, aber wenn er seine dicken Haare offen trägt, ist sogar Kiruna oben im Norden verdeckt.

Auch heute steht er vom Zuschauer aus gesehen links von Finnland, und mal wieder kann ich nicht erkennen, wie warm es in den vielen romantischen Städtchen Schwedens ist. Am Ende der Wettervorhersage scheint Petri Takala einen Schritt nach vorn zu machen und mir ganz persönlich in die Augen zu sehen. Seine Botschaft: Ich weiß, wie warm es in Linköping ist – du nicht, armer, kleiner Mikko Virtanen.

19.6.2003

Nochmal zu den Gefühlen für mein Heimatland: Statt von Hass sollte ich wohl eher von einer Art komplizierter Liebesbeziehung sprechen. Eigentlich möchte ich meine Heimat aus ganzem Herzen lieben, und meine schüchternen, schweigsamen Mitbürger erst recht. Ich möchte gelassen über die Betrunkenen im Park und die Betrunkenen auf den

Ostseeschiffen hinwegsehen. Und ich möchte entspannt über Finnen-Witze lachen. Doch ich kann es nicht.

Ich quäle mich aus dem Bett und hole die neueste Ausgabe der *Dagens Nyheter.*

2.7.2003

Sehr mühsam arbeite ich mich aus meinem Phlegma raus.

10.9.2003

Die letzten zwei Monate liefen so halbwegs. Und für jemanden in meiner Lage ist das schon mal nicht übel. Glücklich sein im falschen Land, das wäre zu viel verlangt. Ich gehe arbeiten, ich schaue fern, ich esse und schlafe.

Heute wird mein Rhythmus durch ein entsetzliches Ereignis jäh gestört:

Die tödliche Messerattacke auf die schwedische Außenministerin Anna Lindh.

19.9.2003

Es ist furchtbar. Ein ganzes Land versinkt in Trauer, vom Schmerz der engsten Angehörigen und Freunde gar nicht zu sprechen. Ich bin wie gelähmt und versuche, mich mit zeitgenössischer schwedischer Chormusik zu beruhigen.

24.9.2003

Der Mörder ist Mijailo Mijailovic, ein psychisch Kranker, der dringend hätte behandelt werden müssen. Eine Stimme habe ihm befohlen, auf Anna Lindh einzustechen, sagt er. Damit ist er, grausame Ironie des Schicksals, exakt einer von denen, für die die Politikerin sich eingesetzt hat. Wäre sie doch bloß am Leben geblieben. Sie hätte ihm und vielen anderen mit ihrer Politik geholfen.

24.12.2003

Und wieder ein Heiligabend mehr. Ich versinke in Selbstmitleid. Ich trinke zu viel. Die Einkehr vor dem Altar, die Fotos meiner Vorbilder – nichts hilft mehr.

28.3.2004

Das Attentat ist ein gutes halbes Jahr her. Der Täter sitzt hinter Gittern, die Traumata der schwedischen Bevölkerung sind fachkundig therapiert. Auch mir geht es wieder besser.

Auf der Arbeit läuft es okay. Vermutlich sogar ziemlich gut, immerhin musste schon lange keiner mehr entlassen werden. Ich bin konzentriert bei der Sache und verhelfe unseren Kunden zu einem schnelleren Internet.

Heute war ich in einem schicken neuen Großraumbüro. Die technische Ausstattung und das WLAN sind jetzt vom Feinsten, trotzdem erkenne ich auf Anhieb, dass die motivierten jungen Angestellten mit einem schwedischen Führungsstil, warum nicht gleich mit einem schwedischen Chef, besser dran wären. Aber das ist nicht mein Problem. Ich liefere nur das schnelle Internet.

11.10.2004

Elf Monate sind seit Anna Lindhs Tod vergangen, und die Dinge laufen wieder im alten Trott. Im Grunde ist das nicht gut, denn in Anna lag unsere Zukunft. Die von Schweden, die von mir – von allen.

Doch den Umständen entsprechend geht es mir passabel. Ab und zu bin ich natürlich depressiv, doch ich gehe zur Arbeit, esse und schlafe regelmäßig, und gelegentlich blitzt sogar so was wie Freude auf. An schlechteren Tagen liege ich auf dem Sofa und plane Attacken auf den TV-Meteorologen Petri Takala. An guten Tagen gehe ich spazieren und pflege meine Kontakte. Linda und Jacob haben mir bereits zurückgemailt, das Paar aus Sundsvall mit den beiden Kindern Ylva und Petter. Sie werden das nächste Weihnachten wieder in Thailand verbringen und wollen wissen, ob ich nicht auch wiederkommen möchte. Die wohltuende Wärme dort, der Strand, die netten Leute und so weiter.

Wie sympathisch von ihnen. Und die Idee klingt gut. Aber noch kämpfe ich zu sehr mit dem banalen Alltagsleben, für Urlaubspläne fehlt mir einfach die Power.

Je länger ich mir das durch den Kopf gehen lasse, umso besser gefällt mir der Gedanke – das letzte Weihnachten (in Finnland!) war einfach zu elend. Ja, die Möglichkeit eines Urlaubs scheint mir Auftrieb zu geben.

Ich bade nicht mehr in Selbstmitleid. Ich schiebe die Schuld nicht immer auf die Politik und die Gesellschaft meines Heimatlandes. Und als ich seit langem mal wieder das Hochzeitsvideo von Carl Gustav und Silvia anschaue, scheint Silvia mir zuzuzwinkern und zu sagen: Go for it, Mikko. Mach dich endlich selbst glücklich! Und recht hat sie. Wenn eine Deutsch-Brasilianerin zur Schwedin werden konnte, wird eine entsprechende Verwandlung eines Tages auch mir gelingen. Und der erste Schritt dazu ist der nächste Urlaub auf Thailand.

Ich merke, wie gut es mir tut, endlich wieder eine Perspektive zu haben. Kein Wunder, die schwedische Mentalität, also auch meine, ist maximal zukunftsorientiert. Die gelassene Erwartung einer positiven Zukunft ist die geistige Basis dieser Nation. Und auch jeder Einzelne braucht etwas, auf das er gutgelaunt hinleben kann. Also buche ich den Flug und starte mit meiner persönlichen Vorfreude. Ja, Warten kann ziemlich schön sein.

12.12.2004

In einem großen Elektronikhandel decke ich mich ein: Abhörvorrichtung, Aufnahmegerät, Kopfhörer, Kabel, Laptop. Ein neuer großer Lernschritt auf meinem Weg ins Schwedentum. Ich werde in Thailand einen Intensivkurs starten. Nicht mehr lange, und ich werde ein idealer, ein perfekter Schwede sein.

Es ist übrigens das fünfte Mal, dass ich im Winter nach Thailand fliege. Es ist auch das fünfte Mal, dass ich einen Urlaub außerhalb von Schweden verbringe. So seltsam das klingt: Gerade diese winterlichen Fernreisen ins warme Asien sind unglaublich skandinavisch.

Als Kind wollte ich natürlich immer nur nach Schweden, und meine Eltern haben mir diesen Wunsch netterweise stets erfüllt. Insgesamt war ich schon hundertsiebenundzwanzigmal in Schweden, und ich denke, mit diesem Erfahrungsschatz kann ich voller Nachdruck sagen: Es ist ein phantastisches Reiseland. Schweden hat einfach alles.

Will ich Palmen, fahre ich nach Trelleborg, dort stellen sie jeden Mai haufenweise Palmenkübel an den Strand. Will ich irische Stimmung, fahre ich nach Skåne, dort gibt es Heidekraut und Nebel. Will ich die Berge Nepals, besteige ich den Kebnekaise, den schönsten Gipfel der Welt. Will ich Alpenglühen, fahre ich nach Falun, wo es obendrein billiger ist als in Österreich oder in der Schweiz.

Habe ich Lust auf Kultur, spaziere ich durch die Altstadt von Stockholm. Der raue Charme von Berlin findet sich im Stockholmer Stadtteil Södermalm, die Eleganz von Wien wiederum in Östermalm, und steht mir der Sinn nach dem Nahen Osten oder Bosnien, fahre ich in die Vororte Tensta und Rinkeby.

Die Kanäle von Göteborg sind mein Amsterdam – bei einem bestimmten Lichteinfall und in einer Uferbar sitzend erinnert die Stadt aber irgendwie auch an Griechenland, die Badestrände von Saltholmen tun ihr Übriges.

Viele USA-Reisende schwärmen von Chicago. Mein Chicago ist Karlstad, es liegt am See und hat relativ hohe

Gebäude. Ihm fehlt nur die Gangster-Vergangenheit, aber ehrlich gesagt brauche ich die im Urlaub auch nicht. Die intellektuelle Universitätsstadt Lund deckt für mich Boston, Oxford und Cambridge ab, alle auf einen Schlag. Und das am Vätternsee gelegene Jönköping ist mein New York: pulsierendes Business-Zentrum und Mode-Mekka zugleich, die vielen Werbetafeln erinnern stark an den Times Square. Ein paar ganz besondere Ecken wiederum haben eindeutig was von London.

Die Gegend um Norrköping ist wie Kalifornien, nur ohne die Kriminalität. Ernsthaft, dort findet man die fiebrige Energie von L.A., aber auch das Entspannte von San Francisco, gerade aufgrund der Straßenbahn. Und der Tierpark von Kolmården dürfte noch toller sein als der in San Diego, weil er all die unangenehmen Begleiterscheinungen von San Diego nicht hat.

Und was ist mit Hollywood?, wird jetzt jemand fragen. Ich finde ja, dass das eine Stunde von Norrköping entfernte Örebro mit den Studios von *Sveriges Television* das perfekte Hollywood ist: Dort stehen die Kulissen so ziemlich aller wichtigen schwedischen Fernsehproduktionen, und es wimmelt von schwedischen Stars. Aber auch davon abgesehen ist Örebro super: Die Studios erinnern wie gesagt an L.A., doch die generelle Atmosphäre im Ort mit seinen vielen kleinen Cafés und Bistros ist eher mit Paris vergleichbar, nur ohne die nervige Arroganz der Franzosen. Und wem das noch nicht reicht, der findet auf der Burg von Örebro den Geist Transsilvaniens. Wenn ich's mir recht überlege, dürfte Örebro das vielseitigste Reiseziel in Europa sein.

Wir haben noch nicht über Italien geredet? Also, das Rom Schwedens ist selbstverständlich Alingsås. Die Treppe im Zentrum könnte glatt als Spanische Treppe durchgehen.

Die Kirchen sind wahre Prachtexemplare, und Gräfsnäs' Ruine ist mindestens so beeindruckend wie das Colosseum, nur ohne die blutige Historie. Ja, in Schweden ist alles harmonisch und zivilisiert.

Diese Liste könnte ich ewig fortsetzen. In Katrineholm verbinden sich Prag, Budapest und Köln, jedoch mit spürbar besserer Stadtplanung. Sundsvall ist wie Venedig. Und wer es bodenständig bis asozial will, quasi das Finnland in Schweden sucht, der fährt einfach nach Södertälje oder Trollhättan.

Ich fahre also nicht nach Thailand, weil mir in Schweden irgendetwas fehlen würde. Sondern weil Tausende von Schweden im Winter nach Thailand fahren. Man könnte quasi sagen, im Winter liegt Schweden in Asien. Jedenfalls ein gar nicht so kleiner Teil von Schweden, und ein paar dieser Leute sind sogar meine Freunde.

20.12.2004

Ich habe mich für den SAS-Flug Helsinki–Stockholm–Bangkok entschieden. Die Variante über Kopenhagen wäre zwar deutlich günstiger gewesen, aber da hat man mit großer Wahrscheinlichkeit dänisches Personal an Bord. Ich finde, in meinem Alter darf man für schwedischen Service schon mal zweihundert Euro mehr ausgeben. Außerdem kann ich jetzt genüsslich schwedische Tageszeitungen lesen.

Bei der englischsprachigen Vorführung der Sicherheitsvorkehrungen freue ich mich über den sympathischen schwedischen Akzent der Stewardess. Allerdings frage ich mich zum wiederholten Mal: Wieso eigentlich Schwimmwesten? Drehen sie den Leuten auf den Schiffen dann im Notfall Fallschirme an? Davon abgesehen ist die SAS eine der sichersten Airlines der Welt. Zwar hat auch Finnair einen guten Ruf, aber ich vertraue meinen Landsleuten nicht. Dabei habe ich im Grunde gar keine Angst vor dem Sterben, und logischerweise auch keine Angst vor einem Flugunglück. Was mir *wirklich* Angst macht, ist die Vorstellung, auf ewig im Körper eines finnischen Mannes zu versauern.

21. bzw. 22.12.2004

Um halb drei Uhr nachts lande ich auf dem Airport von Bangkok. Wieder mal ein angenehmer Langstreckenflug. Beim Aussteigen gehe ich kurz zur offenen Cockpit-Tür und bedanke mich persönlich bei Pilot Per Olsson.

Als Nächstes kommt die Passkontrolle, für mich jedes Mal eine Schmach. *Country of residence: Finland.* Ich versuche den Frust abzuschütteln und nehme einen Nachtbus in die Stadt.

22.12.2004

Bei der Ankunft in der trubeligen City bin ich meinem Ziel schon ein deutliches Stück näher. Eine Taxifahrt zum Hafen, und ich betrete das Boot zur Ferieninsel. Dann sind es nur noch knapp zwei Stunden auf dem Wasser.

Als der Strand in Sicht ist und wir endlich anlegen, entdecke ich jede Menge alte Bekannte, und sie alle begrüßen mich. Susanne, Emanuel, Andreas, Nooa, Mats, Ann, Åke,

Susanna, Roger, Ulrica, Simon, Max, Peter, Maria, Bo, eine zweite Maria, Peter, Joakim, Lisa, Jacob, Staffan, Kerstin, Petter, Björn, Lisa, Klara, Sandra, Ulf, Yvonne, Astrid, Klaus, Johan, Gunilla, Jan, Dagmar, Nicklas, Alexander und wie sie alle heißen. Es ist grandios, sie wiederzusehen, ich umarme sie alle.

Für mein kleines privates Projekt könnte die Lage nicht besser sein. Ganze acht schwedische Familien befinden sich gleichzeitig mit mir auf der Insel. Da ich nur sieben Abhörsets habe, muss ich sogar eine von ihnen außen vor lassen. Ich entscheide mich für das Paar mit den drei Kindern aus Skåne, der Dialekt ist mir zu anstrengend. Außerdem war Skåne Anfang des 16. Jahrhunderts noch dänisch – damit ist der Ort, und irgendwie auch die Familie, eindeutig weniger schwedisch.

In diesem Urlaub werde ich tiefer ins Urschwedische eintauchen als je zuvor, und ich bin für diesen Trip bestens ausgestattet. Gleich in der ersten Nacht, es ist stockdunkel, befestige ich die kabellosen Mikros an den dünnen Wänden der Bungalows. Nach zwei Stunden ist alles fertig. Das Gerät unterscheidet Stimmen von Stille, es werden ausschließlich Gespräche aufgezeichnet. Der Verkäufer hat mir das kostspielige Set als «Stasi-Zentrale des neuen Jahrtausends» angepriesen. Ich finde die Formulierung zu negativ. Ich brauche nun mal ungefiltertes, authentisches Lernmaterial aus erster Hand. Das Vorgehen mag nicht ganz legal sein, aber der Zweck heiligt die Mittel. Außerdem nutze ich die Aufnahmen ausschließlich privat und werde keine sensiblen Daten weitergeben.

Nach kurzem, aber tiefem Schlaf wache ich auf und lauere auf die ersten Sätze meiner Miturlauber. Im Bungalow direkt nebenan wohnen Peter, Ingenieur, und Linnea, Sekretärin bei einer Schulbehörde; ihre Kinder Joakim und Astrid sind dreizehn und sechs Jahre alt. Irgendwie der Klassiker in Schweden: zwei Kinder, Junge und Mädchen. So lernt der Nachwuchs von klein auf einen entspannten Umgang mit dem anderen Geschlecht. Komisch, dass die das immer so hinkriegen, bei nur zwei Kindern.

Meine Nachbarn sind also äußerst repräsentativ. Peter vertritt als Mann den zurückhaltend-verständnisvollen, aber bei Bedarf auch tatkräftigen Typ. Linnea ist sehr attraktiv, auf skandinavische Weise, also individuell, nicht glatt. Bei beiden läuft es gut im Arbeitsleben, dennoch freuen sie sich über den wohlverdienten Urlaub. Die schwedischen Arbeitgeber wissen genau, wie wichtig Erholungsphasen sind. Nach einer kleinen Auszeit kommen die Angestellten dann umso motivierter zurück ins Büro.

Endlich, jetzt regt sich was!

«Guten Morgen, Süße, hast du gut geschlafen?»

Wie zufrieden Peters Stimme klingt.

«Ja, Schatz, aber ich glaube, Astrid hat sich ziemlich hin und her gewälzt.»

«Psst, Mama … kann ich noch ein bisschen länger schlafen?», meldet Astrid sich selbst zu Wort.

«Aber klar, meine Kleine. Ihr kommt einfach etwas später zum Frühstück, du und Joakim. Und dann bestellen wir Pfannkuchen, okay?»

«Oh ja!»

Dieses kleine, aber feine Gespräch, als Lerneinheit

höchst wertvoll, ist nun mit bester Technik aufgezeichnet. Ich bin zufrieden. Ein Paradebeispiel für gutes, weil flexibles familiäres Miteinander, bei dem die Eltern das Schlafbedürfnis ihrer Kinder respektieren und die Kleinen erst gar nicht quengeln müssen, damit ihre Wünsche erfüllt werden. Gleichzeitig kommen die Eltern zu einem exklusiven Pärchenmoment, was äußerst wichtig ist. Und keinesfalls egoistisch: Eine gut gepflegte Partnerschaft garantiert den Kindern eine sichere Zukunft in einem liebevollen Umfeld.

Nichtschwedische Eltern hätten ihre Kinder aus dem Bett gezerrt, der Vater wäre ungeduldig und laut geworden, und wie unbeschwert so ein Frühstück dann noch sein kann,

Name der Eltern	Wohnort	Kinder	Berufe	ungefähres Jahreseinkommen
Jacob und Lisa Andersson	Sundsvall	Ylva (7) und Petter (5)	Ingenieur und Sekretärin	570.000 Kronen/Jahr
Åke und Stina Fröjdfeldt	Umeå	Oskar (11), Lisa (6) und Klara (4)	beide Lehrer	620.000 Kronen/Jahr
Bosse und Maria Karlsson	Stockholm	Sandra (11), Simon (7) und Olle (5)	Arzt und Psychiaterin	1.100.000 Kronen/Jahr
Roger und Ulrica Backman	Göteborg	Stina (4) und Filip (2)	Unternehmer und Studentin	500.000 Kronen/Jahr
Mats und Ann Skoglund	Karlstad	Andreas (11) und Noora (5)	Unternehmer und Journalistin	720.000 Kronen/Jahr
Hasse und Erica Elmander	Göteborg	David (6) und Cecilia (5)	Personalchef und Verkäuferin	600.000 Kronen/Jahr
Eric und Lina Tureson	Örebro	Magda (3) und Emma (1)	Werkschef, Kommunikationsberaterin	1.200.000 Kronen/Jahr
Peter und Linnea Oskarsson	Sundsvall	Joakim (13) und Astrid (6)	Geschäftsführer und Kindergärtnerin	680.000 Kronen/Jahr

nun, das mag sich jeder selbst ausmalen. Und das wäre erst der Anfang gewesen! Nach einem durch und durch missratenen Urlaub hätten die Kinder verstört in der Schule und die Eltern entnervt beim Scheidungsanwalt gesessen.

Ich habe übrigens bereits *vor* diesem Urlaub Daten gesammelt, wenn auch nicht so professionell wie jetzt mit den Tonaufnahmen. Aber ich besitze eine gut geführte Excel-Tabelle mit Angaben, die sich leicht aufschnappen beziehungsweise schlussfolgern lassen: Name, ungefähres Alter, Wohnort, Berufe und so weiter, außerdem der Lieblingsfußballverein – der verrät in Schweden eine Menge über die politische Orientierung. So sieht meine Tabelle aus:

olitische rientierung	Wohnsituation	Beziehungsstatus	Lieblingsfuß- ballverein
ozial- emokratisch	Reihenhaus (130 m²)	gute Beziehung, manchmal Streit über die Kindererziehung	Gefle Idrottsföreningen
ürgerlich- onservativ	Eigenheim (180 m²)	beide leicht berufsmüde, ihr Humor hilft ihnen darüber hinweg	Djurgårdens Idrottsföreningen
rün	eigene Altbauwohnung (120 m²)	Maria ist geschafft von den Kindern, zu wenig Balance in der Partnerschaft	Allmänna Idrottsklubben
ozial- emokratisch	Eigenheim (105 m²)	er hält sich für witzig – sie ist es	Örgryte Idrottssällskap
ozial- emokratisch	eigene Altbauwohnung (110 m²)	harmonische Beziehung zweier reifer Erwachsener	keine Fußballfans
ozial- emokratisch	eigene Wohnung (70 m²)	steuern auf die Trennung zu, bräuchten ein drittes Kind	Göteborgs Atlet Idrottssällskap
ürgerlich- onservativ	Eigenheim (200 m²)	der Altersunterschied bereitet Probleme: Er ist träge geworden, sie hat noch Feuer im Hintern	Örebro Sportklubben
entrumspartei	Reihenhaus (150 m²)	nach wie vor verliebt	Gefle Idrottsföreningen

Solide Mittelklasse mit gutem Einkommen also. Aus wissenschaftlicher Perspektive betrachtet, wäre die Gruppe deutlich zu homogen. Aber ich betreibe zum Glück keine Wissenschaft, ich studiere das Leben. Für mich ist die Zusammenstellung der Gruppe perfekt, denn meinem eigenen Bildungsgrad und Lebensstandard entsprechend werde ich nun mal ein Mittelklasse-Schwede sein. Ich werde in einer guten Wohngegend leben und eine finanziell abgesicherte Familie gründen. Damit ist meine Studiengruppe ideal.

24.12.2004

Am Vormittag gibt es eine Überraschung für alle Kinder: Peter hat seinen Laptop und eine DVD mitgebracht, und so sitzen die Kleinen fröhlich zusammen und schauen die Weihnachtsfolge mit Donald Duck. Abends feiern die Familien gemeinsam, dieses Jahr bin auch ich dabei. Der Abend wird lang und lustig. Ich fühle mich wie ein Fisch im Wasser.

25.12.2004

Unglaublich. Ich wache mit einem Lächeln auf! Das muss die Nachwirkung von gestern sein, das Zusammensein mit warmherzigen schwedischen Freunden. Aufs Abhören habe ich heute keine Lust, lieber lasse ich die Eindrücke von gestern Revue passieren und mache mir ein paar Notizen. Am Ende des Abends haben wir uns in Erinnerung gerufen, wie kalt es jetzt zu Weihnachten in Skandinavien ist, und haben uns zu unserer Fernreise beglückwünscht. Gar nicht unwahrscheinlich, dass wir uns hier nächstes Weihnachten alle wiedersehen.

26.12.2004

Der zweite Weihnachtsfeiertag, in Schweden Annandag. Gleich nach dem Aufstehen gehe ich eine Runde joggen, überschüssige Festtagskalorien abbauen.

Peter und seine Tochter Astrid sind auch schon am Strand und sammeln Muscheln. Astrids Mama darf anscheinend ausschlafen. Wahrscheinlich döst sie selig vor sich hin und freut sich, dass sie in Schweden geboren wurde. Jedenfalls würde ich das an ihrer Stelle tun.

In den anderen Bungalows ist es noch still.

Auf einmal scheint die Erde unter uns zu beben. Nur kurz, aber deutlich wahrnehmbar. Peter, Astrid und ich erstarren.

«Was war das?», fragt Astrid ängstlich.

«Wahrscheinlich ein leichtes Erdbeben», antwortet Peter und drückt seine Tochter sanft an sich. «Ganz weit entfernt. Aber lass uns trotzdem mal nach Mama und Joakim schauen. Nicht dass sie sich erschrocken haben und wir nicht bei ihnen sind.»

Die beiden gehen zu den Bungalows. Ich höre noch, wie Peter seiner Tochter kindgerecht die Entstehung eines Erdbebens erklärt und ihr damit ein bisschen von ihrer Angst nimmt. Richtig so – Ängste darf man gar nicht erst übermächtig werden lassen. Ich jogge weiter.

Beim Frühstück ist das Erdbeben *das* Thema. Die schwedischen Eltern haben Stifte und Papier dabei, damit die Kin-

51

der ihre Gefühle in Bilder bannen können. Kunsttherapie als Sofortmaßnahme. Die Kinder aus anderen Ländern dagegen toben wild durch die Gegend. Die Kurzsichtigkeit ihrer Eltern wird sich rächen. Die kriegen für ihre Sorglosigkeit noch die Quittung – die kommt so sicher wie die Aufforderung zur Steuerabrechnung.

Björn aus Stockholm kommt auf mich zu. Mit genau dem richtigen Maß an Ernst, aber ohne Panik heraufzubeschwören. Vertrauenswürdig und solide. «Hoffentlich hält sich der Schaden in Grenzen – dort, wo es noch stärker gebebt hat.»

Björn denkt an die potentiellen Opfer in der Ferne. Die Fähigkeit zur Empathie, eine Grundeigenschaft der Schweden. Nur sie haben ihre Gesellschaft so weit entwickelt, dass sie die Kapazität haben, über den Tellerrand zu blicken, sich über den eigenen Kleinkram zu erheben und in andere, auch weit entfernte Menschen hineinzuversetzen. Damit will ich gar nichts gegen die anderen Länder sagen. Schweden ist nur der einzige Ort auf der Welt, an dem es gelungen ist, die gesellschaftliche Basis für echtes Mitgefühl zu schaffen.

Die schwedische Empathie könnte eines Tages noch zu einer alternativen Ressource werden! Wenn die Öl- und Kohlevorräte eines Tages erschöpft sind. Denn Empathie ist nie erschöpft, sie reicht für alle, und um eine unbegrenzt vorhandene Ressource muss man keine Kriege führen. Empathie für alle, für die Armen, die Reichen, für Menschen, Tiere und Pflanzen. Empathie-Export müsste von der EU gefördert werden, und die besten Empathie-Lieferanten müssten vom Nobelkomitee ausgezeichnet werden.

Am dringendsten wird Empathie in Situationen wie diesen gebraucht, bei Erdbeben, Wasser-, Sturm- und Hitzeschäden. Die schwedische Empathie ist das beste Mittel gegen Naturkatastrophen. Sie kann quasi vollgelaufene Keller in Bangladesch wieder trockenlegen.

Aber zurück an unseren thailändischen Strand. Am Ufer ist es wieder ruhig. Nach dem Frühstück haben sich alle ihren Ferientätigkeiten zugewandt. Ich lege mich an den Strand und schlage meinen Henning Mankell auf. Er ist und bleibt der beste aller Krimiautoren. Ich vertiefe mich in meine Lektüre. Als es mittags heiß wird, setze ich mich auf die schattige Terrasse vor meinem Bungalow. Dann passiert etwas Seltsames. In der Ferne auf dem Meer erhebt sich eine Wand aus Wasser. Eine riesige Welle, eine Killerwelle. Aber sie bewegt sich seitwärts, nicht auf unseren Strand zu. Sie wird für uns vermutlich nicht gefährlich, doch sie macht uns eine Angst, die sich bis zur Panik steigert.

Die nächsten Stunden verlaufen chaotisch. Es fehlt an verlässlichen Informationen, an Prognosen; auch im Radio wissen sie nichts Genaues. Die Eltern haben ihr Therapieprogramm für die Kinder intensiviert. Das Spiel, das sie mit den Kleinen spielen, heißt «Wer hat Angst vorm Tsunami?» und geht so: Die Erwachsenen stellen sich in einer Reihe auf und nähern sich mit wellenartigen Armbewegungen den Kindern. Wenn sie sie erreichen, schnappen sie sich ihren Nachwuchs und überschwemmen ihn mit ihrer Liebe. Das bedrohliche Element Wasser erhält so etwas Fürsorgliches, wird weich und tut niemandem weh. Keiner muss Angst haben, und trotz der ungewissen Situation ist die Stimmung wieder gut.

Die Kinder aus den übrigen Ländern sitzen verängstigt im Restaurant. Obwohl sie ihre Eltern bei sich haben, wirken sie wie verlassen. Und doch sind diese kleinen Italiener, Briten, Deutschen und Schweizer nicht allein: Sie alle verbindet die Tatsache, dass 99,87 Prozent der Weltbevölkerung nicht schwedisch sind. Eine gewaltige Menschenmasse, zu groß, um als benachteiligte Minderheit zu gelten. Eine Mehrheit, deren Existenzproblematik weltweit unter den Teppich gekehrt und totgeschwiegen wird.

In all diesen Ländern hofft man auf Glück: Hoffentlich wird was aus unseren Kindern. Hoffentlich wachsen sie zu stabilen Individuen heran. Aber im Grunde überlässt man sie sich selbst. In Schweden dagegen werden sie zu ihrem Glück erzogen.

In allen anderen Ländern ist die Erziehung grob fahrlässig. In Finnland zum Beispiel werden Ängste und Schmerzen niedergemacht statt ernst genommen: «Papa, ich habe mir in den Finger geschnitten.» – «Stell dich nicht an, das ist gar nichts, ich hab mir mit der Axt den halben Arm abgehackt.»

Schwedische Eltern nehmen die Sorgen ihrer Kinder ernst. Sie hören ihnen zu, schenken ihnen Anteilnahme und Mitgefühl. Sie teilen nicht nur Essen und Trinken und Spaß, sie teilen auch das Schwere und die Trauer.

Die Nacht verbringen wir alle zusammen auf dem höchsten Berg der Insel. Eine kreative Evakuierungsmaßnahme mit buntem Bettenlager. Åke hat für seine Frau, seine Tochter und sich ein kleines Zelt aufgebaut und kommt vor dem Schlafengehen noch mal zu mir rausgekrochen.

«Ich glaube, wir können dankbar sein, Mikko, dass wir so glimpflich davongekommen sind.»

«O ja, Åke. Das glaube ich auch.»

Schon toll, wenn man das Glück im Unglück sehen kann.

27.12.2004

Ganz langsam sickern die Informationen zu uns durch. Erst sind es dreißig, dann dreihundert, schließlich dreitausend Tote. Finnen und Schweden sind angeblich nicht darunter, was sich später als grobe Fehlinformation herausstellt.

Bei uns ist alles heil geblieben, wir sitzen in unseren Bungalows, hören Radio und bekommen SMS. Der Strand allerdings ist voller toter Fische. Obwohl inzwischen sicher ist, dass die Erdaktivität aufgehört hat und keine weiteren Riesenwellen zu erwarten sind, will niemand ins Wasser. Irgendwie bewegt es sich immer noch seltsam, bildet Strudel und wechselt blitzschnell die Richtung. Wie das Wasser in einer Schüttelkugel.

28.12.2004

Auch der Schock dringt nur langsam durch. Als Ulrica in einer Zeitung die Aufnahmen vom zerstörten Khao Lak sieht, steigen ihr Tränen in die Augen. Kaum kommen ihre Kinder angelaufen, blättert sie schnell die Seite um. Das, was auf den Fotos abgebildet ist, muss man – für die Kinder – vorbereiten und aufbereiten, man kann es ihnen nicht unvermittelt zeigen. Wieder ist therapeutisches Fingerspitzengefühl gefragt.

Auf Ulricas Initiative versammeln wir uns und überlegen, wie wir Erwachsenen vorgehen können. Ich bin als einziger Nichtschwede auch dabei. Wir beschließen Folgendes: Wir werden den Kindern das Ausmaß der Katastrophe sachlich, aber feinfühlig erklären. Danach sollen die Kinder das

Gehörte aktiv verarbeiten. Sie sollen die Wahrheit erfahren, danach aber auch etwas Schönes erleben. Wir entscheiden uns einstimmig für eine Olympiade.

«Wir brauchen nur noch ein Team, das sie vorbereitet», sagt Björn. «Das ist effektiver als mit der ganzen Gruppe.»

Nach einer kurzen Diskussion wird gewählt: Roger, Björn und ich sind das Olympia-Team. Unser Auftrag lautet, verschiedene Disziplinen zu erfinden, die auf subtile Weise das Phänomen der Riesenwellen verarbeiten helfen und bei denen alle Altersgruppen und beide Geschlechter gut mitmachen können.

Björn, Roger und ich landen bei fünf Disziplinen, nicht zu viel und nicht zu wenig. Die erste: Muschelanzahl erraten. Wir füllen eine große Glasflasche mit Muscheln vom Strand und lassen alle raten, wie viele Muscheln es sind. Wer am dichtesten an der tatsächlichen Zahl liegt, gewinnt. Der psychologische Nutzen dieser ersten Disziplin ist klar: Der positive Kontakt zum Element Wasser wird gestärkt. Die Muscheln repräsentieren dabei das Meer, sind aber von Glas umgeben, was wiederum für die Kraft der Zivilisation steht. Logisch, oder?

Die zweite Disziplin ist der Speerwurf. Auch der Holzspeer soll die instinkthafte Verbindung zur Natur, zu alten Formen der Jagd und zu einer klassischen Art von Sport symbolisieren, außerdem fördert er das Verhältnis zur eigenen Kraft und die generelle gedankliche Fokussierung. Viel später werden Psychologen fragen: Wie, Sie haben nach diesem einschneidenden Erlebnis keine Tätigkeiten wie Speerwurf angeboten bekommen, oder, noch schlimmer, Sie haben sie nicht genutzt? Dann kann ich Ihnen nicht weiterhelfen, Ihre Traumata sind unheilbar. Hier die Rechnung für die bisherigen Stunden. Sie brauchen nicht wiederzukommen.» Eine saftige Rechnung. Die Schweden wollen ihre Kinder nicht in eine solche Situation bringen. Der Preis ist ihnen in jeder Hinsicht zu hoch.

Die dritte Disziplin wird mit verbundenen Augen ausgeführt, man muss einen Schwimmreifen um einen Baumstumpf legen. Die anderen drehen die «blinde» Person zuerst mehrfach im Kreis, dann geben sie ihr Tipps und vermitteln ihr so das Gefühl, in der Orientierungslosigkeit nicht allein zu sein.

Bei der vierten Disziplin balanciert man ein Ei auf einem Esslöffel, den man mit dem Mund festhält. Hier werden die Themenkomplexe Zerbrechlichkeit und Vorsicht angesprochen. Und die letzte Disziplin ist ein Quiz mit witzigen Fragen für kleine und große Mitspieler, bei denen es immer um das Thema Gemeinschaft geht. Sämtliche richtige Antworten sind hoffnungsstärkend.

29.12.2004

Los geht's! Nach Björns lustiger Eröffnungsrede und Peters Auftritt als Anzünder des olympischen Feuers – ein beeindruckender Einsatz in Bettlakenrobe – werden fünf Mannschaften eingeteilt.

Es sieht nach Zufall aus, doch in Wirklichkeit haben wir vorher festgelegt, dass jedes Kind ein Elternteil, aber auch mindestens eine bisher noch fremde Person mit in seiner Mannschaft haben soll. Eine Vertrauensbasis und eine soziale Herausforderung also. Als die Mannschaften stehen, zwinkert Björn mir verschwörerisch zu. Auch wenn alles mühelos aussieht – die Schweden überlassen nichts dem Zufall.

Die Gruppen schlagen sich wacker und sind ähnlich stark, der Wettkampf bleibt bis zum Schluss spannend. Am Ende kriegen alle Teilnehmer, auch die Jüngsten, einen kleinen Preis. Die Punkteliste führe ich, und natürlich werde ich sie penibel archivieren. Sieger sind die Haie. Ein toller Name für ein tolles Team, das das Thema Wasser in Form des durchsetzungsstarken Meerestieres super aufgegriffen hat.

Ich selbst bin Teil des Teams Sozialdemokraten, wir werden Dritter und liegen damit genau in der Mitte. Und zwar dank meiner Wenigkeit – ich, der Finne, wusste als Einziger, wer der Vater des Volksheims ist: Per Albin Hansson. Die beiden schlechtesten Mannschaften liegen gleichauf, was nur zu begrüßen ist: So muss sich niemand als alleiniger Verlierer fühlen.

Björns achtjähriger Sohn Simon aus dem Siegerteam der Haie hält zum Abschluss des Turniers eine kleine Rede: Der Wettkampf sei nur ganz knapp entschieden worden, alle Teams wären prima gewesen, und nur durch Glück habe seines gewinnen können.

Ach, die Bescheidenheit der Schweden! Selbst bei phantastischen Leistungen sind sie Realisten. Simon bleibt auf dem Teppich und lobt nicht sich selbst, sondern alle. Das hat ganz sicher auch mit dem Gesetz von Jante zu tun, das in Schweden jeder kennt und das auf den dänisch-norwegischen Schriftsteller Aksel Sandemose zurückgeht. Ich kann es natürlich auswendig, es lautet wie folgt:

1. *Du sollst nicht glauben, dass du etwas Besonderes bist.*
2. *Du sollst nicht glauben, dass du uns ebenbürtig bist.*
3. *Du sollst nicht glauben, dass du klüger bist als wir.*
4. *Du sollst dir nicht einbilden, dass du besser bist als wir.*
5. *Du sollst nicht glauben, dass du mehr weißt als wir.*
6. *Du sollst nicht glauben, dass du mehr wert bist als wir.*

7. *Du sollst nicht glauben, dass du zu etwas taugst.*
8. *Du sollst nicht über uns lachen.*
9. *Du sollst nicht glauben, dass sich irgendjemand um dich kümmert.*
10. *Du sollst nicht glauben, dass du uns etwas beibringen kannst.*

Manches davon mag zweifelhaft klingen, aber richtig angewandt funktioniert es bestens. Und die Schweden wenden das Gesetz zu hundert Prozent richtig an – sie nutzen es im Sinne der Demokratie und Gemeinschaft. Das Gesetz von Jante ist einer der wesentlichen Grundsteine des schwedischen Volksheims und sorgt dafür, dass die Bürger sich auf Augenhöhe begegnen und an einem Strang ziehen. Falsch angewandt könnte es geradezu zerstörerisch sein. Die Finnen würden es natürlich falsch anwenden und ihr Selbstbewusstsein in den allertiefsten Keller jagen.

Ja, in Finnland könnte man geradezu einen Themenpark dazu eröffnen. Für die Touristen wäre das äußerst anschaulich und lehrreich, sie könnten die Mechanismen der Selbstablehnung in Reinform studieren – im Selbstmord-Saal, in der Depressions-Geisterbahn, im Missgunst-Turm. Und in der Karaoke-Bar würden nonstop selbstmitleidige Texte ins Mikro gelallt werden.

Ich lasse den Blick über meine vielen schwedischen Freunde wandern. Sie haben genau das richtige Maß an Selbstwertgefühl, als Individuen wie auch als nationale Gemeinschaft. Die Italiener, Franzosen und Amerikaner haben zu viel davon, die Finnen haben zu wenig. Die Schweden liegen in der goldenen Mitte.

Am Abend nach der Olympiade stehe ich am Strand und lasse meine Gedanken treiben. Was wird mich zu Hause erwarten? Ich denke an die tiefe Dunkelheit, an den ersten Arbeitstag nach dem Urlaub. Höchstens zehn Sekunden habe ich dabei vielleicht ein bisschen traurig ausgesehen, doch solche kurzen Momente reichen für die empathischen Schweden. Susanne gesellt sich zu mir, legt mir ihre Hand auf die Schulter und fragt: «Willst du deine Gedanken mit mir teilen, Mikko? Du siehst so nachdenklich aus, wie du da auf die Wellen schaust.»

In diesem Moment wird mir eine Parallele zum schwedischen Fußball deutlich. Auch dort, auf dem Platz, lässt man sich nicht allein, sondern bleibt nah beieinander. Das Geheimnis des schwedischen Fußballs ist seine kompakte Aufstellung und die Konzentration auf eine stabile Defensive. Ja, das kompakte, defensive Spiel wurde im Grunde in den Achtzigern vom IFK Göteborg erfunden: Als der damalige Außenverteidiger Sven-Göran Eriksson feststellte, dass der Gegner vorwiegend über die andere Seite angriff, wechselte er kurzerhand die Spielfeldseite, unterstützte seine Mitspieler und verringerte damit den Raum des Gegners. Wechselte der Gegner zurück, zogen Eriksson und die anderen Verteidiger nach. Kompakte Aufstellung und ein starkes, gemeinsames Pressing, das ist das schwedische Erfolgsrezept – nicht nur im Fußball übrigens. Nur so gewann der kleine Göteborger Verein seinerzeit zweimal den UEFA-Cup, und mit dieser Strategie führte Erikssons Kumpel, der Fußballtrainer Nils Liedholm, einst den AS Roma zu neuen Erfolgen. Kompaktheit und Pressing – alle stehen mit breiter Brust zusammen und laufen dorthin, wo die Not am größten ist.

Das tun die Schweden auch im Alltag. Mein kleines Gespräch mit Susanne ist äußerst angenehm.

Das Leben beruhigt sich wieder, und auch wenn der Kummer wegen der vielen vom Tsunami betroffenen Menschen anhält, der Alltag geht weiter. Für mich bedeutet das: Ich setze meine Studien fort.

Nach dem Abendessen mache ich es mir in meinem Bungalow gemütlich und schalte mich von einem Nachbarhaus ins nächste. Die Familien kommen nach und nach vom Essen zurück, ich höre eine Weile bei Bosse und Maria mit. Ihr Jüngster, Olle, will wissen, wieso ein anderes Kind sein Daddelspielzeug zerstört hat.

«Papa, wieso konnte der Junge aus der Schweiz sich beim Spielen nicht mit mir abwechseln, wie ich es ihm angeboten habe?»

«Eine gute Frage, Olle. Ich denke, er war leider zu ungeduldig.»

«Und warum?»

«Vielleicht hat er in seinen ersten Lebensjahren nicht genug Wärme und Liebe bekommen, oder er macht gerade eine schwierige Zeit durch. Möglicherweise fühlt er sich hier auf der Insel fremd, oder er ist noch müde von der langen Reise.»

«Aber deshalb darf er doch mein Spielzeug nicht kaputt machen, oder?»

«Selbstverständlich nicht. Trotzdem müssen wir uns in ihn hineinversetzen. Ich denke, dieser Junge ist im Grunde seines Herzens genauso ein lieber Kerl wie du, aber damit er das auch zeigen kann, braucht er viel Zuwendung und Aufmerksamkeit.»

«Und was kann ich da machen?»

«Du unterstützt ihn am besten, indem du der nette Junge bleibst, der du sowieso schon bist. Wir können nur hoffen, dass seine Eltern ihm die Liebe geben, die er braucht, und ihm gesunde Grenzen zeigen.»

«Haben die Eltern ihren Jungen denn nicht lieb? Ist es ihnen egal, wie er sich anderen gegenüber benimmt?»

«Ach, Olle, selbstverständlich lieben sie ihn. Alle Eltern lieben ihre Kinder. Aber selbst die besten Eltern können in Situationen geraten, in denen ihre Liebe mal nicht ausreicht. Sie können zum Beispiel Stress auf der Arbeit haben und deshalb nicht genug Zeit für ihre Kinder.»

«Aber du hast auch manchmal Stress auf der Arbeit – und trotzdem immer genug Zeit für mich. Ist deine Arbeit weniger wichtig?»

«Mein Schatz, jede Arbeit ist wichtig, da sollte man keine Unterschiede machen. Aber bei uns in Schweden sorgt die Partei der Sozialdemokraten schon sehr lange dafür, dass es den Menschen gutgeht und sie nicht zu viel arbeiten müssen. Es gibt kluge Gesetze, die die Rechte der Berufstätigen schützen, so dass allen genug Zeit bleibt für die Menschen, die sie liebhaben. Ich kann dir das gern nochmal genauer erklären, wenn du ein bisschen älter bist. Für heute ist es, denke ich, genug. Nicht wahr, Olle? Und jetzt sagen wir gute Nacht.»

«Gute Nacht, Papa.»

Ich bin baff. Es verschlägt mir geradezu die Sprache. Was für ein großartiges Gespräch zwischen Vater und Sohn. Werde ich jemals ein so guter Vater sein? Werden meine Toleranz und Liebe je so weit reichen? Die beiden schlafen ruhig ein, ich schalte weiter in den nächsten Bungalow.

Bei Roger und Ulrica ist ein kleiner Streit im Gange. Nichts Dramatisches, nur der Wunsch nach mehr Dialog, mehr Aufeinander-Eingehen. Ein Konsens ist schnell gefunden; ein schwedisches Paar bereinigt seine Unstimmigkeiten, ehe es zu Bett geht. Roger verspricht Ulrica, ihr seine Liebe künftig mehr zu zeigen, und gibt zu, beim schnellen Wandel des Männerbildes nicht Schritt gehalten zu haben. Ja, der Mann von heute muss seiner Frau genauer zuhören und stärker auf sie eingehen, und da ist bei ihm noch Luft nach oben. Ulrica wiederum respektiert die Schwierigkeiten ihres Partners und verspricht, sich bei Konflikten in Geduld zu üben. Versöhnt kriechen sie unter ihre Decken, wo sich noch ein heißes Liebesspiel anbahnt. Anständig wie ich bin, wechsle ich den Kanal. Mein Charakter mag sonderbare Züge haben, aber notgeil oder pervers bin ich nicht. Sex ist und bleibt Privatsache.

In Åkes Familie geht es lustig zu. Eigentlich ist das Standard; in großen schwedischen Familien herrscht fast immer super Stimmung. Åke zieht gerade eine Show ab, er singt Abba-Songs und hat sich dem Gelächter und den Kommentaren nach verkleidet und geschminkt. Seine Tochter Klara japst «aufhören, aufhören», doch ihre Stimme verrät, dass sie noch längst nicht genug hat. Sie liebt ihren witzigen Papa abgöttisch. Und Åke beweist, dass man als pädagogisch verantwortungsbewusster Vater auch mal über die Stränge schlagen kann. Die Kinder sind stabil genug, um zu wissen, wo die Grenze zwischen Ernst und Spaß verläuft.

Normalerweise kann ich Abba stundenlang hören, aber heute nervt mich das Geplärre irgendwie, ich schalte weiter. Welch Überraschung! Peter und Linnea reden über mich!

«Schläfst du schon, meine Liebe?»

«Nein, was gibt's?»

«Was hältst du eigentlich von unserem Finnen?»

«Mikko? Ein feiner Kerl, wirklich. Wieso fragst du?»

«Sehe ich genauso. Ich dachte nur, weil wir doch morgen mit den anderen Schweden Silvester feiern. Wir könnten ihn doch dazubitten.»

«Stimmt. Aber was, wenn er sich in unserer Gruppe fremd fühlt? Der schwedische Humor und so weiter.»

Wenn die wüssten! Wer, wenn nicht ich, versteht den schwedischen Humor, übrigens der beste weltweit. Da mischt sich der kleine Joakim ins Gespräch seiner Eltern ein. Ja, schwedische Kinder dürfen den Gesprächen ihrer Eltern zuhören und sich einmischen. Nichts wird verborgen – einzige Ausnahme sind die Heimlichkeiten in der Vorweihnachtszeit. Joakim ergreift Partei für mich:

«Au ja, Mikko soll kommen, der spielt gut Fußball!»

«Ich finde auch, dass er kommen sollte», sagt Peter. «Außerdem spricht er perfekt Schwedisch.»

Ich weiß, dass meine Freunde zusammen ins Restaurant wollen. Insgeheim habe ich auf eine Einladung gehofft, hätte mich aber niemals aufgedrängt. Jetzt platze ich fast vor Stolz. Sie loben sogar meine Sprachkenntnisse. Und ihr Sohn meine Fußballtricks. Da kriege ich glatt nasse Augen – vor Freude natürlich.

31.12.2004

Ich finde mich früh im Restaurant ein. Der Tisch ist lang, noch länger als sonst bei den Schweden üblich, es passen knapp fünfzig Personen dran.

Schon vor Jahren kam mir mal der Gedanke, wie schön es wäre, wenn sich ganz Schweden um eine lange, von Norden bis Süden reichende Tafel scharen würde. Und wie sich immer noch alle gegenseitig zuhören würden. Man könnte perfekt Stille Post spielen!

Hm, Stille Post sollte ich vielleicht für den heutigen Abend vorschlagen, die Kinder fänden das sicher lustig. Andererseits ist es vermutlich angemessener, wenn ich, als Gast von außen, den Ball erst mal flachhalte und den Schweden die Initiative überlasse.

Lustig ist es ohnehin von Anfang an. Zuerst wird das Essen gelobt. Und es klingt authentisch, nicht so übertrieben wie bei den Amerikanern. Wenn Schweden sagen, das Essen sei phantastisch, sagen Finnen übrigens: Hab schon Schlechteres gegessen. Schweden trauen sich zu loben – aber wie bei allem im richtigen Maß.

Als Nächstes kommen ein paar Reden, auch Dankesreden. Alle stoßen gemeinsam auf Peter an, der den Abend organisiert und den Tisch reserviert hat. Den lauten Applaus wischt Peter mit einem bescheidenen Abwinken beiseite, statt seiner Person stellt er die Köche des Restaurants in den Mittelpunkt und lässt sie aus der Küche kommen und beklatschen. Er reicht die Lorbeeren weiter, wendet Jantes Gesetz an.

Irgendwann ist es kurz vor Mitternacht, und wir gehen gemeinsam runter an den Strand. Die Männer zünden Kerzen an, die sie in kleine Sandgruben stellen, dann zählen alle laut den Sekunden-Countdown und reißen sich dabei die Kleider vom Leib. Um null Uhr rennen Groß und Klein ins tiefschwarze Wasser und begrüßen das neue Jahr. Bis auf Mats und mich. Mats sitzt neben mir im Sand und schaut fürsorglich zu seinen Kindern Andreas und Noora hinüber, die sich im Flachen austoben.

«Du willst auch noch nicht wieder schwimmen?», fragt er mich.

Ich nicke. «Ich schaue gerne zu.»

«Geht mir genauso. In mancher Hinsicht bin ich echt ein Weichei. Ein Weichei und ein Schisser.»

«Haha. Das größte Weichei von allen bin ich, damit das klar ist.»

«Nett von dir, Mikko. Ist dir eigentlich bewusst, wie wichtig es für die anderen ist, dass wir die Rolle der Angsthasen übernehmen? Nur so können sie sich mutig fühlen. Und gerade für die Kinder ist das von unschätzbarem Wert. Später spornt diese Erfahrung sie vielleicht dazu an, viel größere Herausforderungen anzunehmen.»

In diesem Moment kommt Peter zurück an den Strand und feuert zur Überraschung aller mehrere Raketen ab. Alle bestaunen das Spektakel am tiefschwarzen Himmel. Die bunten Lichter leuchten schützend über uns auf, bilden einen funkelnden Umhang. Gemeinsam mit meinen schwedischen Freunden stehe ich darunter. Besser kann ein Jahreswechsel nicht verlaufen, zufriedener habe ich ihn nie erlebt. Mein privates Schwedenprojekt erfährt einen gewaltigen Energieschub.

3.1.2005

Seit Silvester ist das Band zu den Schweden noch enger geknüpft. Ab sofort bin ich bei jedem Abendessen dabei, schiebe mit den anderen die Tische zu einer langen Tafel zusammen. Heute sitze ich neben Roger und Ulrica.

«Na, Mikko? Du führst doch bestimmt ein entspanntes Leben, so ganz ohne Kinder», plaudert Roger.

«Ja, es hat natürlich seine guten Seiten. Aber eure Situation doch auch!»

«Selbstverständlich. Unsere Kinder bereichern uns unendlich, wir lieben sie über alles. Doch man sollte auch zugeben dürfen, dass der Alltag mit Kindern manchmal unglaublich an den Kräften zehrt.»

Roger und Ulrica sehen einander liebevoll an. Sie gestehen sich gegenseitig ihre Grenzen ein und zeigen diese auch Außenstehenden.

«Ich habe keinen blassen Schimmer, wann wir zuletzt zusammen im Kino gewesen sind. Weißt du es, Ulrica?»

«War das nicht *Top Gun*? Eine Ewigkeit her. Wie gern würde ich mal wieder einen freien Abend haben, nur für uns zwei.»

Ich schalte sofort – und ergreife die Chance, noch tiefer ins schwedische Familienleben vorzudringen.

«Nichts leichter als das! Wieso habt ihr das nicht eher gesagt? Macht euch doch gleich morgen einen schönen Abend, geht in ein ruhiges Restaurant und genießt eure Zeit. Ich passe gern auf David und Cecilia auf.»

«Ist das dein Ernst? Du hast doch Ferien.»

«Aber eure Kinder sind die reinsten Engel! Ich wüsste nicht, wieso das Zusammensein mit ihnen meine Ferien unterbrechen sollte.»

Dankbar nehmen Roger und Ulrica mein Angebot an.

4.1.2005

David und Cecilia erweisen sich als genauso nett, wie ich es mir vorgestellt habe. Sie hören zu, wenn ich etwas sage. Sie gehorchen, stellen aber auch Fragen und fordern mich auf positive Weise heraus. Beim Zubettgehen denkt Cecilia über ihre Großmutter nach, die im Herbst gestorben ist.

«Tut es weh, wenn man stirbt?», will sie wissen.

«Nein, Cecilia. Deine Oma ist ihren Weg hier auf Erden bis zu Ende gewandert, und jetzt liebt sie dich vom Himmel aus, wo es ihr sehr gutgeht.»

Für einen Anfänger im Schwedisch-Sein gar nicht übel, oder? Klar, Roger und Ulrica hätten das noch besser hingekriegt, aber ich bin zufrieden mit mir. Ich ahne sogar immer deutlicher, wo meine Berufung liegt: in der pädagogischen Hingabe als schwedischer Familienvater. In der Erziehung eigener schwedischer Kinder, die das Land künftig *noch* weiter voranbringen werden.

Die beiden Kleinen vertrauen mir blind. Genauer gesagt: Sie vertrauen ihren Eltern, und da die Eltern sie ganz selbstverständlich meiner Obhut überlassen haben, vertrauen sie auch mir. Als sie eingeschlafen sind, betrachte ich noch eine Weile ihre friedlichen Gesichter und träume von einer eigenen Familie, dann gehe ich mit einem anspruchsvollen Roman auf die Terrasse. Mankell habe ich durch, jetzt ist der schwedische Nobelpreisträger Harry Martinson dran.

Die Tür lasse ich angelehnt. Immer wieder werfe ich einen Blick nach drinnen. Dabei fallen mir die vielen Kuscheltiere auf dem Bett auf und das Familienfoto auf dem Nachttisch. Roger und Ulrica haben vertraute Elemente von zu Hause mitgenommen, damit das ferne Thailand zu einem temporären Zuhause werden kann.

Ich schaue noch genauer hin. Neben dem Familienfoto liegen mehrere Schlüssel. Einer ist der Autoschlüssel für den Volvo, auf einem anderen steht *hem*, Zuhause. Ja, das Zuhause ist die Basis für alles. Ich lasse den Schlüssel langsam durch die Finger gleiten und stelle mir vor, nach einem produktiven Arbeitstag zufrieden meine Göteborger Haustür aufzuschließen. Es ist ein Schlüssel zum Glück. Ich stecke ihn kurzerhand in meine Hosentasche und verbuche die Tat als wichtige symbolische Handlung. Mit Diebstahl hat das nichts zu tun.

15.1.2005

Zuhause baue ich den Schlüssel elegant in meinen Altar ein, der gleich viel vollständiger aussieht.

Und, wie sympathisch: Ich bekomme eine Mail von Susanne, die mir die Situation an der Schule ihrer Kinder schildert. Sämtliche Lehrer wussten, dass Simon und Max den Tsunami miterlebt hatten, und veranstalteten in bester Absicht eine Menge therapeutisches Programm – so lange, bis die Kinder heulend aus der Schule nach Hause kamen. Susanne musste die Lehrer bitten, schleunigst zum normalen Schulalltag zurückzukehren. Wenn sich das Befinden von Simon und Max nicht umgehend bessert, wird sie einen Therapeuten anrufen, der auf die Behandlung von Übertherapierten spezialisiert ist. Die Leute drüben sind einfach für alles gewappnet.

3.3.2005

Je besser und stabiler mein Befinden ist, umso stärker auch die Motivation, meine neue Identität wahr werden zu lassen. Zunächst mache ich mir meine Phantasie zunutze und probiere Rollenspiele aus. Erster Schritt: Paarbeziehungen.

Ich nehme schwedische Filmdialoge auf und schalte dabei beim männlichen Sprechpart immer auf stumm. Anschließend setze ich mich vor meine neuerworbene, lebensgroße Puppe namens Sofia, spiele die Aufnahme wieder ab und übernehme den männlichen Part.

«Liebst du mich eigentlich noch?», fragt Sofia.

«Wie kommst du darauf, dass ich dich nicht liebe?», antworte ich.

«Na ja, du wirkst manchmal so abwesend.»

«Hm. Kannst du das vielleicht genauer beschreiben?»

«Irgendwie so, als ob du gar nicht mehr bei mir wärst mit deinen Gedanken.»

«Gib mir mal ein konkretes Beispiel.»

«Ach, was soll ich länger um den heißen Brei herumreden. Ich habe gesehen, wie du mit einer Frau ein Hotel betreten hast!»

«Du liebe Güte! Das war eine Kollegin, wir hatten eine Besprechungsrunde im Hotelrestaurant. Aber ich verstehe dich und muss zugeben, dass es in letzter Zeit nicht besonders liebevoll bei uns zugegangen ist. Da kann man schon mal auf die Idee kommen, der andere würde auf Abwege geraten. Doch ich versichere dir, solche Gedanken sind völliger Unfug. Meine Liebe zu dir ist stärker als die Strömung des Göta, und sie wird niemals enden, das verspreche ich dir, so wahr ich hier stehe …»

Ich bin wie in Trance, muss mir die Rührungstränen von den Wangen wischen und umarme Sofia zärtlich.

Ehrlich gesagt weicht das Ende dieser Szene deutlich vom Film ab und ist stark improvisiert. Laut Drehbuch glaubt die Frau ihrem Mann nicht, knallt die Tür zu und verlässt die Wohnung, der Mann gießt sich einen Schnaps ein. Ich finde meine Variante jedoch viel authentischer und dem schwedischen Mann gemäßer: Empathie zeigen, eigene Versäumnisse eingestehen und das Positive betonen. In Sachen Leidenschaft im physischen Bereich habe ich mich Sofia gegenüber sogar noch zurückgehalten, so weit reicht die improvisierte Versöhnung dann doch nicht.

Sofia meistert ihren Part ganz ordentlich. Ich werde weitere Filmausschnitte aufnehmen und mich bis zu Ingmar Bergmans *Szenen einer Ehe* vorarbeiten, *dem* schwedischen Filmklassiker schlechthin.

4.3.2005

Das Dialogtraining katapultiert mich enorm nach vorne, und ich komme zum nächsten, ebenfalls wichtigen Schritt: Ich stelle mich der Frage nach meiner regionalen Identität, meiner Verankerung. Aus welchem Teil von Schweden will ich stammen?

Ich betrachte mich im Spiegel und versuche, das Bild, das ich schon ewig kenne, mit neuem, schärferem Blick zu erfassen. Bin ich eher der Typ aus Skåne oder eher der aus Stockholm? Oder der aus dem hohen Norden?

Ich versuche es als Erstes mit Skåne, der südlichsten Provinz. Der typische Dialekt geht mir nur mäßig von der Zunge, auch die tiefenentspannte Art passt leider nicht recht zu mir. Per Albin Hansson, der kam natürlich aus Skåne, doch vielleicht sind seine Fußstapfen schlicht zu groß für mich.

Ich teste lieber Småland, am zweitsüdlichsten gelegen. Hier ist man knauserig und geschäftstüchtig; Ingvar Kamprad, der Gründer von IKEA, stammte aus dieser Ecke. Ich hole mein Portemonnaie aus der Tasche und beobachte mich im Spiegel beim Geldzählen. Irgendwie nicht überzeugend. Und auch dieser Dialekt flutscht nicht richtig. Außerdem, welche Frau will schon einen Geizhals? Frauen erobert man durch Großzügigkeit und Entspanntheit.

Also vielleicht der coole, urbane Stockholmer? Lässiges Jackett, Jeans im Used-Look, trendige Schuhe und ein entsprechender Haarschnitt. Ja, das würde mir schon besser gefallen. Andererseits, Großstädter sind oft in Hektik.

Wie wäre es mit der entschleunigten Insel Gotland? Mein Großvater könnte seinerzeit als Fischer dorthin gegangen sein, nach Visby. Aber wenn ich genauer drüber nachdenke, war es doch wohl eher so: Die alteingesessenen Insulaner haben ihn nicht in ihre Gemeinschaft aufgenommen und wollten ihre – zugegebenermaßen paradiesische – Insel für sich behalten. Ach, Scheiß drauf, das wird nichts mit den sturen, stolzen Gotländern. Was sind die überhaupt so hochmütig? So weit weg, wie die vom schwedischen Festland leben, sind sie doch sowieso nur halbe Schweden!

Nein, meine Identität muss woanders wurzeln. Ich probiere es weiter nordwärts, ganz oben in Norrland. Dort sind die Leute gemütlich und bedächtig. Ich schlendere mit langsamen Schritten vor dem Spiegel auf und ab. Ha, es hat mal wieder kräftig geschneit? Na ja, kennen wir doch, davon lassen wir uns nicht aus der Ruhe bringen. – Hm, irgendwie passen diese Sätze nicht zu mir, mir fehlt die entsprechende Mimik.

Plötzlich bricht etwas Neues aus meinem Gesicht hervor, oder genauer gesagt, etwas Altvertrautes. Västra Götaland! Ich imaginiere mich in die Straßen Göteborgs, und endlich stimmt mein Gang. Fast kann ich die Straßenbahnen hören und den Göta riechen, fast sehe ich das Ullevi-Sportstadion vor mir! Mein Gott, endlich habe ich mich gefunden! Göteborg muss schon immer tief in mir geschlummert haben.

7.3.2005

Ich beschäftige mich weiter mit meiner Göteborger Identität, und mein Bauchgefühl wird von Tag zu Tag besser. Wozu noch länger herumeiern? Ich habe sowieso schon viel zu viel Lebenszeit verschwendet. Also, meine künftige schwedische Identität ist göteborgisch. Zusätzlicher Bonus: Der Dialekt liegt mir.

14.4.2005

Endlich habe ich *Szenen einer Ehe* in seiner vollen Länge von 243 Minuten für die Aufführung durch Sofia und mich vorbereitet. Ich spreche die stumm geschalteten Parts von Ehemann Johan, Sofia wiederum schauspielert stumm zu den Originalrepliken von Liv Ullmann als Ehefrau Marianne. Ich habe mir zum Ziel gesetzt, ohne Cut durchzukommen und Sofia und mich auch körpersprachlich möglichst authentisch durch die Aufführung zu lotsen. Es gelingt blendend. Geradezu gänsehautmäßig wird folgende Szene: Wir liegen auf dem Ehebett und lesen. Zwischen uns herrscht, dank unserer souveränen schauspielerischen Leistung, eine physisch greifbare Spannung. Marianne rückt näher an mich heran.
«Johan?»
«Mmmh.»

«Ich muss mit dir über etwas reden. Du brauchst nicht zu erschrecken, es ist nichts Ernstes.»

«Es hört sich aber bedrohlich an. Was willst du mir denn sagen?»

«Ich bin schwanger.»

«Das habe ich schon vor drei Wochen gesagt, aber du hast es abgestritten.»

«Ich wollte dich nicht beunruhigen.»

«Das war sehr rücksichtsvoll von dir.»

«Und … was machen wir jetzt?»

«Heißt das, du willst abtreiben?»

«Das heißt, ich möchte, dass wir darüber reden. Und dann werden wir das tun, was wir gemeinsam beschließen.»

Wir reden, reden und reden. Marianne weint, ich tröste sie, sie beruhigt sich. Allein in dieser einen Szene durchleben wir eine unfassbare Palette von Emotionen. Aber wir schiffen uns da durch, wir sind schließlich Schweden, und dank dieser Rollenspiele werde auch ich später gut durch schwierige Situationen hindurchkommen. Das schwedische Schulsystem erzieht die Menschen zu selbständig denkenden, empathischen und diskussionsfähigen Individuen – da hinke ich als Finne natürlich Lichtjahre hinterher. Aber mit Hilfe dieses Trainings werde auch ich, wenn der Moment gekommen ist, meine Beziehungskrisen meistern. Eine Liebesbeziehung verlangt Arbeit, und in Schweden weiß man das und krempelt beherzt die Ärmel hoch.

Wir schaffen den gesamten Film, und zwar mit Bravour. Überzeugend sind wir durch alle Szenen geschritten, unsere Dialoge blieben durchweg flüssig. Unsere Tränen waren echt (jedenfalls bei mir), unsere Liebesszenen leidenschaftlich.

Bergman hat die schwedische Seele besser ausgeleuchtet als irgendwer sonst. Deshalb ist die Auseinandersetzung mit seinem Werk für mich so wichtig. Durch ihn habe ich verstanden, dass nichts Seltsames daran ist, mit seiner Partnerin stundenlang auf einem Felsen am Ufer zu sitzen und über seine Gefühle zu reden.

Im Gegenteil – so was ist erhaben. Bergman macht mich zu einem besseren Menschen. Ich komme mit Riesenschritten voran.

1.8.2005

Auch wenn ich ungern vom Job berichte – der Frühling war stressig. Mal wieder eine Umstrukturierungsmaßnahme, die soundsovielte, und auch mein Bereich wurde umgekrempelt. Bis ich gut reingekommen bin und obendrein noch den Kollegen eingearbeitet hatte, der jetzt den alten Kram von mir erledigt, ist eine Menge Zeit ins Land gegangen. Das Gute an hektischen Phasen auf der Arbeit: Es bleibt keine Energie für andere Sorgen. Allerdings bin ich dann, als der Sommerurlaub losging, so richtig in den Keller gerasselt. Seitdem fühle ich mich schlapp, kann mich zu nichts aufraffen. Dabei hatte ich mir vom Sommer einen Durchbruch erhofft. Jetzt ist der Urlaub schon wieder um, und ich stecke noch immer in einem finnischen Körper. Und muss zurück an einen finnischen Arbeitsplatz.

12.8.2005

Nach einem harten Arbeitstag ziehe ich mir im schwedischen Fernsehen eine Quizshow rein. «Wer führte Regie beim Kinofilm Fanny und Alexander?», lautet eine der Fragen. Ingmar Bergman scheint auf vieles die Antwort zu sein. Ich schalte die Show umgehend ab und schaue mir stattdessen zum circa hundertsten Mal den oscarprämierten Film an. Vor allem die Szenen rund um das schwedische Weihnachtsfest berühren mich. Und auf einmal habe ich eine zündende Idee: Das schwedische Weihnachtsfest wird der Einstieg in mein Leben als Schwede! Es könnte, es *muss* die Lösung meiner Probleme werden.

9.9.2005

Die neue Vision versorgt mich mit dem ersehnten Energiekick. Ich spüre es mit jeder Faser: Weihnachten werde ich in einem schwedischen Haus feiern, zusammen mit schwedischen Menschen, und dabei selbst als Schwede agieren. Ich muss meine Idee nur noch umsetzen. Was gar nicht so einfach ist. Anders als sonst, beginne ich mit der Planung des Festes also schon im September. Zu diesem Zweck genehmige ich mir ein paar Monate unbezahlten Urlaub. Als ich unserem Chef von meinen Plänen erzählen will, winkt er müde ab. So viel zum Thema gute Kommunikation am Arbeitsplatz.

An Deck der Viking Gabriella fällt es mir wie Schuppen von den Augen: Ich bin wie dieses Schiff. Ständig unterwegs zwischen zwei Ländern, ohne dauerhaft vor Anker zu gehen. Doch für einen Menschen ist ein Leben ohne Anker keine gute Sache. Zum Glück wird mein Leben sich bald ändern.

Ich blicke nochmal Richtung Finnland, Helsinki wird allmählich kleiner. Eine schöne Stadt, ohne Zweifel, doch ich möchte sie lieber heute als morgen endgültig hinter mir lassen. Das Schiff fährt an der Seefestung Suomenlinna vorbei, der Finnenburg, die auf Schwedisch Sveaborg heißt, Schwedenburg.

Ich gehe in meine Kabine und studiere das Faltblatt mit den Bordangeboten. Der Text über die Bar ist aufschlussreich. Die Schweden werden auf Schwedisch wie folgt eingeladen: «Erfreuen Sie sich an unserer großen Auswahl von Bieren aus aller Welt und edlen Whiskeys.» Die Finnen auf Finnisch dagegen so: «Der ideale Ort fürs erste kühle Pils! Und dann das zweite.» Da sieht man's mal wieder, schwarz auf weiß – die einen sind die Zivilisierten, die anderen die Saufprolls. Ich werfe einen Kontrollblick in den Spiegel und mache mich auf, um die Biere aus aller Welt zu erkunden.

Beim Genuss eines frischen Feinherben denke ich über das Thema Erfindungen nach. Auch hier haben die Schweden die Nase vorn – so erfand Alfred Nobel das Dynamit. Etwas später erfand der Biochemiker Artturi Ilmari Virtanen eine Methode zur Konservierung von Futtermitteln – und gewann damit den nach Nobel benannten Preis. Schwer vorstellbar, es wäre andersherum gelaufen und Alfred Nobel hätte den Virtanen-Preis bekommen. Dabei ist, das muss ich zugeben, Virtanens Erfindung ethisch deutlich besser für die Menschheit.

Ein schwedisches Schwulenpärchen fragt höflich, ob es sich an den Nebentisch setzen kann. Aber klaro, gerne doch! Viele meiner finnischen Noch-Landsleute hätten da allerdings noch immer Vorurteile. Man muss leider bedenken, dass Homosexualität dort erst seit den Neunzigern bekannt ist und zu diesem Zweck auch noch importiert werden musste; aus Schweden, woher sonst. Als ich klein war, kannte man Schwule in Finnland gar nicht, in Schweden dagegen tanzten sie längst zur tuntigen Discomusik von Village People. Auch heute gibt es in Finnland ganze Landstriche, in denen Schwulsein noch völlig unbekannt ist.

Bei einer schwedenweiten Umfrage, wen man am liebsten zum Nachbarn hätte, schaffte es der schwule Schriftsteller Jonas Gardell auf die Spitzenposition. In Finnland würde er diesen Rang nur erlangen, wenn die Frage lautete: Wem würden Sie am liebsten so richtig eins in die Fresse hauen? Unser armer Schlagerstar Jari Sillanpää musste ungeoutet durch die Lande touren, bis die Gesellschaft endlich halbwegs für sein Geständnis bereit war.

Der Import des Homo-Bewusstseins dürfte in etwa so gelaufen sein: Da kam irgendein sendungsbewusster Typ mit einem Haufen Flyer im Koffer und einer großen Portion Toleranz im Kopf aus Schweden nach Finnland und hat die Ministerien und Ämter abgetingelt, überall freundlich angeklopft und gesagt: «Hier ist sie nun, die im Ausland immer populärer werdende Homosexualität. Wäre das nicht langsam auch was für Sie hier in Finnland?»

Damals hatte sich der kumpelige Ton im allgemeinen Umgang noch nicht durchgesetzt, sonst hätte der gute Mensch es direkter angehen können. Joviales Schulterklopfen, wissender Blick und dazu die folgenden Worte: «Hey, Schwulsein ist ganz easy, sollte man auch hier unters Volk

Nur noch knapp drei Monate bis Heiligabend. Es läuft zäh, aber ich halte an meinem Ziel fest: ein schwedisches Weihnachten in einem schwedischen Zuhause zu simulieren. Was den Ort anbelangt, habe ich immerhin anständig vorgesorgt. Ich bin im Besitz von sieben Hausschlüsseln.

Ja, ich bekenne, der eine Schlüssel in meinem Heim-Altar ist nicht der einzige geblieben. Hiermit trage ich der Ehrlichkeit halber nach: Ich habe die Schlüssel von sieben Paaren an mich genommen. Ich muss zugeben, dass ich gar nicht so genau wusste, wieso, denn im letzten Winter hatte ich meinen Weihnachtsplan ja noch gar nicht auf dem Schirm. Doch irgendetwas in meinem Innersten hat mir laut und deutlich gesagt, dass ich diese Schlüssel irgendwann brauchen werde. Und der Appetit kommt mit dem Essen: Bei jedem meiner Einsätze als «Kindermädchen» für den Nachwuchs der schwedischen Elternpaare habe ich den Haustürschlüssel eingesteckt.

Klar bin ich damit ein Risiko eingegangen. Was, wenn ich verdächtigt worden wäre? Doch in ihrer wohligen Urlaubsstimmung haben alle Paare den Verlust – und darauf habe ich gesetzt – erst daheim realisiert, als sie aufschließen wollten. Und wie man weiß, hat jeder Schwede einen Ersatzschlüssel beim Nachbarn deponiert. Es war also kein Drama. In der Gesamtbilanz haben die Paare von ihrem kinderfreien Abend auf Thailand viel stärker profitiert, als ihnen der Verlust des Schlüssels geschadet hat. Insofern habe ich ein reines Gewissen.

Jetzt muss ich unter den sieben Möglichkeiten nur noch die beste auswählen. Ich aktiviere mal wieder meine E-Mail-Kontakte. Roger und Ulrica werden dieses Mal ausnahmsweise nicht über Weihnachten nach Asien reisen, Rogers Vater hatte eine Hüft-OP, da wollen sie lieber gemütlich als Großfamilie feiern. Wie sozial sie doch sind. Die eigenen Pläne werden zugunsten der Gemeinschaft hintangestellt.

Trotzdem schade. Die beiden haben ein eigenes Haus. Irgendwie finde ich, mein erstes schwedisches Weihnachten sollte im Eigenheim stattfinden. Zugleich schäme ich mich für diesen Gedanken – die Qualität des Weihnachtsfests darf doch nicht vom Wohnstatus abhängen. Das Wesentliche am Fest der Liebe ist das gesellige Beisammensein! Und genau dafür werde ich noch einiges investieren müssen.

In Göteborg, meinem Wunschort, leben außerdem noch Hasse und Erica. Hasse reagiert umgehend und mailt mir, dass sie dieses Jahr seit langem mal wieder Lust hätten auf Schnee und traditionelles Festtagsessen. Mist, so gut ich das auch verstehe – damit ist meine neue Heimatstadt Göteborg von der Liste runter. Doch ich übe mich in Pragmatismus, immerhin habe ich mehrere Schlüssel auf Lager.

Ich beschließe, mir den Wunsch nach einem eigenen Haus nicht zu versagen. Denn mal ehrlich, erst der glitzernde Tannenbaum im eigenen Garten und das morgendliche Schneeschippen machen die Festtage so richtig rund, oder? Ich checke meine Tabelle. Wessen Zuhause kommt in Frage?

Und dann muss ich ja auch noch das Problem der Geselligkeit lösen.

3.12.2005

Am Ende bleiben mir drei Optionen, von denen Åkes und Stinas Zuhause in Umeå die beste ist. Gutgeschnittenes Haus, großzügiger Garten, und die nördliche Lage garantiert mir eine weiße Weihnacht. Außerdem sind die beiden vom ersten Dezember bis Mitte Januar in Thailand. Das verschafft mir die Möglichkeit, frühzeitig ihr Haus zu erkunden und mein erstes großes Fest in Schweden detailliert vorzubereiten.

Åke und Stina haben ihr Zuhause in vorbildlicher Ordnung zurückgelassen. Ich versuche, mich möglichst wenig im Garten und vor den Fenstern zu bewegen, um die Nachbarn nicht unnötig aufzuscheuchen. Früher oder später werde ich sie sowieso treffen, dafür muss ich mir noch was zurechtlegen. Vielleicht sollte ich zu einem bestimmten Zeitpunkt ganz bewusst auf sie zugehen?

Das Schicksal überrumpelt mich. Ich laufe einem großen Mann in die Arme, der gerade zu seinem Volvo geht. Fragend sieht er mich an. Hoffentlich ist es Gunnar, der Nachbar, von dem Åke erzählt hat.

«Hallihallo, du bist sicher der Gunnar!»

«Jawohl, ich bin der Gunnar.»

«Und ich bin Mikael, Åkes alter Studienfreund. Wir hüten sein Haus, solange er weg ist. Ehrlich gesagt sind wir sehr dankbar über diese Möglichkeit, denn unser Haus wird gerade renoviert. Wir hatten einen Wasserschaden. Wie passend, dass Åke, Stina und die Kinder gerade auf Thailand sind!»

«Tja, da fahren sie jedes Jahr hin. Und wenn ich hier so tagein, tagaus meine Windschutzscheibe vom Eis freikratze, verstehe ich das ziemlich gut.»

«Ja, sie sind zu beneiden. Bei uns ist obendrein noch ein Einbruch dazugekommen. Mal schauen, ob wir dieses Jahr überhaupt noch Weihnachtsstimmung kriegen. Meine Familie reist übrigens erst kurz vor dem Fest an.»

«Ach je, das tut mir leid. Erst ein Wasserschaden, und dann auch noch Einbrecher. Das drückt sicher auf die Stimmung.»

«Du sagst es. Da fragt man sich schon ein wenig, was mit diesem Land los ist.»

«Ach, mit Schweden geht es bergab. Aber lass uns nicht davon reden. Eine gute Adventszeit, Mikael.»

«Dir auch, Gunnar. Und grüß deine Frau Yvonne von mir.»

Wie gut, dass ich mir auch deren Namen gemerkt hatte. Besser hätte das Zusammentreffen nicht laufen können. Umeå war eine gute Wahl. Gunnar darf nur nicht Åke informieren.

5.12.2005

Im Haus kenne ich mich inzwischen aus, die Nachbarn sind ebenfalls bekannt. Fehlt nur noch die Familie. Ein Haus ohne Familie ist wie ein Parlament ohne Sozialdemokraten. Es mag alles einigermaßen funktionieren, aber innerlich fehlt die Wärme.

Nachdem ich den ganzen Herbst nicht recht wusste, wie ich dieses Problem angehen soll, scheint die Lösung jetzt greifbar nah. In der Zeitung steht ein Artikel über die Schauspielerin Stina Larsson, die neuerdings nicht mehr zum Ensemble des Königlichen Dramatischen Theaters gehört und Weihnachten allein mit ihren Kindern feiert, ohne Perspektive fürs neue Jahr. Mit zwei Klicks habe ich ihre Telefonnummer gefunden, dem demokratischen Schweden sei Dank. Stina ist relativ bekannt, in anderen Ländern würde jemand wie sie die eigene Telefonnummer nicht öffentlich anzeigen lassen.

«Stina Larsson.»

Ihre Stimme klingt schön melodisch.

«Hallo Stina, hej, hier ist Mikael Strömsten. Hast du eine Minute? Ich komme gleich zu meinem Anliegen: Ich habe kürzlich bei einem Autounfall Frau und Kinder verloren und möchte Weihnachten nicht allein verbringen. Daher bin ich auf der Suche nach jemandem wie dir, der mit mir – nach Schauspieltarif bezahlt natürlich – die Festtage verbringen könnte. Wäre das für dich vorstellbar?»

«Tut mir sehr leid, das mit deiner Familie. Und zu deinem Vorschlag ... hm, könntest du den etwas konkretisieren? Wie hast du dir das gedacht?»

«Einfach ein ganz stinknormales schwedisches Weihnachtsfest, nichts Besonderes. Vielleicht könntest du ein bisschen beim Kochen helfen, und natürlich brauchen wir Zimtschnecken, damit es gut duftet. Du spielst quasi die Frau im Hause.»

«Ein ungewöhnliches Angebot, aber die Rolle dürfte nicht weiter schwer sein. Und vom Nichtstun kommt schließlich kein Geld aufs Konto. Du zahlst den regulären Bühnentarif?»

«Selbstverständlich. Plus Überstundenzuschlag, ist ja ein Einsatz rund um die Uhr. Du hast Kinder, oder? Bring sie einfach mit, ich zahle ihnen die Hälfte von dem, was du kriegst.»

«Die beiden Kleinen? Warum nicht. Aber ich muss erst mit ihrem Vater sprechen.»

«Wäre schön, wenn's klappt. Die Weihnachtsstimmung ist doch erst mit Kindern so richtig vollständig.»

«Recht hast du. Gut, ich kläre das ab und melde mich.»

«Könntest du das möglichst schnell tun? Das Fest rückt näher, und ich brauche eine Perspektive. Zum Trost, du verstehst.»

«Natürlich.»

«Ach so, und wenn du magst, bring gern auch deine Eltern mit! Drei Generationen unter einem Dach, das wäre doch super.»

«Meine Eltern leben leider nicht mehr.»

«Tut mir leid.»

«Danke, ist schon eine Weile her. Also, ich melde mich.»

«Prima, bis dann!»

6.12.2005

Zum Glück ist Stina sich nicht zu schade für mein Rollenangebot. Gleich am nächsten Tag ruft sie zurück und sagt zu. Wahrscheinlich hat sie schlicht und einfach Geldsorgen.

Was soll's, sie erfüllt alle Kriterien: Sie kann schauspielern, hat Zeit und bringt zwei Kinder mit ins Haus. Damit können die drei das Weihnachtsfest gemeinsam feiern, und von mir gibt's noch Kohle und Geschenke obendrauf. Wenn das nicht Win-win für alle ist.

Klar, ein geschauspielertes Familienleben ist nicht dasselbe wie ein authentisches. Aber wird unsere Welt nicht ohnehin immer künstlicher? Alle stellen sich doch permanent selbst dar und setzen dabei irgendwelche Masken auf. Wieso soll ich mich da nicht an Stinas Gesellschaft erfreuen dürfen? Glücklicherweise bringen auch ihre Kinder schauspielerische Erfahrung mit. Ich bin schon jetzt stolz auf die Kleinen. Als wären sie mein eigen Fleisch und Blut.

Man kann es drehen und wenden wie man will, bei einem schwedischen Weihnachtsfest muss die Hütte voll sein, und zwar mit drei Generationen. Also gehe ich im Verzeichnis des schwedischen Schauspielerverbands die älteren Semester durch. Am besten wäre ein Ehepaar. Nach mehreren Telefonaten wird klar: Die Leute hier feiern alle mit ihren Kindern und Enkeln und können über die Feiertage kein Engagement annehmen. Tja, wie es sich für echte Schweden gehört.

Ich weiche aufs Verzeichnis in Finnland aus, da feiert man weniger großfamilienorientiert. Ich probiere es direkt beim Alt-Star Lasse Pöysti, der auch in Schweden bekannt ist und glänzend Schwedisch spricht. Außerdem hat er eine warme, weiche Stimme, perfekt fürs Vorlesen der Weihnachtsgeschichte.

Er geht sofort ans Telefon.

«Lasse Pöysti.»

Großartig, er klingt wirklich wie der Weihnachtsmann persönlich.

Ich steige gleich auf Schwedisch ins Gespräch ein, ich bin schließlich Mikael und nicht mehr Mikko.

«Hej, Mikael Strömsten hier aus Schweden, hätte der verehrte Künstler eine Minute Zeit?»

«In meinem Alter hetzt man nicht mehr. Was gibt's?»

«Ich rufe aus Umeå an, hier liegt herrlich viel Schnee, und meine Frau und ich möchten über die Festtage noch zwei Großeltern für unsere Kinder engagieren. Falls Sie und Ihre Frau also …?»

«Was ist das bitte für ein Unfug?»

«Das ist kein Unfug, das ist mein voller Ernst, ich zahle

auch gern einen Festtagsbonus. Ganz klar, einer vom Format eines Lasse Pöysti kostet was. Könnten wir da irgendwie zusammenkommen?»

Knack. Stille. Der alte Herr hat das Gespräch grußlos beendet. Ich bin fast ein bisschen empört. Ich habe ihm wirklich nichts Unanständiges vorgeschlagen, und er, der sich der Öffentlichkeit immer als bedächtiger, uriger Onkel präsentiert, benimmt sich wie die letzte Diva. Ich atme ein paarmal tief durch. Wahrscheinlich ist es das Beste. So jemand hätte uns nur die Stimmung versaut. Fuck you, Lasse. Da bleiben wir lieber ohne Oma und Opa. Ich bin sicher, ich bin mit Stina, 38, Joakim, 7, und Lisa, 5, bestens aufgestellt.

23.12.2005

Åkes Autoschlüssel liegen in der obersten Schublade der Flurkommode. Natürlich hole ich die drei mit dem Volvo am Bahnhof ab. Alles klappt super: Wir umarmen uns herzlich, die Chemie stimmt. Zuhause serviere ich meiner von der langen Reise erschöpften Familie ein Abendbrot mit deftigen Schinkenstullen und führe sie anschließend durch unser Heim. Dabei flechte ich, um meine Rolle noch glaubwürdiger zu gestalten, ein paar Anekdoten über das Haus und den Garten ein. Über meine Frau, unsere Kinder und den Autounfall erzähle ich lieber nichts, und taktvoll, wie Stina und ihre Kinder sind, fragt auch niemand nach.

Als Stina und ich gemeinsam die Kinder ins Bett bringen, merkt man ihnen die weihnachtliche Aufregung an. Wann kriegen wir morgen die Geschenke?, wie viele Stunden noch?, und so weiter und so fort. Stina und ich lesen im

Wechsel Gutenachtgeschichten vor, irgendwann machen wir einfach das Licht aus. Ich glaube nicht, dass die beiden schnell einschlafen. Ich jedenfalls war als Kind am dreiundzwanzigsten Dezember immer übel aufgeregt.

Stina und ich packen in der Küche die Geschenke ein; sie hat mir vorab die Wunschzettel der Kinder durchgegeben. Mein Geschenk für Stina liegt schon fertig eingewickelt für morgen bereit. Weihnachten darf man sich ruhig mal sinnlich geben, das tut jeder Ehe gut, und da im Schauspielerverzeichnis Stinas Gewicht und die Körpermaße angegeben waren, konnte ich souverän die passende Unterwäsche auswählen.

Wie schön: Die Kleinen schlafen, die Großen bereiten Überraschungen vor. Dann gehen wir ins Schlafzimmer, ein sehr geschmackvolles übrigens. Leider merke ich zu spät, dass ich das Hochzeitsbild von Åke und Stina nicht weggestellt habe, also behaupte ich, das Bild sei von der Hochzeit meines Bruders. Zum Glück schluckt sie das. Die Familienbande sind in diesem Land nun mal eng.

Schweigend machen wir uns bettfertig. Ich zeige ihr, auf welcher Seite sie zu liegen hat – «nach so vielen Jahren kann ich mich leider nicht mehr umgewöhnen, hoffentlich ist das für dich okay» – und streichle ihr sacht übers Haar.

Sie zieht die Stirn kraus und scheint irritiert. Vermutlich ist auch sie aufgeregt wegen morgen; Heiligabend werden wir doch alle nochmal zum Kind. Als ich zärtlich ihre Schulter drücke und meine Hand in Richtung ihrer Brüste wandern lasse, sagt sie:

«Nicht jetzt, nicht heute.»

Ich nehme die Abfuhr gelassen. Eine Ehefrau ist keine Maschine. Stina ist müde von der Reise und braucht ihre Ruhe. Ich gebe ihr einen Kuss auf die Wange und knipse das Licht aus.

Wir stehen früh auf, immerhin müssen wir noch einiges er-
ledigen; Essen vorbereiten, ein paar letzte Einkäufe machen.
Da wir beide nicht sonderlich religiös sind, fällt wenigstens
der Programmpunkt Kirchgang weg. In der Innenstadt drehen sich einige unauffällig nach Stina um – wir merken es
trotzdem. Hoffentlich kommt sie nicht in die Klatschzei-
tungen: Schauspielerin Stina Larsson mit neuem Freund ge-
sichtet. Wir passen auf, dass niemand Fotos von uns macht.

Am Spielwarengeschäft drücken sich die Kleinen ihre
Nasen an der Schaufensterscheibe platt und wollen wissen,
ob ihre Wünsche in Erfüllung gehen werden. Ich habe nicht
vor, ihre Hoffnungen zu enttäuschen. Die Armen mussten
gerade erst die Trennung ihrer Eltern verkraften, da sollte
man alles tun, um sie zu unterstützen.

Dazu gehört auch das leibliche Wohl. Zu Hause setze ich
den Weihnachtsmilchreis auf und rühre die Glücksmandel ein.
Die Mandel verkündet allen Essern am Tisch und vor allem
demjenigen, der sie am Ende auf dem Teller hat: Kein Grund
zur Sorge, das nächste Jahr wird gut, manchmal kommt das
Glück so plötzlich um die Ecke wie eine Mandel auf den Teller.

Bei den anderen Speisen übernimmt Stina die Regie.
Auch wenn ich in Finnland einen Kochkurs «Schwedisches
Weihnachtsessen» belegt habe, hat sie natürlich mehr
Übung. Ich bespaße in der Zwischenzeit die Kinder und
baue mit ihnen einen Schneemann. Einen klassischen aus
drei Kugeln, mit Möhre als Nase und Besen als Requisite.
Ich agiere diskret im Hintergrund, schalte mich nur ein,
wenn die Kinder Hilfe brauchen. Lisa formt aus ein paar
Steinchen zwei Augen und einen lächelnden Mund. Als das
Gesicht fertig ist, ruft sie: «Komm, Papa, guck!»

Unglaublich, diese Worte möchte ich öfter hören. Auch wenn sie Teil von Linas Rolle sind, wirken sie authentisch. Und *wie* Papa jetzt guckt! Ich nehme mir vor, kindliche Kreativität immer und ausnahmslos zu bewundern. Nichts stärkt Kinder so in ihrem Wachstumsprozess wie echte Anerkennung.

Als der Schneemann fertig ist, stellen wir drum herum ein paar gläserne Laternen mit Kerzen auf. Dann wird es höchste Zeit, wieder ins Haus zu gehen, denn um drei startet die alljährlich gesendete Weihnachtsfolge mit Donald Duck. Die Kinder juchzen und sprechen jedes Wort mit. Auch ich kann die Repliken auswendig, verkneife mir das Mitsprechen aber. Im Stillen freue ich mich darüber, wie organisch die Schweden diesen amerikanischen Fernsehkommerz in ihre nach Hefeteig duftende Gemütlichkeit eingebettet haben. So wird auch Walt Disney zu einem kleinen Teil der eigenen Kultur. Damit kann sogar ich eine Figur wie Donald Duck gutheißen.

Als Nächstes decken wir gemeinsam den Tisch und tragen die Speisen auf. Das landestypische Menü ist vollständig: Schinken, Heringshappen, Miniwürstchen, der Kartoffelauflauf «Janssons Versuchung», Lachs und nicht zuletzt der aus Trockenfisch hergestellte Lutefisk. Bei dem rümpfen die Kinder die Nase, aber das gehört dazu. Den mag man erst als Erwachsener, doch probieren muss man auch als Kind jedes Jahr, zumindest einen Happen.

Das Tischgespräch läuft. Gut sogar, nämlich ohne unnötiges Blabla. Wir hatten alle ein hartes Jahr, und als Stina wegen ihrer unsicheren Arbeitssituation in Tränen ausbricht, nehme ich sie behutsam in den Arm und versichere ihr, dass in der Zukunft noch viele gute Rollen auf sie warten. Sie nimmt meinen Trost an und entspannt sich. Irgendwann halten die Kinder es nicht mehr aus und fragen, wann denn endlich die Bescherung sei.

Wozu sie länger auf die Folter spannen? Nach dem Dessert flitze ich nach draußen und hole den gefüllten Geschenkesack aus der Garage. Als ich wieder ins Haus zurückwill, kriege ich einen Riesenschreck. Vor der Einfahrt hält ein Taxi, und aus dem Taxi steigt Åke! Panisch verstecke ich mich hinter der Mülltonne. Was hat der jetzt hier zu suchen, wieso ist der nicht in Thailand? Vielleicht eine Krise mit seiner Frau! Egal was es ist, mir bleibt nur der sofortige Rückzug. Ich hechte über den Zaun aufs Nachbargrundstück, und schon wenige Sekunden später renne ich durch die leeren Straßen von Umeå. Niemand sieht mich, alle sitzen in ihren Häusern und feiern Weihnachten. Tja, genau das war auch *mein* Plan. Ist leider nicht aufgegangen. Zum Glück entdecke ich an einer Ecke ein Taxi. Ich reiße die Tür auf und lasse mich auf die Rückbank plumpsen.

«Nach Stockholm, egal wie teuer.»

Wenigstens habe ich mein Portemonnaie, meinen verhassten finnischen Ausweis und mein Handy dabei.

Ob man nach mir suchen wird? Die Telefonanrufe habe ich von der Prepaid-Nummer aus erledigt, das war schon mal schlau. Allerdings wissen Stina und die Kinder, wie ich aussehe. Die Begegnung mit Nachbar Gunnar war zum Glück kurz, ich glaube nicht, dass er mich in einem anderen Kontext wiedererkennen würde.

Ob Åke nach einem Gespräch mit Stina *mich* verdächtigen wird, seinen finnischen Kumpel Mikko? Hatten er und die anderen Schweden vielleicht unbewusst doch so eine Ahnung, als mehrere Haustürschlüssel verschwunden waren? Im Grunde sollte Åke dankbar sein. Es ist haufenweise

Weihnachtsessen übrig, Stina Larsson ist jünger und hübscher als *seine* Stina, und der Name bleibt – wie praktisch – derselbe.

Doch Undank ist der Welten Lohn, und wenn ich nicht aufpasse, stecken sie mich noch in den Knast. Als untherapierter Nationalitätstransvestit lebt man echt gefährlich.

Die Vorbereitungen des Weihnachtsfestes waren anstrengend, und so penne ich auf der Rückbank ein. Nicht jedoch, ohne vorher noch ein Hotel reserviert zu haben. Als wir in Stockholm sind, weckt der Fahrer mich auf. Ich zahle. Gleich neben dem Hotel hat noch ein Restaurant geöffnet, kurz entschlossen steuere ich es an.

25.12.2005

Es geht doch nichts über den Platz an der Bar. Vor allem, wenn man seine Gedanken entwirren muss. Zur Aufmunterung sage ich mir Folgendes: Auch wenn mein erstes schwedisches Weihnachtsfest abrupt endete, hat es mich erfüllt und meinen Erwartungen entsprochen. Ich habe einen Vorgeschmack auf mein zukünftiges Leben bekommen. Und am fünfundzwanzigsten Dezember wäre ohnehin Schluss gewesen, Stinas Honorarforderung für die Feiertage hätte mein Budget dann doch gesprengt.

Die Hauptstadt ist wie leergefegt. Alle sind zu Hause bei ihrer Familie. Außer mir sitzt nur ein einziger anderer Gast im Restaurant, auch er anscheinend ein Außenseiter. Der Mann dürfte in meinem Alter sein, seine Halbglatze und die stämmige Figur machen ihn allerdings älter. Er wirkt melancholisch, wenn nicht sogar traurig. Trotzdem erkenne ich hinter seinem Kummer den jovialen Schweden, der seinem Nachbarn jederzeit Grillkohle leihen würde.

Ich nehme mein Bier und setze mich zu ihm. Auch das beweist, wie schwedisch ich inzwischen geworden bin, sozial und gesellig. Als ich der Höflichkeit halber frage, ob neben ihm noch Platz sei, lacht er kurz auf: «Massenhaft.» Ich erwidere sein Lachen, der Humor stimmt schon mal, gar nicht schlecht für den Anfang.

«Fröhliche Weihnachten übrigens», sage ich.

«Wieso soll man Weinachten eigentlich immer fröhlich sein?», fragt er.

«Also, ich finde, Gründe gibt's genug. Das gute Essen, die Stimmung, die Geschenke …»

«Ja. Aber ich bin nun mal nicht Teil davon.»

«Verstehe.»

Weihnachten scheint kein gutes Thema zu sein. Kein Problem für mich:

«Was arbeitest du eigentlich?»

«Ich war Lehrer.»

«‹War›? Du bist doch höchstens vierzig.»

«Na und? Die haben mich entlassen.»

«Wieso das?»

«Weil ich depressiv bin, zu viel trinke und dadurch die eine oder andere Geschichtsstunde ausgefallen ist.»

«Hm. Du könntest doch versuchen, mit einer Therapie wieder auf die Beine zu kommen und dir eine neue Stelle suchen.»

«Ich fürchte, der Zug ist abgefahren.»

Der Arme steckt in einer Krise. Warum kümmern seine Freunde und Angehörigen sich nicht um ihn? Wissen sie nicht, wie schlecht es ihm geht?

«Die Arbeit ist nicht alles, es gibt ja noch andere Dinge, für die sich das Leben lohnt. Deine Familie freut sich garantiert, wenn es dir bessergeht.»

«Ich habe keine Familie.»

«Dann eben deine Freunde und die entfernteren Verwandten.»

«Ich habe wirklich niemanden, glaub mir. Als sich zu Olof Palmes Zeit alle ihre Freunde fürs Leben gesucht haben, war ich leider ungesellig drauf und gehörte eher zum Spektrum der Nationalen Sammlungspartei, konservativ also. Palmes Ideen haben mich nicht interessiert.»

«Aber er wollte auch für dich das Beste. Ganz im Ernst, du hast nicht mal Eltern?»

«Sind vor einem Jahr gestorben. Andere Verwandte gibt es nicht.»

«Das tut mir leid. Auch meine Eltern leben nicht mehr.»

«Was soll's. Ich befinde mich quasi in der Nachspielzeit. Hab schon achtmal versucht, meinem Elend ein Ende zu machen, aber Fehlanzeige. Anscheinend ist so ein Volvo schlecht abgedichtet. Ist also wirklich das sicherste Auto der Welt.»

Ich verstumme. Was soll man auf so was erwidern? Die Schweden sind wirklich unglaublich offen. Ich muss ihm irgendwie helfen.

«Aber jeder Tunnel hat ein Ende, und dann scheint das Licht rein, meinst du nicht?»

Die Schweden sind nicht nur offen, sie sind auch aufmerksam und empathisch.

«Quatsch mit Soße. Außerdem, du wirkst auch nicht gerade glücklich. Sag mal, bist du zufällig aus Göteborg? Du sprichst so. Ich komm auch aus der Ecke.»

Ich freue mich über das Kompliment, oute mich aber als «Zugezogener».

«Verblüffend. Du klingst wirklich exakt wie ein Göteborger.»

Cool. Wenn ich mich an diesem Punkt früher als Mikko aus Finnland vorgestellt habe, musste ich mir erst mal abgedroschene Finnen-Witze anhören. Das bleibt mir endlich erspart.

Weil mein Gegenüber mich so offen in seine Nöte eingeweiht hat, will auch ich mit meiner Geschichte nicht hinterm Berg halten. Ein Depressiver, der sich bereits umbringen wollte, versteht bestimmt auch die üble Lage eines Nationalitätstransvestiten.

Er hört meiner Geschichte aufmerksam zu, nickt verständnisvoll und scheint nicht im Geringsten irritiert. Als ich alles erzählt habe, spüre ich tiefe Erschöpfung. Und ich kriege Angst vor meiner eigenen Courage, immerhin habe ich mich eben zum ersten Mal in meinem Leben umfassend geoutet. Kurz, ich möchte nichts lieber, als mich ins Hotel zurückzuziehen. Ich habe die letzten Tage so einiges durchgemacht und brauche eine Verschnaufpause. Also verweise ich auf akuten Schlafmangel und verabschiede mich freundlich. Als ich schon halb aus der Tür bin, ruft der Exlehrer mir hinterher:

«He, wie war nochmal dein Name?»

Ich gehe zu ihm zurück.

«Mikko Virtanen.»

«Ich bin Mikael Andersson. War wirklich nett, mit dir zu reden. Alles Gute.»

«Das wünsche ich dir auch.»

Wir schütteln uns die Hand. Nachdenklich gehe ich rüber ins Hotel.

Dort versuche ich mir das Gefühlschaos mit einer heissen Dusche vom Leib zu spülen. Danach bin ich entspannter, und das Bett ist breit und bequem, aber einschlafen kann ich trotzdem nicht. Keine hundert Meter entfernt sitzt Mikael Andersson aus Göteborg, der nicht mehr Mikael Andersson aus Göteborg sein will. Und hier liege ich, Mikko Virtanen aus Helsinki, der nicht mehr Mikko Virtanen aus Helsinki sein will und alles tun würde, um in Mikaels Haut zu schlüpfen.

Auf der Taxifahrt hatte ich mir hoch und heilig versprochen, keine krummen Dinger mehr zu drehen, egal wie sehr ich leide. So was wie die Sache mit Åkes verfrühter Rückkehr bringt einfach zu viel Stress. Aber die Hoffnung stirbt immer zuletzt, und Leidensdruck ist ein enormer Antrieb.

Die Idee ist brutal, ich verfluche mich selbst. Das Leben eines Menschen, erst recht eines schwedischen, ist kostbar. Andererseits will er genau das loswerden: sein Leben. Ehrlich, unterm Strich wäre es eine echte Win-win-Situation! Beide bekommen das, was sie so dringend wollen.

Ich springe auf, ziehe mich an und renne auf die Straße.

Das Restaurant will gerade schließen, Mikaels Hocker ist leer. Verdammt.

«Wann ist der Mann, der vorhin dort drüben saß, nach Hause gegangen?»

«Gerade eben erst. Hat mir siebzigtausend Kronen Trinkgeld gegeben und mir für den guten Service und die jahrelange Treue gedankt.»

Um Gottes willen, er wird sich doch nicht was antun?

«Ein Stammgast also? Wissen Sie, wo er wohnt?»

«Keine Ahnung, aber er geht immer da lang, jeden Abend.» Der Barkeeper zeigt aus dem Fenster.

Ich renne in die gewiesene Richtung.

Gleich an der ersten Brücke stoße ich fast mit Mikael zusammen. Er starrt ins dunkle Wasser und macht Anstalten, aufs Geländer zu steigen.

«Mikael, stopp! Tu es nicht! Ich habe eine bessere Idee, bitte, hör mir zu. Komm, lass uns reden.»

Reden – in Skandinavien ein Zauberwort. Sogar ein Depressiver macht sich nicht vom Acker, ohne erst allen Gesprächsaufforderungen nachzukommen.

«Worüber denn?», fragt er zweifelnd.

«Über die Zukunft. Deine und meine.»

«Ich habe keine Zukunft mehr.»

«O doch. Los, lass uns ins Warme gehen.»

Im Seven Eleven ziehen wir unsere Jacken aus und nehmen auf Barhockern Platz. Ich lege los.

«Also, Mikael, es ist so: Ich möchte du sein.»

«Das verstehe ich nicht. Du willst traurig, depressiv und suizidal sein?»

«Das ‹suizidal› lassen wir mal weg. Ich möchte die Chance haben, als vollwertiges Mitglied der schwedischen Gesellschaft zu leben. Meine Bitte um sofortige Einbürgerung wurde jedoch immer abgelehnt. Du hättest also die Möglichkeit, als letzte gute Tat hier auf Erden einen anderen Menschen sehr, sehr glücklich zu machen.»

«Wie soll das gehen? Außerdem habe ich noch nie jemanden glücklich gemacht, ich bin und bleibe ein Loser.»

«Das geht ganz einfach. Du bist ein arbeitsloser Lehrer und brauchst nur mein Jobangebot anzunehmen. Du unterrichtest mich, bis ich bereit bin, ohne deine Hilfe als Schwede zu leben. Und zwar als Mikael Andersson. Und dann kümmern wir uns behutsam und sensibel um deinen Abschied. Gemeinsam. Diesmal wird dein Wunsch in Erfüllung gehen, und ich werde dabei sein und dir helfen. Ist doch viel besser so – niemand sollte alleine Abschied nehmen.»

Pause.

Mikael räuspert sich und fragt:

«Und wie soll dieser Unterricht aussehen?»

«Acht Monate intensives Training. Ich muss ja unter anderem deine komplette Biografie kennenlernen. Nach einem knappen Dreivierteljahr hättest du es also geschafft. Währenddessen wirst du natürlich nach Lehrertarif bezahlt, Extraausgaben übernehme ich ebenfalls, plus Sozialleistungen.»

«Was ist mit einem Dienstwagen?»

Er nimmt es genau. Immerhin hat er Feuer gefangen. Gut, dass meine Eltern mir einiges vererbt haben, da lässt sich was machen.

«Okay. Ein geleaster Kleinwagen ist drin.»

«Was ist mit Überstunden und bezahlter Ruhezeit?»

«Du bist ziemlich gut im Verhandeln. Überstunden kriegst du bezahlt, Ruhezeiten nicht.»

Mikael ist nicht ganz überzeugt.

«Der Unterricht zur Einbürgerung eines Nationalitätstransvestiten ist bestimmt sehr anspruchsvoll. Ich denke, wir müssen da noch weiterverhandeln.»

«Meinetwegen gern», sage ich. «Aber erst mal spendiere ich uns eine Runde belegte Brote aus der Vitrine und was Kühles für die Kehle. Dann verhandelt es sich doch gleich viel besser.»

Bis wir uns auf die richtige Zusammenstellung der belegten Brote geeinigt haben, sind zehn Minuten vergangen. Aber es ist ein anregendes Gespräch, und – wenn ich's mir recht überlege – eine würdige Vorab-Lektion in Sachen schwedischer Diskussionskultur mit meinem neuen Lehrer.

Meine Tage als Finne sind gezählt. Ich vereinbare mit Mikael, dass ich vor Unterrichtsbeginn ein letztes Mal nach Helsinki fahre, um dort in Ruhe alles Praktische zu regeln.

In Finnland holt mich die Angst wieder ein. Was, wenn Åke die Geschichte an die große Glocke gehängt hat? Wenn die Zeitungen Panik verbreiten, wie unsicher es in Schweden geworden sei, da neuerdings fremde Leute dein Zuhause kapern und darin Weihnachten feiern? Ich checke die schwedische Presse am Kiosk – alles ruhig. Auch online ist nichts zu finden. Vielleicht hatte der gute Åke tatsächlich Stress mit seiner alten Stina und ist nun mit der neuen Stina glücklich geworden, in einer modernen Patchworkfamilie.

Ich lache über diese Vorstellung und beschließe, ab sofort auf die Perücke und den Schnurrbart zu verzichten.

Meine alte Wohnung aufzugeben fällt mir überraschend schwer. Schön ist sie, und ich habe viele positive Erinnerungen an meine eigenen vier Wände. Dass diese sich im falschen Land befanden, war einfach Pech.

Die Puppe Sofia bringe ich in einen Secondhandladen, dort wird sie zwar keine Rollen mehr, aber immerhin Kleidung präsentieren können.

Da es in meinem Leben keine Verwandten und seit einiger Zeit auch keine finnischen Freunde mehr gibt, wird es ein kurzer Abschied. Fehlt nur noch die Kündigung meines Jobs. Da wird mich sowieso niemand vermissen. Was mich selbst betrifft: Die Arbeit an sich ging in Ordnung; was mich gestört hat, war die Tatsache, dass ich meine Einkommenssteuer nicht in Schweden entrichten konnte. Da ist der Funke natürlich nie richtig übergesprungen, ich bin immer unter meinen Möglichkeiten geblieben.

Ich gehe in die Personalabteilung im zweiten Stock und lese die Namensschilder an den Türen. Für mich zuständig ist Ritva Miettinen. Tatsächlich wimmelt es auf diesem Flur nur so von Frauen mit dem Vornamen Ritva – ein Modename in der Generation um die fünfzig aufwärts. Was wird aus diesem Land, wenn all die fleißigen Ritvas in den Ruhestand gehen? Oder wenn sie vorher noch eine Runde streiken? Gemeinsam könnten sie alles lahmlegen! Aber in diesem Land streiken die gepflegten Frauen mittleren Alters nicht.

Es streiken nur dicke Männer aus der Papierindustrie und der Personenbeförderung. Schade eigentlich, diese Ritvas wissen gar nicht, welche Macht sie hätten. Doch mir kann das ab sofort egal sein, denn ich stehe unmittelbar vor meinem Umzug nach Schweden.

Als ich Ritva Miettinens Tür gefunden habe, läuft alles schnell und reibungslos. Ritva ist ein Profi. Als ich beim Unterschreiben mehrmals seufzen muss, geht es nicht um mich oder meinen alten Job. Ich trauere um all die patenten Ritvas, die hier versauern müssen.

Ein letztes Mal verlasse ich das Gebäude. Der Pförtner blickt freundlich hoch und betätigt den Summer, deutet dezent ein Winken an. Eine fast magische Performance. Gerade die Dosierung ist wichtig. Ein guter Pförtner stellt kurz Blickkontakt her, übertreibt es dabei aber nicht. Er sorgt für ein Gefühl von zwischenmenschlicher Verbindlichkeit und allgemeiner Sicherheit, überschreitet aber nie das Maß des guten Geschmacks, zum Beispiel durch Vorwitzigkeit. Winkt man zurück, blickt er rasch wieder auf den Monitor. Finnland hat hervorragende Pförtner. Ich werde sie vermissen.

Der einzige Nachteil an meinem künftigen Heimatland: die Ungewissheit in Sachen Pförtner-Qualität. Na ja, und dass die Nachbarländer so miserabel sind. Was die Pförtner-Qualität angeht, übe ich mich in Optimismus, immerhin gehe ich nach Schweden.

Als ich meinem Expförtner zuwinke, schaut er längst wieder auf seinen Monitor. So, wie es sich gehört.

Teil 2

Ich ziehe nach Stockholm. Der Unterricht für mein künftiges Leben in Göteborg muss mit ausreichend Sicherheitsabstand stattfinden; dorthin wage ich mich erst, wenn es ernst wird. Meine Stockholmer Wohnung liegt im hippen Stadtteil Södermalm, einem ehemaligen Arbeiterbezirk. Ich nutze die Zwei-Zimmer-Wohnung so: ein Zimmer zum Wohnen und Schlafen, das andere für den Unterricht mit Mikael. Lehrerpult, Tisch und Tafel habe ich fix organisiert, die Schweden haben gute Flohmärkte. Die Wohnlage könnte nicht besser sein: Der Greta-Garbo-Platz ist in Laufnähe, und auch die Statue des Nationalfußballers Lennart Skoglund liegt um die Ecke. Die Nachbarn im Haus sind superfreundlich und bieten mir bei jedem Zusammentreffen im Treppenhaus Leitern und Malerrollen an – aber natürlich, *naturligtvis*.

25.1.2006

Mikael und ich erstellen einen Unterrichtsplan für die ersten sechs Wochen. Im Zentrum steht der Erwerb der nötigen sprachlichen und landeskundlichen Kompetenzen, Mikael-spezifisch, versteht sich. Ein anspruchsvolles Paket, aber bei meiner überragenden Motivation dürfte das nicht allzu schwierig werden. Woche sieben wird dann dem Testlauf dienen, der Überprüfung des Lernfortschritts in der Praxis.

26.1.2006

Ich kaufe Stifte, Notizhefte, Lineal, Radiergummi und ein paar Basis-Lehrbücher; ein guter Schüler muss gut ausgestattet sein. Mikael findet das von mir ausgewählte Geschichtsbuch von der Ausrichtung her zu sozialdemokratisch, muss jedoch am Ende unserer Diskussion nachgeben, schließlich bezahle ich die Lehrmaterialien.

30.1.2006

Montag. Mein erster Unterrichtstag. Wir stellen den kompletten Acht-Monatsplan auf und setzen als letzten Unterrichtstag den neunten September fest. Bis dahin werde ich ein perfekt geschulter Schwede sein.

8.2.2006

Die Zeit vergeht wie im Flug. Jeden Morgen wache ich bester Laune auf und freue mich auf den Unterricht. In den Pausen renne ich übermütig zum Lennart-Skoglund-Denkmal und kicke ein paar Bälle; Mikael bereitet währenddessen die nächste Stunde vor. Auch er ist voll bei der Sache – er will mich zu seinem idealen Alter Ego machen und ist entsprechend pingelig. Das kann ich nur begrüßen.

Besonders anspruchsvoll sind der Göteborger Dialekt und der regionale Sprachgebrauch. Wir üben das im normalen Alltagsgespräch und suchen uns dafür beliebige aktuelle

Themen. Meine Ausgangsbasis ist nicht schlecht, aber ich stelle fest, es gibt noch reichlich Luft nach oben.

«Du musst mit der Stimme noch ein bisschen mehr hochgehen am Satzende, und du solltest mehr Redewendungen einstreuen. Das ist typisch für die Göteborger Gegend. Außerdem nette, banale Allerweltsweisheiten und harmlose Witze.»

Aber gerne doch.

11.2.2006

Wir üben das Verhalten bei heiklen Begegnungen und in Krisensituationen. Zwar habe ich in Thailand schon ein äußerst umfassendes Tsunami-Verarbeitungstraining absolviert, aber in Sachen Empathie muss ich noch deutlich schwedischer werden. Unsere Lerneinheit heißt «Reagieren», im Landesslang *Regga*.

Wichtig ist zu wissen, an welchen Punkten man sich zurückhalten muss und an welchen man offensiv sein sollte. Und wie immer im Leben geht es auch beim empathischen Reagieren um das richtige Timing. Mikael hat eine Spielsituation für mich vorbereitet und mimt einen alten Bekannten, den ich zufällig auf der Straße treffe.

«Ah, du … hej», sagt er verhalten.

«Hej! Schön, dich nach so langer Zeit mal wiederzusehen. Ich habe öfter an dich gedacht.»

«Sehr gut, damit zeigst du, dass dein Bekannter noch immer zu deinem Leben gehört und sich bei dir wohl fühlen darf. Das ist ein wichtiges positives Feedback für ihn.»

Yes! Positives Feedback zu geben, war nie eine Stärke der Finnen, aber ich bin eben keiner mehr.

Mikael schauspielert weiter.

«Ja, nett, dass wir uns mal wiedersehen. Aber weißt du, mir geht's nicht besonders gut in letzter Zeit.»

Ich schaue ihn fragend und zugleich mitfühlend an.

Mikael nickt anerkennend, wedelt aber zugleich auffordernd mit den Händen. Ich soll etwas sagen, damit mein Gegenüber sich nicht alleingelassen fühlt.

«Was ist denn los?», frage ich. «Möchtest du darüber reden? Wir können gern einen Kaffee trinken gehen.»

«Ja, sehr gern.»

Wir gehen rüber in die Küche, ich lasse Mikael den Vortritt und mache ihm dann einen Tee. Freundschaftlich lege ich ihm den Arm auf die Schulter. Mein Lehrer quittiert es mit einem lobenden Nicken. Wir setzen uns an den Tisch.

«Nun erzähl mal. Was ist passiert?»

Wieder mache ich alles richtig:

«Gut, dass *du* das Thema aufgreifst. Damit erleichterst du deinem Gegenüber den Einstieg.»

Mikael schlüpft zurück in seine Rolle.

«Mein Bruder … also, er war bei der ISAF, der Friedenstruppe in Afghanistan. Alles lief so weit gut, bis ihn die Kugel eines Taliban traf. Er war sofort tot.»

«Wie furchtbar, wie schrecklich, kann ich irgendwie …»

«Stopp! Stooopp! Viel zu stark reagiert. Das fühlt sich aufgesetzt an. Du hast sehr laut geredet, aber in deinem Gesicht habe ich keine echte Gefühlsreaktion gesehen. Mach es leiser und dafür intensiver. Los, nochmal. – Alles lief soweit gut, bis ihn die Kugel eines Taliban traf. Er war sofort tot.»

Ich schweige betroffen. Das ist zu krass, um sofort eine Reaktion parat zu haben. Lieber lege ich ihm die Hand auf die Schulter. Irgendwann sage ich leise, in Anteil nehmendem Ton:

«Das tut mir sehr leid. Wann ist das passiert?»

«Vor sechs Monaten.»

«Eine schwere Zeit für dich. Wie fühlst du dich heute?»

«Ein klein wenig besser als direkt danach.»

«Kannst du arbeiten?»

«Stooopp! Das ist geschmacklos. Er hat seinen Bruder verloren, und du willst ihn auf Normalität trimmen? Das ist der falsche Schritt. Du musst die Empathie weiter ausdehnen. Also, nochmal: – Ein klein wenig besser als direkt danach.»

«Und wie geht es deinen Eltern? Den Tod des eigenen Kindes zu erleben muss das Schlimmste überhaupt sein.»

«Eine großartige Reaktion. Du machst Fortschritte. Genau so musst du reagieren, wenn es um Situationen mit deinen Landsmännern geht. Bei *internationalen* Tragödien bringst du mindestens ebenso viel Empathie auf, darfst aber nebenbei auch zeigen, wie dankbar du bist, als Schwede geboren zu sein.»

Ich könnte den ganzen Tag lang *Regga* üben. Leider ginge das zu sehr ins Geld – der Überstundentarif. Und auch aus Mikaels Perspektive wäre das sinnlos, er kann seine finanziellen Schätze ja nicht mit ins Jenseits nehmen. Leider.

18.2.2006

Der Kurs über die Geschichte der Königsfamilie flutscht locker durch, ich weiß sowieso längst alles. Doch bei den Sprichwörtern hapert es noch. Mikael sagt eins nach dem anderen auf und fragt die Bedeutung ab.

«Pengar öppnar alla dörrar utom himmelns?»

«Geld öffnet alle Türen, außer die im Himmel.»

«Gut. Und was meint der Schwede damit?»

«Dass es nicht aufs Geld ankommt.»

«Sondern?»

«Auf Freunde, Familie und eine stabile Gesundheit.»

«Sehr gut.»

Ha. *Mir* wird dieser teuer bezahlte Unterricht durchaus eine Himmelstür öffnen.

19.2.2006

Heute: Schwedens Geschichte und ihre Folgen für die Gegenwart. Ein Topthema. Wir kommen von Gustav Adolf dem Zweiten und der Schlacht bei Lützen im Jahr 1632 über die Förderung des Tennissports durch Gustav den Fünften (die übrigens in direkter Linie zum Erfolg von Björn Borg, Mats Wilander und Stefan Ekberg führte) zur Modemarke Tiger of Sweden.

«Inwiefern hat denn dieser Markenname mit der Neutralität Schwedens im Zweiten Weltkrieg zu tun?», fragt Mikael.

Ich erröte. Ich habe keinen blassen Schimmer, dabei trage ich ständig Tiger-of-Sweden-Klamotten.

Mikael klärt mich auf. Er zeigt mir eine alte Karikatur aus der Tageszeitung *Aftonbladet*: das Bild eines Tigers, darunter die Worte «En svensk tiger», ein schwedischer Tiger.

«Und?», fragt er. «Lies mal laut vor.»

Ich folge seiner Anweisung und überlege eine Weile, dann hab ich's. Ausgesprochen klingt es genauso wie «en svensk tiga», ein Schwede schweigt.

110

«Der Tiger war Symbol der schwedischen Neutralität, die als klug galt», sagt Mikael, «doch die hässliche Karikatur verrät, dass das Ganze zwei Seiten hat. Schweden hat die Nazis gewähren lassen, ihnen sogar tonnenweise Eisenerz aus Kiruna für die deutsche Waffenproduktion geliefert. Nach außen, also rein verbal, hat man sich jedoch immer schön vom deutschen Nazi distanziert.»

«Ich bin sicher, das war zu der Zeit das Klügste für Schweden», beharre ich.

«Vorsicht. Als Schwede musst du auch Kritik an deiner Heimat üben können», ermahnt mich Mikael und erklärt mir, dass Schweden auch noch in der Nachkriegszeit eine bedeutende Position als Waffenproduzent und -lieferant innehatte und da fast so schlimm war wie die USA und die Sowjetunion.

Eine essentielle Lerneinheit. Ich brauche dringend mehr gesunde Selbstdistanz. Erst der kritische Blick aufs eigene Land macht mich zum vollendeten Schweden.

Vor lauter Unterricht und selbstauferlegten Hausaufgaben ist mein soziales Leben in letzter Zeit eher zu kurz gekommen – sehr unschwedisch übrigens. Immerhin, ich gehe jeden Tag einmal ins Café Katarina an der Bangatan. Die Kellnerin ist ziemlich attraktiv, wie mir nach einer Weile auffällt. Ich nehme meinen Mut zusammen und bitte sie um ein Date. Dabei stelle ich mich schon mal mit meinem künftigen Namen vor, Mikael Andersson. Ich genehmige mir quasi einen kleinen Vorschuss auf die kommenden Lorbeeren. Sie stellt sich als Lise vor und lächelt, als sie mir den grünen Tee serviert.

Die sechs Wochen sind wie im Flug vergangen, und ich bin noch genauso wissensdurstig wie am ersten Unterrichtstag. Heute gibt es tatsächlich schon Zwischenzeugnisse. Mikaels wohlwollendem Gesichtsausdruck nach zu urteilen, darf ich mit einem guten Zeugnis rechnen. Obwohl ich gerade erst mit der Schule angefangen habe, kriege ich gleich Zensuren – anders als sonst im pädagogisch sensiblen Schweden üblich. Mein Zeugnis ist erfreulich, aber ich darf nicht vergessen, dass man natürlich immer noch besser sein kann. Ein *lite bättre*.

Aber es fängt immerhin gleich mit der maximalen Punktzahl an!

Schwedisierungszwischenzeugnis
für die Nationalitätstranse Mikko Virtanen

Pflichtfächer
Landesgeschichte: 10
Sitten und Bräuche: 10
Typische Redewendungen: 9
Göteborger Dialekt: 8
Die Königsfamilie: 10
Erfolge einheimischer Sportler: 10
Kenntnisse der Kindheit Mikael Anderssons: 8

Wahlfächer
*Reagieren in Krisen (*Regga*): 9*
Schweden und die zwei Weltkriege (Schnellkurs): 9

Schmeichelhaft. Wie ich jedoch befürchtet habe, muss ich mich in den Dialekt und in Mikaels Kindheit noch mehr reinknien. Denn das sind genau die Bereiche, in denen man von der Außenwelt am schnellsten ertappt wird. Ich werde sie ab sofort auch als Wahlfächer nehmen.

20.5.2006

Mikael hat zu Ehren des Wochenendes einen tollen Abendkurs organisiert: Wir werden uns den Eurovision Song Contest anschauen, wobei Mikael die Stimmigkeit meines Verhaltens überprüfen will. Die Übertragung aus Athen beginnt um 21 Uhr, Schweden hat mit seiner charismatischen Sängerin Carola beste Chancen. Finnland schickt eine chaotische Horror-Truppe namens Lordi ins Rennen – dem Land ist echt nicht zu helfen.

Mikael und ich kaufen Alkohol, schnippeln ein bisschen was zum Knabbern und rühren Dips zusammen. Hierzulande gehört zum geselligen Beisammensein immer auch das gute Essen. Wir sind zwar nur zu zweit, aber als Training für kommende Eurovisionsabende im Kreise von Familie und Freunden ist es ein passables Training.

Das Niveau der Sängerinnen und Sänger enttäuscht mich: gesichtslose junge Hüpfer mit mäßiger Stimme. Außerdem ist eine Performance wie die andere. Zur Ehrenrettung Finnlands muss ich sagen: Die komischen Hardrock-Typen von Lordi heben sich immerhin vom Mainstream ab. Mikael ist sogar richtig begeistert:

«Die sind bisher am besten. Geile Performance, auch das Stück ist richtig gut, wirklich!» – *Faktiskt*.

Irgendwann ist endlich Carola dran. Ein imposanter Auftritt. Ihre dunklen Haare wehen im Luftstrom der Windmaschinen. Noch eine mehr, und Carola würde ins Weltall fliegen, um dort gemeinsam mit den Sternen um die Wette zu strahlen.

Ihr Stück heißt «Invincible» – unbesiegbar. Für mich passt das wie die Faust aufs Auge, es ist die beste Show bisher. Sie ist kein austauschbarer Hüpfer, sie ist kein Hardrock-Monster, und sie kann richtig gut singen. Ehrfürchtig stehe ich von meinem Stuhl auf.

Mikael sieht erstaunt zu mir herüber.

«Ich finde sie ein bisschen unpersönlich. Mein Favorit ist Finnland.»

«Ist das dein Ernst? So eine Idioten-Combo, die nichts draufhat und nur Proteststimmen einsacken will?»

«Die haben doch ganz anständig gesungen, und ihre Instrumente beherrschen die auch!»

«Wie du meinst. Warten wir ab, was hinten rauskommt.»

Mikael lobt mein Diskussionsverhalten.

Ich zeige meine Meinung, ereifere mich aber nicht unnötig. Musik ist Geschmackssache, und wegen eines Song Contests sollte man nicht streiten.

Wir quatschen auch über andere Dinge. Es ist Frühling, der Sommer naht, der Unterricht läuft gut, und wir freuen uns schon riesig auf die kleine Klassenfahrt, die wir für Juni eingeplant haben. Ein prima Abend. Bis die Punktevergabe meine Laune trübt. Die finnischen Monster sind der reinste Stimmenmagnet! Mikael freut sich darüber und reißt jedes Mal die Arme hoch, wenn Finnland zwölf Punkte bekommt.

«Endlich sahnen die Finnen mal so richtig ab!»

Ich lasse mich nicht provozieren, Carola wird schon noch aufholen. Schließlich gibt es Länder, in denen die Leute Geschmack haben.

Doch Carola verliert, und der diesjährige Gewinner ist die Gruselband Lordi aus Finnland. Das ist das Ende des

Song Contests! Wütend schmettere ich mein Weinglas an die Wand, die Scherben fliegen durch den ganzen Raum. Am schlimmsten ist für mich, dass auch die Schweden den Finnen zwölf Punkte gegeben haben.

Benommen verlasse ich die Wohnung und lehne mich an den steinernen Lennart Skoglund. Erst morgens, als meine Wut verraucht ist, kehre ich wieder zurück.

21.5.2006

Kleinlaut betrete ich meine Wohnung. Mikael liegt auf dem Sofa und hat zu Ehren des Siegers anscheinend noch eine Flasche Schampus geköpft. Es riecht sogar nach Zigarre, ekelhaft.

«Guten Morgen und herzlichen Glückwunsch zum Sieg von Lordi, mein lieber Freund! Ach, die Finnen. Kennst du eigentlich den Witz von den zwei finnischen Brüdern, die sich nach vielen Jahren wiedersehen?»

Ich blicke ihn zornig an und winke ab.

Er wechselt schnell den Tonfall.

«Sorry. Wo warst du denn die ganze Nacht? Ich habe mir Sorgen gemacht.»

«Ich habe Trost am Lennart-Skoglund-Denkmal gesucht.»

«Dann bin ich beruhigt. Übrigens, uns fehlt noch die Auswertung, der Abend gestern war ja ein Schulkurs. Aber erst sollten wir uns mit einem soliden Frühstück stärken.»

Ich bin beunruhigt. Lässt mein Lehrer mich wegen unbeherrschten Benehmens durchfallen? Mir wird flau. Ich rede mir gut zu: Immerhin ist es kein Pflichtfach, ich werde das

115

Schuljahr schon bestehen. Mikael schweigt sich aus und kaut auf einer Scheibe Bacon. Auch den Rest Schampus kippt er sich rein. Katerfrühstück vom Feinsten.

«Also gut, Mikko», sagt er schließlich und holt ein Papier hervor. Anscheinend hat er vor seinem Absturz noch gewissenhaft Notizen gemacht.

«Ich habe positives und leider auch negatives Feedback. Ich beginne mit dem positiven. Zu Anfang des Abends warst du gut gelaunt und sozial, hast köstliche Soßen zum Dippen gerührt und dich kenntnisreich über die einzelnen Sänger im Fernsehen geäußert. Dafür großes Lob! Auch an deinem kleinen Ausraster sehe ich nichts wirklich Dramatisches. Okay, die feine schwedische Art ist das nicht, doch im Überschwang der Gefühle darf das ausnahmsweise mal passieren. Jetzt zum Negativen: Du hattest riesige persönliche Probleme mit dem Erfolg der finnischen Band. Und das zeigt uns leider, wie unreif du als Schwede noch bist. Ein Schwede freut sich, wenn das Nachbarland gewinnt! Ich bin enttäuscht, Mikko. Ich dachte, du hättest dich auf diesem Gebiet längst weiterentwickelt, aber Fehlanzeige. Solange du dich noch so heftig an Finnland abarbeitest, kannst du kein freier und entspannter Schwede sein. Du hast den Kurs leider nicht bestanden.»

Das sitzt. Doch Mikael ist ein guter Pädagoge, und ein guter Pädagoge gibt einem immer eine zweite Chance:

«Aber du kannst das ausgleichen. Schreib einen Aufsatz über drei erfolgreiche Finnen. Mindestens drei Seiten. Wenn mich das überzeugt, werde ich dir den Kurs doch noch anrechnen.»

25.5.2006

Ich schreibe über den Komponisten Jean Sibelius, den Rennfahrer Keke Rosberg und die Sängerin Arja Saijonmaa. Mikael ist angetan und gibt mir zehn Punkte. Ich lache mir ins Fäustchen: Mein heimlicher Protest ist ihm völlig entgangen. Sibelius' Muttersprache war Schwedisch, Rosberg ist in Schweden geboren, und Saijonmaa lebt in Stockholm.

2.6.2006

In Södermalm hat der Sommer Einzug gehalten. Ich lasse mich davon nicht ablenken und fokussiere mich auf die Lerninhalte; beim Dialekt hapert es immer noch. Mikael hat ein neues Wahlfach im Angebot, «Kultur und Gesellschaft», das mich stark inspiriert. Ich darf einen Text über Pippi Langstrumpf verfassen und knie mich mächtig rein, ich bekomme neun Punkte. Mikael stimmt zwar nicht allen Thesen zu, ist von meiner Kreativität und Formulierungskunst aber äußerst angetan:

Pippi Langstrumpf –
Gigant und Garant des schwedischen Sozialstaats

Astrid Lindgren erfand Pippi Langstrumpf beim Erzählen von Gutenachtgeschichten für ihre kranke Tochter. Unbewusst stimmte Astrid Lindgren mit der Figur Pippis jedoch einen Lobgesang auf die freie Erziehung und die sozialdemokratischen Werte Schwedens an.
Pippi lebt ganz allein in einem großen Haus, kommt aber

117

durch ihr eigenständiges Denken und ihre enormen Kräfte bestens klar. Damit versinnbildlicht Pippi die immensen Chancen des einzelnen Menschen im Volksheim Schweden. Natürlich bewegt Astrid Lindgrens Pippi sich nicht in einem System ohne Regeln und Gesetze, schließlich ist die Figur keine antisoziale Aufständische, sondern ein eigenständig sein Schicksal formender Mensch, dessen persönlicher Erfolg auf Freiheit und Selbstbestimmung basiert. Dem Leser wird Pippis Anbindung an die Gesellschaft durch die etwas schrullige Sozialarbeiterin verdeutlicht, die regelmäßig bei Pippi vorbeischaut. Diese Besuche sind für Pippi zwar nicht wichtig, sie zeigen jedoch, dass das soziale Netz in Schweden immer präsent ist, und dieses Wissen macht uns zu abgesicherten, starken Individuen.

Pippi steht auch für die finanziellen Werte des Landes, ist sie doch die ideale Verkörperung des schwedischen Steuersystems: Aus ihrem voluminösen Koffer mit Goldmünzen verteilt sie großzügig an die Bedürftigen. Damit verkörpert Pippi den Ausgleich und die Gerechtigkeit des schwedischen Fiskus.

Astrid Lindgrens Figur Pippi Langstrumpf hält mit ihrem Leben und Handeln genau dieselben Werte hoch wie Per Albin und Olof Palme. Ein dreifaches «Hipp, hipp, hurra» auf unsere sympathische, tatkräftige Pippi!

7.6.2006

Was für ein wunderschöner, sonniger Mittwoch. Und mein Leben ist genauso famos wie das Wetter: Das Zwischenzeugnis zur letzten Lernetappe hätte kaum besser ausfallen können, und abends treffe ich mich am Skanstull-Ufer zu einem Essen mit der Kellnerin Lise aus dem Café. Ich habe einen Tisch beim Thailänder reserviert, das gibt mir Sicherheit und Vertrautheit. Immerhin muss ich den Göteborger Dialekt mehrere Stunden aufrechterhalten.

Es läuft prima. Lise ist gebürtige Stockholmerin und wohnt schon ihr ganzes Leben im Stadtteil Södermalm, ist also ein echtes *Söderböna*, ein Söder-Girl. Ich erzähle ihr von meiner Kindheit in Göteborg, und sie scheint mir alles abzunehmen; ich schicke ein stummes Danke an Mikael. Es wurde höchste Zeit, das Erlernte in der Praxis anzuwenden. Trotzdem kostet es noch überraschend viel Kraft, mich lange auf den Dialekt zu konzentrieren. Doch ich schaffe es.

Es wird ein netter Abend. Allerdings muss ich mich auch bei den Geschichten aus meiner Jugend irgendwann ziemlich anstrengen. Es stresst mich, immer neue Ereignisse zusammenzufabulieren. Ich brauche dringend noch einen Extrakurs bei Mikael, ehe ich mich ernsthaft an jemanden binde.

10.6.2006

Ich bin geschafft. Für eine intensive zwischenmenschliche Beziehung bin ich definitiv noch nicht bereit. Die Sache mit Lise muss unbedingt auf Kumpel-Niveau eingefroren werden, sonst gibt es Chaos. Bloß keine übereilten Schritte! Vielleicht sollte ich Mikael bitten, einen Kurs zum Thema «Ausgehen, Annäherung, Liebesbeziehung» anzubieten. Aber am Wochenende muss ich erst mal durchschnaufen. Ich besuche das Vasa-Museum, gehe auf das alte Schiff, flaniere durchs Freilichtmuseum Skansen und versuche auszuspannen.

Inzwischen kenne ich Mikael ziemlich gut. Er mag ein spezieller Typ mit eigenartigem Wertesystem sein, aber als Lehrer ist er hervorragend. Dank seiner Aussprachetipps sitzt das Göteborger «r» nun endlich an der richtigen Stelle meiner Kehle, und ich weiß auch, dass ich für «werfen» statt des sonst üblichen *kasta* ruhig auch mal das Verb *hysta* verwenden darf. Schweden wird mit Mikael einen großartigen Pädagogen verlieren.

Noch vier Tage, dann beginnen meine Sommerferien. Die zwei Wochen Pause habe ich mir redlich verdient. In den letzten Unterrichtsstunden konzentrieren Mikael und ich uns, passend zur Sommersaison, auf Tischreden und Trinklieder. Statt Aquavit ist natürlich Wasser in den Schnapsgläsern, und Krebse kriegt man auch noch nicht. Aber Training ist alles.

Als Mikael die Kursnote verkündet, gibt es erneut positives wie auch negatives Feedback. Er lobt meine Freundlichkeit und Höflichkeit, bemängelt aber fehlende Spontaneität und Lockerheit; meine finnische Prägung lässt mich sozial ein wenig gehemmt erscheinen. Mit der Note acht bin ich dennoch gut dabei.

Abends steht das große Singen in Skansen an. Und da stehe ich vor einem Problem. Diese bis 1906 zurückreichende Tradition ist urschwedisch und verlangt eine absolut unverklemmte Fröhlichkeit. Bisher habe ich das Ganze stur verdrängt und mir eingeredet, dass die Abba-Lieder am heimischen Altar in Helsinki ausreichen – jetzt aber lebe ich in Stockholm und komme um das Großereignis nicht herum.

Allsång på Skansen bedeutet in der Praxis, dass eine große Gruppe an den Fernsehgeräten verfolgt, wie sich eine kleine Gruppe auf der Bühne in Trance singt. Auch in Finnland gibt es solche kollektiven Gesangsereignisse, doch die erinnern eher an eine Beerdigung und wirken, gelinde gesagt, peinlich. Die Teilnehmer sind alle weit über fünfzig, und wenn das Fernsehen kommt, will niemand vor die Kamera. In Skansen geht es völlig anders zu. Die allgemeine Atmosphäre hat was von religiöser Erweckung, und von 1 bis 99 ist jedes Lebensalter vertreten.

Ich versuche mich an den Gedanken zu gewöhnen, dass ich vor der Kamera singen werde. Es reicht nicht, immer nur vor dem Fernseher zu sitzen. Die Gemeinschaft zu suchen und kollektiv Musik zu machen ist ein herausstechendes Merkmal der schwedischen Mentalität. Zum Glück habe ich mich ein bisschen vorbereitet. Seit Anfang Juni sehe ich mir alte Aufnahmen aus den Vorjahren an und singe probehalber mit. Dabei habe ich die Minutenzahl von Mal zu Mal beträchtlich gesteigert. Doch nun kommt der Realitätstest.

18.7.2006

Ich mache mich frühzeitig auf den Weg. Meine Laune ist überraschend gut, mein Puls regelmäßig, fünfundsechzig Schläge pro Minute. Den Pulsmesser habe ich sicherheitshalber mitgenommen – Vorsicht ist gut, Kontrolle ist besser. Ich will mich in Skansen nicht überfordern.

Vor Ort angekommen, stärke ich mich erst einmal mit einem Stockholmer, einem Hotdog nach regionaler Art. Zur typischen Garnelencreme nehme ich noch kräftig Senf und Ketchup und bekleckere mich prompt. Die Leute um mich herum essen alle, ohne zu kleckern, niemand hat das edle Aroma der Garnelencreme mit Senf und Ketchup verdorben. Tja. Ich benehme mich unzivilisiert und gierig wie der letzte finnische Volltrottel und muss mich zwingen, weiterhin ein gutgelauntes Gesicht aufzusetzen.

Noch traue ich mich nicht ins Gemenge. Ich mache einen kurzen Abstecher zu den Skansener Tiergehegen, und zwar zum Braunbärenkäfig, was auch immer das über mich aussagt, doch irgendwann höre ich das erwartungsvolle Tosen der Massen auch bis dorthin und gehe widerstrebend zurück zum Festgelände.

Mit nervösem Magen suche ich mir einen freien Platz in den ordentlich gestellten Stuhlreihen. Jetzt gibt es kein Zurück mehr. Meine Angst lässt zum Glück nach, und ich schwöre mich darauf ein, die Gesangsveranstaltung entspannt zu genießen. Ich kaufe mir sogar das Textheft, das ein paar junge Helferinnen zum stolzen Preis von achtzig Kronen verkaufen. Die Stimmung steigt. Die Teilnehmer singen sich mit Abba warm, lächeln und wedeln mit den Armen. Die Atmosphäre könnte theoretisch nicht besser sein. Irgendwann sind es nur noch wenige Minuten, bis die Live-Übertragung im Fernsehen beginnt. Zu den Bands an diesem Abend wird leider auch die finnische Kombo Lordi gehören. Doch zuerst singen wir alte Klassiker wie «Stockholm i mitt hjärta», das die Schönheit der schwedischen Hauptstadt preist. Von hier kann man sie wirklich phantastisch bestaunen, der Blick über die Kirchtürme und das glitzernde Meer ist perfekt. Einziger Schandfleck: die betrunkenen Finnen, die am Kai der Viking Line auf die Abfahrt in die Heimat warten.

Es könnte so gut sein, doch ich packe es nicht. Ich schaffe es nicht, in der großen Masse aufzugehen und mitzusingen. Auch dann nicht, als die Kamera über meine Sitzreihe fährt und es dringend nötig gewesen wäre. Mein Körper gehorcht mir nicht, kriegt kein Lächeln, kein lockeres Mitschwingen hin. Das ist deprimierend, doch ich versuche mir zu sagen, dass ich eines Tages auch in diese Tradition hineinwachsen werde.

Der Auftritt von Lordi wird sensibel vorbereitet, damit die anwesenden Kinder keinen Schreck kriegen: Erst singen alle ein Kinderlied über Monster und Ungeheuer, dann springen die Finnen auf die Bühne, und die Schweden stimmen begeistert in den Hit «Hardrock Halleluja» ein. Ich erstarre zu Eis. Zum Glück dauert die Veranstaltung nur noch wenige Minuten, nach einer jovialen Abmoderation bin ich erlöst.

Völlig durcheinander gehe ich den ganzen Weg zu Fuß nach Hause: von Skansen in die Altstadt und von dort nach Södermalm. Irgendwo auf der Höhe von Slussen werden meine Gedanken klarer, und als ich in die Götagatan einbiege, sinkt mein Puls endlich unter hundert.

Unterm Strich kann ich trotzdem zufrieden mit mir sein, beschließe ich. Schließlich habe ich mich mit einem wichtigen Teil der schwedischen Kultur konfrontiert und dabei sogar eine große Portion Finnland ertragen.

31.7.2006

Die Ferien sind um, der Unterricht ruft. Mikael begrüßt mich mit einem schelmischen Gesichtsausdruck und einer Überraschung:

«Mikko, dein bisheriger Lernerfolg ist so überzeugend, dass ich während der Ferien guten Gewissens einen wichtigen Beschluss fassen konnte. Du bist ab sofort in der Lage, *ich* zu sein.»

«Danke, Mikael, das hast du schön ausgedrückt. Ich bin gerührt. Und ohne mich loben zu wollen: Ich merke selbst, dass ich mir immer mehr vertrauen kann. Beziehungsweise dir.»

«Gut. Ich habe folgenden Vorschlag. Es ist ein großer Schritt, und du musst versprechen, dass du dich trotzdem weiter anstrengst und dich nicht auf den Lorbeeren ausruhst.»

«Logisch, versprochen. Schieß los.»

«Ich denke, es ist an der Zeit, dass du Papiere auf den Namen Mikael Andersson kriegst. Was hältst du davon?»

«Das ist die beste Idee, die du je hattest!», juble ich und falle Mikael um den Hals. Unsere Umarmung ist freundschaftlich und dauert mehrere Sekunden – meine Bindung an ihn wird immer stärker.

So weit, so gut. Mikael setzt eine Perücke auf und begleitet mich bis zur Polizeistation, wo ich mit einem Passbild, das Mikael recht ähnlich sieht, einen neuen Ausweis beantrage.

«Hallo, ich bin Mikael Andersson aus Göteborg und habe am Wochenende beim Angelausflug mein Portemonnaie verloren, in dem alles drin war. Können Sie mir da vielleicht weiterhelfen?»

«Aber klar doch, da sind Sie bei uns genau an der richtigen Adresse. Kommen Sie mal mit, dann stelle ich Ihnen ein paar Fragen. Nicht dass Sie uns hinters Licht führen wollen und gar nicht der sind, für den Sie sich ausgeben.» Er zwinkert mir zu.

Ich gebe mich erstaunt. «Wer würde denn so was tun?»

Er winkt gutgelaunt ab und führt mich in ein Hinterzimmer. Ich bin bestens vorbereitet, mein Puls dürfte bei dreißig liegen. Nicht zu vergleichen mit dem Stress beim Singen in Skansen.

«Ihre Sozialversicherungsnummer?»

«720 823 – 4142.»

Der Beamte ruft Mikael im Computer auf.

«Und Ihre bisherigen Adressen?»

Nichts leichter als das.

«In meiner Kindheit habe ich in der Kommendorsgatan 22 in Göteborgs Stadtteil Majorna gewohnt, während des Studiums in der Universitetsgatan 12 c 68, einer großen WG, aber das nur am Rande. Dann habe ich angefangen zu arbeiten und bin nach Stockholm in den Karlavägen 12 a 18 gezogen, und dort lebe ich bis heute.»

«Wie heißen Ihre Eltern mit vollständigen Namen?»

«Ylva Alexandra Andersson, geborene Lindberg, und Björn Albert Andersson.»

«Und wann haben die Geburtstag?»

Kein Problem für mich, so was weiß ich im Schlaf.

Der Polizist ist überzeugt, Mikael Andersson vor sich zu haben, und schon kann ich das Formular zur Beantragung eines neuen Passes und Führerscheins unterschreiben. In drei Tagen darf ich alles abholen – man will mich nach dem blöden Pech beim Angelausflug nicht unnötig warten lassen.

Ich bin glücklich. Endlich werde ich ein echter Schwede und kann meine finnische Identität über Bord werfen. Ich kann als Schwede ein Bankkonto eröffnen, als Schwede reisen und vieles mehr.

Der Mord an Anna Lindh ist fast drei Jahre her. Ich suche die Gedenkstätte am Medborgarplatsen auf und lege einen Strauß Blumen nieder. Damals hätte ich nie geglaubt, dass ich eines Tages so weit komme. Voller Dankbarkeit gehe ich nach Hause.

3.8.2006

Kaum habe ich meine neuen Ausweise, mache ich zu Hause ein kleines Feuer im Kachelofen. Ich verbrenne alle Dokumente, auf denen *Mikko Virtanen* steht. Da verbrennt er, der nutzlose Idiot. Ein Mann, der nie er selbst sein wollte. Den es nie richtig gegeben hat und der nie wieder zurückkommen wird.

4.8.2006

Der letzte Teil unseres Unterrichts findet vor Ort in Göteborg statt. Der Schwerpunkt liegt auf dem Thema Kindheits- und Jugendpfade, außerdem feilen wir am lokalen Dialekt. Dabei hilft uns auch das Belauschen fremder Unterhaltungen in Cafés und Kneipen. Mikael trägt während unserer Aktivitäten konsequent seine Perücke. Auch wenn er hier so gut wie keine Bekannten mehr hat, wollen wir auf Nummer sicher gehen und meine Zukunft als Mikael Andersson nicht gefährden.

Wir beschäftigen uns ausführlich mit Mikaels Herkunftsstadtteil Majorna, der – Ironie des Schicksals – ursprünglich mal das Zuhause finnischer Einwanderer war, sich jedoch längst zu einem rein schwedischen Wohnviertel gemausert hat, so dass ich seine Geschichte beruhigt ignorieren kann.

Gutgelaunt spazieren Mikael und ich umher. Er zeigt mir die Orte, an denen er gespielt hat. Auch die Schule und seine Lieblingsplätze im Wald muss ich natürlich kennen. Abends werde ich abgefragt, in der Regel habe ich alles behalten. Wir merken beide, dass ich mich auf der Zielgeraden befinde und es nicht mehr viel zu lernen gibt. Ich bin ein würdiger Mikael Andersson, im Grunde sogar ein besserer als Mikael selbst: Im Gegensatz zu ihm habe ich einen starken Lebenswillen.

9.8.2006

Parallel zum praktischen Unterricht auf Göteborgs Straßen bereiten Mikael und ich das Abschlussfest vor. Meine Schulzeit soll feierlich enden. Wir haben beschlossen, uns gegenseitig einen Theatermonolog vorzuspielen. Meiner wird eine liebevolle Satire auf die lustigen Seiten Schwedens sein, schlechte Seiten fallen mir nicht ein. Mikael wird mich mit einer Kurzversion von August Strindbergs *Totentanz* überraschen.

20.08.2006

Die letzten Wochen sind reine Wiederholung des Erlernten. So sehr Mikael auch nach Lücken stochert, ich beherrsche seine Göteborger Historie perfekt. Ein Hauch von Abschied liegt in der Luft.

2.9.2006

Die Unterrichtsphase in Göteborg war ein grandioser Abschluss für meine Schulzeit. Vor allem meinem Dialekt hat sie gutgetan. Auf der Rückreise nach Stockholm (natürlich mit einem supermodernen Schnellzug, dem X-2000) verschwindet Mikael zum Biertrinken ins Restaurant. Ich bleibe an meinem Platz und gehe ein wenig zerstreut die Göteborger Notizen durch.

Vor mir sitzt ein Mann mit Laptop und arbeitet. Ein solide aussehender Typ, der all das ausstrahlt, was man zum Aufbau und Erhalt des schwedischen Volksheims braucht. Einer, der noch die guten, alten Werte von Hilfsbereitschaft und Zusammenhalt verkörpert.

Ich weiß, dass man anderen Leuten nicht über die Schulter schaut, geschweige denn liest, was sie schreiben. Aber meine Neugier siegt. Der Mann vor mir verfasst einen Bericht zur «Breitbandversorgung Värmlands». Offenbar hat eine Stockholmer Firma, vielleicht sogar das Ministerium ihn beauftragt, die Leute in der Provinz mit einer schnellen Internetverbindung zu versorgen. Er hilft den Leuten an der gesamten Westküste! Wie selbstlos er dabei wirkt. Seine Haare sind unfrisiert, sogar leicht fettig, wenn man das so deutlich sagen darf, sein Hemd ist knittrig und leicht verschwitzt. Der gute Mensch hat sich so seiner Aufgabe verschrieben, dass er die persönliche Hygiene hintanstellt.

Dass ich ab sofort über den Sitz hinweg mitlese, kann man ethisch fragwürdig finden, doch ich sehe das so: Ich kann mit seinen Arbeitsergebnissen sowieso nichts anfangen, schließlich bin ich kein schwedischer Branchenkonkurrent. Hm, vielleicht sollte ich das sein? Wenn ich's mir genauer überlege, sollte jeder mithelfen, Schweden weiter zu verbessern – schon allein aus Dankbarkeit dafür, in einem so tollen Land zu leben.

Aus Gründen der Diskretion werde ich hier nichts zitieren, aber so viel sei gesagt: Der Bericht wirkt seriös und überzeugend, in meinen Augen sogar tadellos. Besonders die

Ausführungen über eine möglichst effiziente Versorgung in dünnbesiedelten Regionen sind bewundernswert.

Kurz vor Stockholm schreibt der Mann seinen letzten Satz und schickt den Bericht per E-Mail an die Kollegen. Seine Begleitworte:

Hej zusammen, komme gerade von meiner Tour durch Värmland und Götaland zurück. Hier mein Rapport, freue mich auf regen Austausch im Büro. Herzlicher Gruß an alle, Janne.

Bessere Arbeitnehmer kann ein Land sich nicht wünschen. Mit solchen Persönlichkeiten wird das Volksheim immer weiterbestehen, werden die Menschen weiter an einem Strang ziehen.

Zu Hause in Södermalm schlafe ich zufrieden ein. Dank Leuten wie Janne wurde dieses Land einst zum Land meiner Träume, und nun wird mein Traum endlich wahr.

8.9.2006

Am Ende des letzten Unterrichtstages bringen wir mein Pult zum Flohmarkt und schenken es einem Mann mit Migrationshintergrund, der es erfreut zu seinen Waren stellt. Auch die Tafel und alles andere entsorgen wir gewissenhaft. Der Klassenraum wird wieder ein normales Zimmer. Ich stelle mein Bett hinein.

Meine lebenslange Geduld wird endlich belohnt. Heute steigt die historische Abschlussfeier für die erste erfolgreiche Nationalitätstranse. Als Opener singen wir natürlich die Nationalhymne meiner neuen Heimat:

Du alter, du freier, du fjällhoher Norden,
du stiller, du freudenreicher schöner!
Ich grüße dich, lieblichstes Land der Erde,
deine Sonne, deinen Himmel, deine grünen Wiesen,
deine Sonne, deinen Himmel, deine grünen Wiesen.

Anschließend halte ich eine Art Abi-Rede: «Mein lieber Lehrer Mikael! Vor einem Jahr befand ich mich in einer Sackgasse und wusste weder ein noch aus. Was ich durchmachte, wünsche ich nicht mal meinem ärgsten Feind. Doch dann kam Weihnachten, und ich traf dich, einen wahrhaft großen Schweden. Das Schicksal meinte es gut mit mir, es war das Weihnachtsgeschenk meines Lebens. Denn du hast keine Mühen gescheut, mich zu einem souveränen Göteborger auszubilden. Auch wenn wir politisch nicht immer einer Meinung sind, wurden wir zu einem unschlagbaren Team, und du machtest aus mir, dem ungehobelten Finnen, einen kultivierten Schweden. Natürlich war dein Part innerhalb des Teams der wichtigere. Dein pädagogisches Können, deine menschliche Großzügigkeit und deine Güte sind von unschätzbarem Wert. Welcher Lehrer ist schon zu deiner Art von Selbstaufopferung bereit? Es gibt keine Worte, die die Tiefe meiner Dankbarkeit beschreiben könnten. Unser gemeinsamer Weg war großartig. Wir hatten viel zu lachen, und selbst ungeschicktes Benehmen wie vor ein paar Monaten beim Eurovision Song Contest hast du in einen Lerner-folg umzuwandeln gewusst. Ich werde die unzähligen positiven Erinnerungen an deinen Unterricht für immer im Herzen bewahren. Du bist ein phantastischer Schwede. Ich danke dir für alles, Mikael. Ich liebe dich.»

Mikael applaudiert mir sichtlich bewegt. Ich bin zufrieden mit mir. Doch mein Lehrer steht mir in nichts nach: In seiner Rede betont er unseren Teamgeist, die harmonische Zusammenarbeit und das gemeinsame Ziel. Er gibt mir ein paar Weisheiten mit auf den Weg und würzt seine Worte mit überraschend viel Humor: Selbst mit den besten und strengsten Unterrichtsmethoden sei meiner sozialdemokratischen Gesinnung nicht beizukommen gewesen – dabei zwinkert er mir provokant zu. Ich muss laut lachen, er wartet kurz ab, bis er seine Rede fortsetzen kann. Leute durch tiefen Ernst ansprechen, das kann jeder, aber mit Witzen? Das ist wahre Kunst. Wir Schweden sind einfach super Redner.

Die Atmosphäre gegenseitiger Verbundenheit birgt natürlich auch ein Problem. Während der gesamten Unterrichtszeit habe ich mich ermahnt, mich nicht zu sehr mit Mikael anzufreunden, ja, sogar bewusst versucht, mir seine weniger angenehmen Seiten vor Augen zu führen. Ich muss den Mann am Ende schließlich umbringen.

Das führt mich übrigens zu folgender Überlegung: Wer Menschen umbringt, die ihm nahestehen, ist danach in aller Regel seelisch verstört und nimmt sich oft sogar selbst das Leben. Wer Fremde tötet, verwischt die Spuren und macht sich aus dem Staub. Das belegen die Statistiken. Und nun das Ganze auf Olof Palme angewendet: Aller Wahrscheinlichkeit nach war der Mörder ein Fremder, da er die Waffe versteckt hat und weggerannt ist. Tragischerweise ist der Mord bis heute unaufgeklärt, ein nationales Trauma. Doch was sinniere ich hier eigentlich? Ich vertraue voll und ganz auf die schwedische Polizei und überlasse die finale Auflösung des Falles ihr. Sollte sie ihr nicht gelingen, wird das einen tieferen Sinn haben, dann soll es eben so sein. Vielleicht macht das die Schweden innerlich noch stärker.

Nach den Reden und der Aufführung unserer wirklich genialen Theatermonologe ist es Zeit für die Zeugnisvergabe. Ich bin der Erste im Alphabet (und auch der Einzige) und nehme stolz mein Abschlusszeugnis entgegen. Mikaels Applaus hallt laut von den Wänden wider, vielleicht war die Anmietung einer Turnhalle doch etwas übertrieben. Egal, der Anlass ist entscheidend, und als ich die Zensuren sehe, könnte ich vor Glück in die Luft springen. Ich habe nur Bestnoten, sogar beim Göteborger Dialekt! Mikael hat noch eine weitere Überraschung für mich: Als Auszeichnung erhalte ich ein landeskundliches Reisestipendium für Gotland. Ich werde die Insel und ihre angeblich so verschlossenen Menschen also bald näher kennenlernen. Was für ein Freudentag! In Finnland habe ich noch nie ein Stipendium erhalten, in Schweden bekomme ich sofort eins. Hierzulande wissen sie eben, wie man Menschen in Entwicklungsprozessen motiviert.

Nach der Zeugnisübergabe schwelgen wir in gelöster Stimmung. Mikael schenkt mir Blumen, ich lobe sein didaktisches Talent. Wir quatschen über Gott und die Welt und wissen doch, dass Worte die traurige Tatsache des nahenden Abschieds nicht auslöschen können. Wir sind Freunde geworden. Da kann ich meine Gefühle noch so sehr wegzuschieben versuchen. Eigentlich will ich für Mikael nur das Beste. Ich wünschte mir, er könnte sein Leben weiterleben und weiterhin fester Bestandteil meines Alltags sein. Doch noch stärker ist der Wunsch nach der Erfüllung meiner Träume. Und deshalb sind wir genau einer zu viel.

Der Zug bringt uns nach Norden. Unser Ziel ist Kiruna. Dort angekommen kaufen wir alles ein, was wir benötigen: Zelt, Rucksäcke, Proviant, Axt, Spaten, Gift, einen großen Sack, reichlich Whiskey und eine Wanderkarte. Vor dem großen Aufbruch schlafen wir noch eine Nacht im Hotel.

Dann wird es ernst. Wir können das Vorhaben nicht länger hinauszögern, denn am siebzehnten September sind Parlamentswahlen. Die möchte Mikael nicht mehr miterleben, lieber erspart er sich eine weitere Enttäuschung. Für mich dagegen sind es die ersten Wahlen, und ich freue mich schon riesig, mein Kreuz bei den Sozialdemokraten zu machen. Meine Stimme wird dringend gebraucht, die Prognosen sind knapp. Durch das Ableben Mikaels und meinen Aufstieg kriegen die Sozialdemokraten immerhin eine Stimme mehr und die Konservativen eine weniger.

Der Wecker klingelt zeitig, und nach einem nahrhaften Frühstück brechen wir zu unserer Wanderung auf. Meiner ersten und Mikaels letzten. Unser Ziel ist *in the middle of nowhere*, wie man so schön sagt.

Was wir vorhaben, geht niemanden was an. Die Beerdigung findet im engsten Kreis statt, und bald wird der erste Schnee Mikaels Ruhestätte zudecken. Im Frühling wachsen dann Blumen auf seinem Grab. Wäre dies nicht ein gemeinsam geplantes Projekt, sondern eine Gewalttat, es wäre das perfekte Verbrechen.

Mikael will am Ufer eines Sees liegen. Auf der Karte haben wir den kleinen Eatnamsee entdeckt, dem Klang nach ein samischer Name. Dorthin also führt sein letzter Weg. Am Westufer gibt es keinerlei Wanderpfade, auch mit Fischern rechnen wir hier nicht.

Viel zu reden gibt es nicht mehr.

«Herrliche Landschaft.»

«Ein großer Hase.»

«Ein morscher Baum.»

Über das Bevorstehende schweigen wir. Es ist alles längst besprochen, wir haben die Details glücklicherweise gleich zu Beginn des Unterrichts festgelegt. Allerdings hätten wir uns nicht anfreunden dürfen. Das war absolut tabu, und trotzdem ist es uns passiert. Einen besseren Freund als Mikael habe ich nie gehabt.

Eine Stunde vor Beginn der Dämmerung erreichen wir den See. Weit und breit keine Menschenseele. Wir entscheiden uns für eine kleine Senke mit schönem Blick aufs Wasser.

Wir bauen das Zelt auf und machen ein Feuer. Andächtig grillen wir unsere Würstchen. Wir sprechen weiterhin wenig. Jedes Mal, wenn Mikael sich räuspert, um doch etwas zu sagen, habe ich Angst, er könnte einen Rückzieher machen. Denn das würde nicht funktionieren: Wir sind zwei Personen, wie sollen wir mit einem einzigen Pass auskommen? Zwei Pässe pro Person, das ist kein Problem – soll ja Leute geben, die gerne doppelte Staatsbürger sind –, aber zwei Personen pro Pass, das wird schwierig.

Gleichzeitig *hoffe* ich, dass Mikael einen Rückzieher macht. Er ist mein Freund und könnte später, wenn ich einen großen schwedischen Freundeskreis habe, mein engster und ältester Vertrauter sein. Gibt es wirklich keine Lösung für uns? Könnten wir nicht doch irgendwie beide unter gleichem Namen existieren? Fast wünsche ich mir, Mikael würde aufbegehren und darauf bestehen, am Leben zu bleiben. Dem würde ich mich nicht in den Weg stellen. Aber da er nichts sagt, siegt mein Egoismus. Außerdem deutet alles darauf hin, dass er seine Meinung nicht geändert hat. Wenn er etwas sagt, dann sind es kurze Sätze über die raue Schönheit der Natur oder seine leichten Schmerzen im linken Knie.

Das Feuer ist heruntergebrannt, die restliche Glut glimmt schwach. Irgendwann bleibt uns nichts anderes mehr zu tun, als ins Zelt zu kriechen. Dort gesteht Mikael mir, dass er vor dem Einschlafen gern noch eine Partie Kniffel spielen würde, er hat extra Stift, Papier und Würfel mitgenommen. Was er an dem Spiel so schätzt: dass man mit einem kompletten Sechserwurf am Ende noch einmal die ganze Partie drehen kann. Anders als im stets auf Ausgleich und Gerechtigkeit bedachten Sozialstaat.

Mikael gewinnt mehrere Spiele haushoch, und kein Politiker geht dazwischen und sagt, jetzt ist Schluss, du gefährdest die innerstaatliche Balance. Mein Freund wirkt glücklich.

Vielleicht ist auch er ein Nationalitätstransvestit? Wäre er als neureicher amerikanischer Geschäftsmann, zum Beispiel als neoliberaler Unternehmer im Bible Belt womöglich glücklicher geworden? Im Grunde bin ich sicher: Es wird nicht das Gift sein, das ihn morgen tötet. Es ist sein Heimatland Schweden, das ihm nach und nach die Lebenslust geraubt hat. Schweden ist schuld. Tragischerweise hat genau das Land, das ihm zum Verhängnis geworden ist, mir die allergrößte Kraft gegeben. Plötzlich befällt mich ein tiefes Schuldgefühl. Indirekt werde ich zum Mittäter.

Angesichts der Tatsache, dass Mikael nur noch wenige Stunden zu leben hat, ist er erstaunlich ruhig. Er räumt die

Würfel weg, macht es sich in seinem Schlafsack bequem und wünscht mir eine gute Nacht. Schon bald geht sein Atem tief und regelmäßig.

12.9.2006

Wir schlafen lange, erst die immer höher steigende Morgensonne weckt uns auf. Wir fangen sofort an, denn wir haben einiges vor. Zuerst muss das Grab ausgehoben werden. Dabei darf uns niemand beobachten, denn wenn in Lappland jemand beim Buddeln entdeckt wird, kommen gleich alle hergerannt und wittern Gold. Wir wollen an Mikaels Todestag keine Idioten im Goldrausch um uns haben. Als Ruhestätte hat Mikael sich die Kuppe eines kleinen Hügels ausgesucht. Die Erde ist erstaunlich weich, wir kommen gut mit dem Graben voran.

«Mikko. Mein letzter Wurf gestern, die fünf Fünfen.»

«Ja. Was ist damit?»

«Damit hat sich alles gewendet. Mit nur einem Wurf. Glaubst du, so was ist wirklich möglich?»

«Wie meinst du das?»

«Na, im richtigen Leben.»

Um Gottes willen. Jetzt macht er unseren Plan zunichte. So sehr ich es mir wünsche, noch mehr habe ich Angst davor.

«Schwer zu sagen», murmle ich und konzentriere mich auf den Spaten in meiner Hand.

Mikael arbeitet immer langsamer. Er scheint angestrengt nachzudenken. Ich weiß genau, worüber: ob er sein Versprechen brechen soll. Und ich verstehe das nur zu gut. Ich meine, da gräbt ein Mann sein eigenes Grab und will eigentlich gar nicht mehr sterben! Er gräbt wie in Zeitlupe und sieht furchtbar müde aus.

Trotzdem, irgendwann am Nachmittag sind wir fertig. Ich leite sofort die Feierlichkeiten ein, wir beginnen mit dem Ritual «vom Tod zum Leben», bei dem Mikaels Seele auf mich übertragen wird. Wir machen ein Lagerfeuer und gehen schweigend im Kreis drum herum. Mikael wirft die Symbole seiner irdischen Existenz in die Flammen: Pass, Krankenversicherungskarte, ein Porträtfoto. Das Feuer frisst sein Leben restlos auf, dunkler Rauch steigt in die Luft. Dieser Rauch ist der Atem meines neuen Lebens.

Ich halte eine Rede. Inzwischen habe ich genug Übung darin. Und wann, wenn nicht jetzt, wäre eine Rede angemessen? Ich richte den Blick auf meinen Freund und fange an.

«Wir haben uns hier an diesem schönen See versammelt, um ein Fest der Trauer zu begehen, aber auch der Freude. Ein großer Moment ist gekommen. Für mich bedeutet dieser Tag die Genesung von einer langen Krankheit und den Beginn eines neuen Lebens. Darüber freue ich mich. Zugleich bin ich traurig über die Beschaffenheit dieser Welt. Warum ist die Gesellschaft nicht groß genug für alle? Warum passt ein Zeitgenosse wie Mikael nicht mit hinein? Er hat doch alles gegeben! Und dennoch hat es nicht gereicht. Nun werde ich statt seiner das Leben als Mikael fortsetzen, und zwar ein glückliches Leben. Dankbar und voller Demut nehme ich dieses Geschenk aus den Händen eines edlen Mannes entgegen. Nie werde ich vergessen, was er mir Gutes getan hat. Ich liebe diesen Mann. Er ist der größte Schwede, der je geboren wurde. Seine Kräfte haben für ein gutes Dasein zwar nicht gereicht, aber sie reichten, um aus mir einen Schweden zu formen und sein Leben an mich weiterzugeben. Heute werde ich als ein neuer großer Schwede in die Gesellschaft eintreten.»

Wir umarmen uns und wischen uns ein paar Tränen ab. Wie gern würde ich den Plan ändern und Mikael weiterleben lassen. Durch den gemeinsamen Unterricht habe ich ihm neue Lebensfreude eingehaucht, und nun muss ich diese Flamme brutal ersticken.

Mikael schweigt. Er hat keine Rede vorbereitet, das ist nur zu verständlich. Bei welcher Beerdigung meldet sich schon der Tote selbst zu Wort?

Der Moment des finalen Abschieds rückt immer näher. Mikael liebt Whiskey. Wir öffnen eine Flasche seiner Lieblingsmarke und gießen ihn großzügig in die extra mitgebrachten Gläser. Wie vereinbart, rühre ich bei ihm das Gift mit ein. Wir setzen uns ans Lagerfeuer und trinken den letzten Kelch. Doch Mikael nimmt nicht einen einzigen Schluck. Er schafft es nicht, er will nicht sterben. In der einen Waagschale liegt seine neue Lebensfreude, in der anderen sein Versprechen. Als geradliniger Schwede will Mikael es nicht brechen.

Ich schweige. Jedes Wort würde alles noch schwerer machen. Mir ist klar, Mikael wartet nur darauf, dass ich das Ganze abblase. Er selbst ist dafür zu loyal. Aber ich bleibe stumm.

Und er enttäuscht mich nicht. Mit zitternder Hand führt er schließlich sein Glas zum Mund und trinkt es in einem Zug aus.

Nun braucht er meine Unterstützung. Allein kann man so einen Schritt nicht gehen. Er holt eine kleine Bibel hervor und bittet mich, ihm vorzulesen; er zeigt auf eine Stelle im fünften Buch Mose. Ich komme nicht besonders weit, nur wenige Absätze, schon ist der Tod da. Das Letzte, was Mikael vermutlich hört, ist der Halbsatz vom Hineingeführtwerden ins versprochene Land.

Mein Gott. Schlaff liegt er am Lagerfeuer. Ich rücke dicht an ihn heran und betraure seinen Tod. Ich bitte um Vergebung und bin doch zugleich tief dankbar. Irgendwann verpacke ich die Leiche im dafür vorgesehenen Sack und lasse den Sack so behutsam wie möglich ins Grab plumpsen. Daneben lege ich eine unangebrochene Flasche Whiskey und die fünf Würfel, mit den Fünfen nach oben.

Ich schaufle das Grab mit Erde zu und zünde eine Kerze an. Hier ruht ein wahrhaft großer Schwede. Im Zelt schniefe ich mich in den Schlaf.

Teil 3

Der Morgen des Wahltags. Die letzten Prognosen prophezeien einen knappen Sieg für das Bündnis der Bürgerlichen, einem vor einigen Jahren ins Leben gerufenen Zusammenschluss der konservativen Parteien. Ich bin alles andere als entspannt. Wäre eine Politikerin wie Anna Lindh noch am Leben, der Wahlsieg der Sozialdemokraten wäre reine Formsache. Aber ob der unsympathische Göran Persson es schaffen kann, den Vorsprung der Bürgerlichen einzuholen? Der Vollidiot hat sich kürzlich eine schmucke Villa gekauft! So fängt man doch keine Wählerstimmen! Da hat doch jeder Angst, dass der gute Göran, sobald er an der Macht ist, wieder nur an sich selbst denkt.

Im Ernst, ich bin total nervös. Gerade mal fünf Tage lang bin ich Bürger eines sozialdemokratisch geführten Schwedens, und nun soll damit schon Schluss sein? Darauf muss ich mit meiner Stimme einwirken. Ich mache mich schleunigst auf ins Wahlbüro. Ein großer Moment, zumindest bin ich einigermaßen ergriffen, als ich den Wahlschein durch den Urnenschlitz schiebe. Endlich bin ich ein aktiver Mitgestalter der schwedischen Demokratie. Ich kann nur hoffen, dass möglichst viele so wählen wie ich.

Abends vor dem Fernseher will ich es erst nicht glauben: Die Bürgerlichen haben tatsächlich die Nase vorn, es ist die reinste Katastrophe. Der einzige Trost bleibt, dass ihr Wahlprogramm im Grunde ein sozialdemokratisches ist. In diesem Land können einfach nur linke Werte siegen. Aber es ist ein schwacher Trost, denn was die Wölfe im Schafspelz nun mit ihrer Macht anstellen, bleibt abzuwarten. Erst einmal feiern sie ihren Sieg mit einer viel zu prunkvollen Wahlparty.

Gerade mal ein paar lächerliche Tage hat mein Glück gewährt. Mein Schwedenbild ist zwar nicht zerstört, hat aber einen dicken Kratzer bekommen.

22.9.2006

Die unselige Politik mal außen vor gelassen, ist mein Leben okay: Ich bin ein schwedischer Mann, und ich lebe in Göteborg, in einer hübschen Wohnung im Stadtteil Majorna, ganz in der Nähe vom Zuhause meiner Kindheit. Södermalm in Stockholm war zwar auch nicht schlecht, aber die heimatlichen Gefilde sind halt was anderes. Der altbekannte Hafen ist immer der schönste.

Wie vertraut sich alles anfühlt! Die Gerüche, die Geräusche, die gesamte Umgebung. Sogar die Gesichter der Menschen und ihre Mimik sind mir nah – wir Göteborger, so einfach zu lesen, herrlich. Da muss ich fast lachen. Nach Hause zurückzukehren ist was Großartiges.

Ich gehe im frischen Meerwind durch den Brunnsparken und lasse meinen Blick wohlwollend über meine Göteborger Schwestern und Brüder wandern. Uns eint ein Ziel: diese schöne Stadt immer weiter zu verschönern, für uns selbst und unsere Nachfahren. Hach, ich könnte sie alle umarmen. Auch an das städtische Wappen habe ich mich gewöhnt. Es ist zwar blauweiß wie die dämliche finnische Nationalflagge, allerdings ist das Göteborger Blau irgendwie ehrlicher und tiefer, und der dargestellte Löwe ist viel sympathischer als etwa der finnische Loser-Löwe auf den Trikots der Eishockeynationalmannschaft. Kurz: Ich habe den blauweißen Löwen meines neuen alten Zuhauses schnell lieben gelernt.

Gestern bin ich zum ersten Mal im alten Ullevi-Stadion gewesen und habe mir ein Fußballspiel angeschaut. Mikael hat mir nochmal eingeschärft, wie identitätsstiftend der Fußballverein hierzulande ist und dass ich mir meinen Verein gut aussuchen soll. Göteborg hat gleich mehrere Clubs zur Auswahl.

Der arbeiternahe Verein GAIS hat von vornherein meine Sympathie. Das Gegenstück dazu wäre der schickere ÖIS. Er hat eine lange Tradition und war der erste Fußballverein im Land, wurde von schottischen Fabrikarbeitern gegründet. Heute ist mir der Verein zu weit entfernt von den Werten, dir mir wichtig sind. Irgendwo dazwischen liegt der IFK Göteborg. Ich entscheide mich für den Mittelweg; jawohl, ich bin ab sofort schon von Kindesbeinen an ein fanatischer IFK-Fan. Die Vereinsgeschichte belohnt meine Entscheidung, denn der IFK Göteborg hat zweimal den UEFA-Cup gewonnen, 1982 und 1987. Klar, dass diese Siege Höhepunkte meiner Kindheit waren. Ich weiß natürlich haargenau, was damals los war: 1982, als ich neun war, ließ mein Vater mich noch nicht mitkommen und setzte mich stattdessen vor den Fernseher. Er ging einfach allein ins Stadion. Ich wollte das Spiel aber unbedingt live erleben und riss aus. Irgendwann fand die Polizei mich am Eingang des Stadions, wo ich vergeblich auf Einlass gewartet hatte.

1987 korrigierte mein Vater seinen Fehler, und ich erlebte ein spannendes Spiel im rappelvollen Ullevi-Stadion. Anschließend ergatterte ich ein Autogramm von meinem Idol Stefan Pettersson. Der Stürmer schüttelte mir die Hand und sagte: «Junge, ich seh's dir an, aus dir wird was werden.»

Stopp, das ist zu dick aufgetragen und wirkt unglaubwürdig. Korrektur: Er gab mir ein Autogramm, strich sich durch die verschwitzten Haare und verschwand in der Kabine. Die Geschichte ist auch so einprägsam genug, und die Erinnerung berührt mich bis heute. Ach ja, die Kindheit. Ich bin verdammt glücklich, dass ich hier aufwachsen durfte, und noch glücklicher bin ich darüber, dass meine Kinder hier aufwachsen werden. Der Liseberg-Vergnügungspark, zahlreiche Grünanlagen, viel Platz zum Fußballspielen, ein nahegelegener Zoo, eine Statue zu Ehren der tüchtigen Einwanderer – besser kann man's doch nicht treffen.

Ich muss daran denken, wie ich früher mit ein paar Schulfreunden über den Zaun vom Majvallen-Stadion kletterte, weil wir endlich mal auf einem echten Platz spielen wollten. Wir bolzten, bis wir schwitzten, und spritzten uns dann gegenseitig mit dem Bewässerungsschlauch für den Rasen ab. Als plötzlich ein Trainer auftauchte, rannten wir panisch zum Zaun und kletterten zurück auf die Parkseite. Zum Glück kriegte der Mann uns nicht. Köstliche Episoden sind das, vor Freude und Wehmut bekomme ich glatt feuchte Augen.

Spontan spaziere ich zum Haus meiner Kindheit. Dort ist alles wie immer. Na ja, früher befand sich im Erdgeschoss der privat geführte Laden Hjelms Lebensmittel, heute muss man sein Essen in der Filiale einer großen Kette kaufen. Schade, bei Hjelm war es so persönlich. Doch seine Söhne wollten den Laden halt beide nicht weiterführen. Einer wurde Paläontologe, der andere – Jakob, der ging mit mir in dieselbe Klasse – wusste schon beim Abitur, dass er Personalchef werden wollte. Nun gut, die Welt braucht auch kompetente Personalchefs, und Jakob war eindeutig ein netter Kerl.

Mein altes Zuhause ist, wie die meisten Gebäude in dieser Gegend, ein dreigeschossiges Haus, das um 1900 erbaut wurde. Das Erdgeschoss besteht aus Stein (Brandschutz!), der Rest ist aus Holz. Die meisten Häuser hier wurden auf Betreiben von Albert Ehrensvärd gebaut, der es als Politiker bis ins Amt des Außenministers schaffte. Früher lebten hier vor allem sogenannte kleine Leute eng beisammen, heute ist das Viertel von der Mittelschicht geprägt, oft wurden zwei kleine Wohnungen zu einer großen zusammengelegt. Mir passt mein soziales Umfeld bestens. Ich wollte immer zur schwedischen Mittelklasse gehören und bin nur zu gern wieder in mein altes Kindheitsviertel zurückgezogen. Und das tun ja viele: zu ihren Wurzeln zurückkehren.

Ich schaue mich aufmerksam um. Auf den Felsen da drüben stehen heute relativ neu aussehende Mehrfamilienhäuser, in denen sicherlich Paare mit kleinen Kindern leben. Damals haben wir dort mit Pfeil und Bogen gespielt. Einmal erwischten wir eine Krähe und beschrieben einen Zettel mit ihrem Blut: «Das waren wir. Die Apachen.» Dann sind Jakob Hjelm und ich schnell abgehauen. Oder war es Oskar Bjärsmyr, der gleich neben der Schule wohnte? Was der wohl heute so macht?

Mein altes Zuhause sieht im Prinzip genau aus wie damals. Die Wände sind strahlend weiß, die Fensterrahmen blau. Aus irgendeinem dummen Grund verfolgt mich diese Farbkombination. Neben dem Laden der großen Lebensmittelkette gibt es ein kleines Restaurant: Pizzeria Verona, Mittagstisch mit Pizza nach Wahl plus Limo für fünfundfünfzig Kronen.

In meiner alten Wohnung lebt auch heute eine Familie mit Kindern, das erkenne ich an den bunten Vorhangstoffen. Leicht melancholisch blicke ich zu meinem Fenster, aus dem ich mich mal mithilfe zusammengeknoteter Bettlaken abgeseilt habe, nachdem ich zu viel von dem Unfug der

Kinder aus Bullerbü gelesen hatte. Ich schlage meinen alten Schulweg ein, auf dem ich auch das Fahrradfahren gelernt habe. Dort hinten ist die Schutzplanke, gegen die ich irgendwann später mit dem Rennrad geknallt bin. Meine oberen Schneidezähne waren futsch. Versonnen befühle ich mit der Zunge die Implantate. Ich bin ganz erfüllt von all den Erinnerungen. Kurzerhand beschließe ich, nochmal zum alten Haus zurückzugehen und es zu fotografieren. Wenn ich das Bild am Computer bearbeite und einen Gelbfilter drüberlege, kann ich zu meinen künftigen Kindern sagen: Hier, so sah Papas Zuhause früher aus, wollen wir morgen mal vorbeischauen?

Inzwischen fühle ich mich ganz schön sentimental und gönne mir einen Abstecher in die Kneipe. Der gute alte Silverkällan, in dem der Legende nach der IFK Göteborg gegründet wurde. Was definitiv gesichert ist: Hier habe ich meine erste Portion Pommes gegessen. Kaum stehe ich im schummrigen Raum, stelle ich zufrieden fest, dass es noch genauso riecht wie in meiner Kindheit. Damals fragte mich die Bedienung: «Und, willst du noch Ketchup dazu?» «Ja», antwortete ich. Schon standen meine Pommes vor mir, und ich brachte vor Glück und Genuss erst mal kein Wort hervor. Das Tolle an der Geschichte ist im Nachhinein: Ich weiß, dass ich heute sogar *noch* glücklicher bin als damals. Nur ein Schwede kann seine Zufriedenheit im Erwachsenenalter noch steigern.

Ich setze mich an die Theke und bestelle eine Flasche Falcon-Bier. Gleich beim ersten Schluck fällt mir wieder auf, wie überlegen die hiesigen Biere den finnischen sind. Gut, dass die faden, leicht käsefüßigen Gerstensäfte der Vergangenheit angehören. Ich sehe mich um. Außer mir ist nur eine leicht angetrunkene Frau in der Kneipe; als sie mich entdeckt, kommt sie sofort an meinen Tisch, wie es angeheiterte Leute gerne tun.

«Hej, bist du von hier?», fragt sie mich und lallt ziemlich.

«Aber klar doch, ich bin gebürtiger Göteborger und komme aus Majorna», antworte ich im schönsten Heimatdialekt.

«Wow, genau wie ich. Und wie alt bist du?»

«Dreiunddreißig.»

«Lustig, ich auch. Bist du zufällig auch auf die Karl-Johan-Schule gegangen?»

«Aber hallo! Genau das war meine Schule.»

«Und wie heißt du?»

«Mikael Andersson.»

«Ach nee, der gute alte Mikael, du hast doch nur zwei Straßen weiter gewohnt! Na, weißt du, wer ich bin?» Sie sieht mich erwartungsvoll an.

Ich fange an zu schwitzen und tue so, als wüsste ich genau, wen ich vor mir habe, jedoch ohne in diesem Moment den Namen parat zu haben.

«Marie Nilsson, wir waren doch in einer Klasse!»

Verdammte Scheiße. In einer Klasse. Jetzt geht also das obligatorische Gespräch über die Klassenlehrerin, den Pausenclown, den Streber und all die anderen Nasen los. Aber trotz der Unterrichtsstunden bei Mikael weiß ich zu wenig. Mein Kopf fühlt sich an wie Watte, mir bleibt nur die Flucht. Ich lasse das Bier stehen, schnappe meine Jacke und verlasse blitzschnell den Silverkällan. Ich versuche, mir die Panik aus dem Körper zu rennen, und halte erst nach einem Kilometer an, als ich am Meer stehe.

Das darf nicht wahr sein. Da bereite ich mich monatelang auf solche Situationen vor, und dann schaffe ich keine zwei Minuten Gespräch mit einer Angetrunkenen! Der einzige Trost: Marie Nilsson wird sich an meinen abrupten Abschied morgen nicht mehr erinnern. Bei dem Alkoholpegel wird ein zünftiger Filmriss ihre Erinnerungen an den heutigen Abend begraben.

Ich versuche mich zu beruhigen, kann aber die ganze Nacht nicht schlafen und starre an die Decke. Mir schwant, unser Unterricht war nicht detailliert genug. Mikael hat mir zwar überall Bestnoten gegeben, doch mit dem Zeugnis kann ich mir nach dem heutigen Abend den Arsch abwischen. Mikael liegt tot in Lappland, den werde ich nie wieder was fragen können. Nach mehreren Stunden angestrengten Kopfzerbrechens habe ich eine Idee. Heutzutage kann man auch ohne die direkte Auskunft eines anderen Menschen viel über dessen Leben in Erfahrung bringen. Man muss nur wissen, wie. Und ich bin ja nicht auf den Kopf gefallen.

23.9.2006

Das Stadtarchiv ist ein genialer Ort für jeden, der seine Erinnerungen auffrischen möchte. Selbstverständlich weiß ich die Namen meiner Eltern, ihre Berufe und was sie sonst noch so gemacht haben, aber bei den Klassenkameraden haben Mikael und ich geschlampt. Zum Glück gibt es haufenweise Material über das Majorna meiner Kindheit, sogar die Klassenfotos der letzten vierzig Jahre sind samt Schülernamen archiviert. Auf meinem Einschulungsfoto sitze ich zwischen zwei süßen Mädchen, alle Namen sind vollständig vermerkt. Wie komme ich geschickt an Informationen über diese Mädchen ran?

Ich habe einen grandiosen Einfall: Ich werde mich als Wissenschaftler tarnen. So kann ich ganz direkt und offiziell meine Wissenslücken schließen. Und zwar mit persönlichen Interviews. Danach werde ich wissen, wer sich vom ewig gereizten Hausmeister nicht ins Bockshorn jagen ließ und von welchem Felsen wir ins Meer gesprungen sind. Und sicherlich auch, mit wem ich mich geprügelt habe. Wir waren übrigens nur neunzehn Schüler; schwedische Kinder waren schon damals privilegiert und lernten in kleinen Klassen. Logisch, dass wir da genug Aufmerksamkeit bekamen und uns zu ausgeglichenen Erwachsenen entwickeln konnten.

25.9.2006

Ich mache die Interviews per Telefon und nicht live im Café, dann kann mich später keiner der Befragten wiedererkennen. Am Telefon bin ich natürlich nicht Mikael. Der hat zwanzig Jahre lang woanders gelebt. Kein Wunder also, wenn er sich mit der Zeit ein bisschen verändert hat und anders aussieht, haha.

Ich bereite einen Fragenkatalog vor und wähle die erste Nummer. Peter Bengtsson geht sofort ans Telefon.

«Mats Rundström von der Uni Stockholm hier», melde ich mich. «Ich bin Ethnologe und befasse mich mit dem Thema Kindheit in Göteborgs Stadtteil Majorna. Hätten Sie einen Moment Zeit?»

«Das klingt interessant. Doch, ich habe Zeit.»

«Gut. Vorab noch eine kurze Information: Manche Fragen könnten überraschend konkret, vielleicht sogar speziell wirken. Aber gerade das ist Bestandteil unserer Forschungsmethode.» Ich hoffe inständig, dass Bengtsson nicht Ethnologe ist.

151

Kein Widerspruch. Ich fange an.

«Ihr vollständiger Name?»

«Peter Mikael Bengtsson.»

«Adresse zur Schulzeit?»

«Klareborgsgatan 12.»

«Ah, zur Karl-Johan-Schule war es nur ein kurzer Weg.»

«Genau dort wurde ich eingeschult, ja.»

«An welchen Orten haben Sie am liebsten gespielt? Und mit wem?»

«Oh, da gab es viele Orte. In den ersten Jahren natürlich vor allem rund um unser Haus und die Schule. Später waren wir dann auch im Slottsskogen-Park und in der Grünanlage neben der Djurgårdsgatan. Und mit wem? Besonders viel habe ich mit Andreas und Johan Hermansson gespielt. Und mit den beiden Persson-Brüdern. Manchmal waren auch Jörgen Ek und Jesper Johansson dabei. Die wohnten alle in der Nachbarschaft.»

«Wie war Ihr Verhältnis zum Hausmeister der Schule?»

«Ganz normal. Wieso, was soll die Frage?»

«Machen Sie sich bitte keine Gedanken über unseren Forschungsansatz, alle unsere Fragen sind wichtig. Antworten Sie einfach so offen und spontan wie möglich.»

«Also, ehrlich gesagt, mit dem griesgrämigen Hausmeister sind doch die meisten Jungs nicht klargekommen.»

«Wie hat sich das bemerkbar gemacht?»

«Wir haben ihn geärgert, und er hat uns hinterherspioniert und versucht, uns auf frischer Tat zu ertappen. Darin war er leider gar nicht schlecht, wir mussten oft beim Direktor vorsprechen. Wie hieß der denn noch gleich? Genau, Peter Markstedt. Meistens hat er uns nachsitzen lassen.»

«Mit welchen Klassenkameraden hatten Sie ein besonders enges Verhältnis?»

«Mit Andreas Hermansson. Manchmal habe ich auch mit Mikael Andersson gespielt, allerdings war der ein bisschen seltsam.»

«Inwiefern?»

«Der ist schnell ausgerastet, hat Spielzeug von anderen kaputt gemacht und so.»

Das fängt ja gut an. So was hat Mikael mir verschwiegen.

«Haben Sie sich mit ihm geprügelt?»

«Alle haben sich mit ihm geprügelt. Beziehungsweise er sich mit allen.»

«Und wer hat dabei gewonnen?»

«Meistens die anderen. Mikael war ja eher schmächtig, aber er konnte fuchsteufelswild werden.»

Mir wird immer unwohler, ich wechsle flugs das Thema.

«Wie schwer war der dickste Hecht, den Sie als Kind an der Angel hatten?»

«Wie bitte?»

«Der dickste Hecht. Der Fisch.»

«Ich habe nie einen Hecht gefangen.»

«Bedauerlich. So, was hätten wir denn da noch … Ah, wie steht es mit Hunden? Wurden sie zwischen 1977 und 1985 von einem oder mehreren Hunden gebissen?»

«Einmal, ja.»

«Wo genau wurden Sie gebissen? Und wie hieß der Hund?»

«Linker Knöchel. Das war irgendein blöder Köter im Park neben der Schule. Wieso ist das so wichtig?»

«Die Fragen stellen wir, machen Sie sich keine Sorgen, das hat alles seine Berechtigung. Was waren in den achtziger Jahren Ihre Lieblingsbands?»

«Da gab es etliche. Zum Beispiel W.A.S.P., Twisted Sister, Iron Maiden und später auch Metallica. Und von den schwedischen Bands natürlich Europe, ‹The Final Countdown› war unschlagbar. Ah, und natürlich Gitarrengott Yngwie J. Malmsteen. Ich habe auch Gyllene Tider gehört, den Hit ‹Sommartider› und so, auch wenn ich das damals nie zugeben hätte. Und Roxette, ‹She's Got the Look›. Aber das war vielleicht schon in den Neunzigern.»

«Wer war an der Schule Ihr Lieblingslehrer?»

«Der Sportlehrer Stefan Rehn, der war schwer in Ordnung, den mochte praktisch jeder.»

Ich werde wieder lockerer und frage munter weiter. Wo gab es die besten Zimtschnecken? Mit welchem Mädchen erlebten Sie Ihren ersten Kuss? Wie warm wurde das Wasser am Ufer von Saltholmen im Sommer? Es flutscht geradezu. Ich fasse Mut und springe thematisch nochmal zurück:

«Wie genau erinnern Sie sich an das Aussehen von Mikael Andersson?»

«So mittel. Der sah ziemlich normal aus, würde ich sagen. Er ist irgendwann nach Stockholm gezogen, ich habe ihn bestimmt zehn Jahre nicht mehr gesehen. Zu den Klassentreffen ist er nie aufgetaucht.»

Noch ein paar banale Fragen zu Essgewohnheiten, dann beende ich das Interview. Ich bin ziemlich erschöpft. Die Angelegenheit erinnert mich vom Gefühl her irgendwie an Schneeschippen bei starkem Schneefall. Hat man endlich auch die zweite Hofhälfte geschafft, ist die erste schon wieder zugeschneit. Aber ich darf nicht schlappmachen. Als Nächstes knöpfe ich mir eine Frau vor, hoffentlich läuft das entspannter. Sofia Dahlin ist heute Krankenschwester und meldet sich mit einer netten, hellen Stimme. Wer weiß, vielleicht habe ich als Jugendlicher mit ihr gefummelt.

Eine Woche und Dutzende Interviews später weiß ich eine Menge über mich. Mit Sofia Dahlin ist leider nie was gewesen, generell war ich für Mädchen eher unattraktiv – keine meiner Interviewpartnerinnen hat mit mir geknutscht. Anscheinend war ich ein ziemliches Ekelpaket, mit dem niemand klargekommen ist. Schwierig.

Meiner Ansicht nach habe ich genau zwei Möglichkeiten: Entweder ziehe ich aus Majorna weg und vermeide ein Zusammentreffen mit den alten Klassenkameraden, von denen erstaunlich viele hier leben. Oder ich bleibe und mime den Geläuterten, dessen Aggressivität sich ausgewachsen hat. Mein Äußeres dürfte mir nicht zum Problem werden, Mikael und ich sind grob derselbe Typ, vor allem, wenn ich mir noch ein paar Kilos drauffuttere, und außerdem war ich lange weg. Aber das Innere!

Nach reiflicher Überlegung ist die Entscheidung plötzlich sonnenklar. Ich werde in Majorna bleiben. Ich will nicht ein Leben lang vor meiner Kindheit davonrennen. Außerdem bin ich jetzt für alle potentiellen Begegnungen bestens vorbereitet. So was wie im Silverkällan wird mir nicht nochmal passieren. Und zum Glück weiß ich dank meines Ethnologen-Interviews mit Marie Nilsson, dass sie sich nicht an die peinliche Begegnung in der Kneipe erinnert.

Ich werde mich also meiner Vergangenheit stellen, denn nur dann habe ich eine Zukunft. Majorna ist und bleibt mein Zuhause. Ich denke in diesen Tagen oft an die schlauen Worte von Per Albin: «Der Grundstein für ein gutes Zuhause ist das Zusammengehörigkeitsgefühl. Ein gutes Zuhause kennt keine Über- oder Unterlegenheit, keine Ober- oder Unterschicht, keine Lieblings- oder Stiefkinder. Niemand macht andere klein, niemand profiliert sich auf Kosten anderer. Stärkere werden Schwächere nicht unterdrücken. Denn in einem guten Zuhause herrschen Fürsorge, Gleichberechtigung, Zusammenhalt und Hilfsbereitschaft.» Mikael Andersson wird endlich ein Teil dieses Zuhauses und dieser Gemeinschaft werden, jawohl. Und er wird auch so bald wie möglich eine Familie gründen.

Um mit einer Frau und gemeinsamen Kindern leben zu können, brauche ich allerdings schnell eine Arbeit. Von meinem Erbe ist zwar noch etwas übrig, aber ich möchte nicht länger von dem leben, was meine Eltern erwirtschaftet haben. In der heutigen Gesellschaft zählen die eigenen Taten, und wer statt zu arbeiten von den Früchten seiner Vorfahren zehrt, ist unmodern und – noch schlimmer – unsozial.

Bisher habe ich in der IT-Branche gearbeitet, bei einer Telefongesellschaft. Mein Arbeitszeugnis ist durchaus vorzeigbar, nur stammt es aus dem verhassten Finnland, und ausgestellt ist es auf den Namen Mikko Virtanen.

Ich werde ein weiteres Mal lügen müssen und mir eine neue Arbeitsvita basteln. Natürlich könnte ich Mikaels alte Unterlagen verwenden, er hat mir alle Dokumente überlassen. Aber den Lebenslauf zu fälschen ist einfacher, als einen neuen Beruf zu erlernen. Mikael war Vollblutlehrer, und egal wie ich mich ins Zeug lege, ein so guter wie er würde ich nie werden.

In Finnland war ich auf der Technischen Hochschule, da sind die Kreise eher klein. Das wird auch in Schweden nicht anders sein, und ich habe keine Lust, beim Vorstellungsgespräch einem ehemaligen Kommilitonen aus Stockholm gegenüberzusitzen. Der wird dann über die Lehrenden, die Studierenden und die wilden Partys quatschen wollen, und ich würde genauso dumm dasitzen wie beim Zusammentreffen mit Marie Nilsson. Also besser kein schwedischer Abschluss.

Ich könnte doch ein Stipendium für die USA erhalten haben! Die meisten Hochschulen dort genießen einen phantastischen Ruf. Wozu noch länger überlegen? Ich habe einen amerikanischen Abschluss! Vielleicht vom MIT, dem Massachusetts Institute of Technology? Allerdings ist das eine absolute Elite-Uni, lieber nicht übertreiben. Mein Abschluss sollte von einer mittelguten Uni sein, immer schön unauffällig bleiben.

Eine Internetrecherche führt mich zum IIT, dem Illinois Institute of Technology, das laut Internetseite ein ganz ähnliches Studium anbietet, wie ich es in Finnland durchlaufen habe. Obendrein sieht der Campus sympathisch aus. Dort hatte ich gewiss eine prima Zeit, und das merkt man meinem ausgeglichenen Wesen natürlich bis heute an. Vielleicht wird meine künftige Partnerin mich liebevoll «ihren kleinen Ami» nennen? Ich muss mir noch irgendwas Typisches zulegen, eine starke Vorliebe für Erdnussbutter und Baseball oder so was.

Die inspirierende Atmosphäre am IIT hat mich zu Höchstleistungen angespornt. In dem Kontext ist vor allem mein Ziehvater wichtig, und da entscheide ich mich für Professor Doktor Henry Stark – *expertise: image reconstruction, medical imaging, pattern recognition, signal processing, sampling theory, optics.* Passt perfekt zu meinen Kompetenzen.

Der gute alte Henry Stark. Ich wüsste niemanden, der sich seiner Arbeit so kompromisslos verschrieben hätte. Einen besseren Lehrmeister kann man sich wirklich nicht wünschen. Auf dem Foto der Website wirkt er hellwach und humorvoll, er trägt einen lustigen Schnurrbart und eine runde Brille. Er ist nicht nur ein Spitzenwissenschaftler, sondern auch ein großartiger Pädagoge, der stets ein offenes

Ohr hat für die Sorgen seiner Studierenden. Kurz: Unter solchen Idealbedingungen konnte ich einen super Abschluss machen, mein Zeugnis ist glänzend, nur in *optics* habe ich keine Bestnote, sonst wäre es zu dick aufgetragen. Ich mache mich sofort an die Erstellung. Das Uni-Logo und der Schriftzug sind einfach nachzuahmen, um Mitternacht bin ich fertig. Und hochzufrieden. Wieso sollte ich das *nicht* sein? Ich bin ein schwedischer Mann mit einer Topausbildung.

5.10.2006

Ein Hoch auf die Flohmärkte! Ich finde einen passenden Umhang und sogar eine von diesen eckigen Mützen, die zu den amerikanischen Uni-Abschlussfeiern in die Luft geworfen werden. Zu Hause hänge ich sie ganz hinten in den Schrank. Eines Tages werde ich wie durch Zufall darauf stoßen und meine Kinder zum Lachen bringen: Schaut mal, was Papa früher angehabt hat. Bestimmt werden sie die Robe selbst anziehen wollen, und natürlich dürfen sie das, obwohl sie ihnen viel zu groß sein wird. Zu schade nur, dass das Abschlussfoto mit den fliegenden Mützen verschwunden ist. Am Studienabschluss wird meine Karriere schon mal nicht scheitern. Doch ich brauche noch Arbeitserfahrung. Mit ein bisschen Kreativität und Recherche ist auch die kein Problem: Direkt nach der Uni mache ich ein Praktikum bei einer kleinen IT-Firma in Illinois. Danach werde ich wissenschaftlicher Mitarbeiter im Team von Professor Stark – dem ich viel zu verdanken habe und den ich nur zu gern mal wiedersehen würde. Wie ärgerlich, dass er auf einem anderen Kontinent lebt.

Im Anschluss an meine Jahre als Wissenschaftler arbeite ich als Consultant für eine größere IT-Firma. Der Job an sich ist ideal, doch irgendwann stelle ich fest: Die amerikanische Arbeitskultur liegt mir auf Dauer nicht. Übertrieben lange Tage im Büro, andere Interessen als die Arbeit zählen nicht. Ich beginne, mich nach Schweden zurückzusehnen. Dort pflegt man eine gesunde Work-Life-Balance und gönnt sich einen vollen Monat Sommerurlaub. Kein Wunder, dass ich mit einer Rückkehr in die alte Heimat Göteborg liebäugle. Ich fackle nicht lange und bereite mein Comeback vor. Und bin hungrig nach einem guten Job. Hallihallo, wer stellt mich ein? Ich verspreche, meinen künftigen Arbeitgeber nicht zu enttäuschen!

10.10.2006

Leider flattern als Erstes ein paar Absagen ins Haus, doch freundlich formuliert, wie sie sind, ziehen sie mich nicht wirklich runter. Die Leute bedauern ihre begrenzten Stellenkapazitäten und wünschen mir viel Glück bei der weiteren Suche. So what, ich bleibe cool. Schon lädt mich eine kleine, aufsteigende IT-Firma zum Vorstellungsgespräch ein. Sie wollen die digitale Bildübertragung weiter ausbauen, und da kommt Professor Starks Lieblingsstudent wie gerufen.

Ganz im Ernst, ich bin der richtige Mann für die Stelle. Meine neuen Arbeitszeugnisse spiegeln exakt das wider, was ich kann, ich habe meine bisherigen Jobs nur von Finnland in die USA transferiert. Ebenso das Hochschulzeugnis. Heutzutage dürfen Studenten an jede beliebige Auslandsuni wechseln – wieso sollen da nicht auch die Zeugnisse ein bisschen den Ort wechseln dürfen?

Leider klappt es nicht sofort. Erst beim dritten Vorstellungsgespräch erhalte ich eine Zusage. Und mein Bruttolohn fällt
niedriger aus als angepeilt, aber für die Rolle des treusorgen-
den Familienvaters reicht er. Ob ich gleich am nächsten
Montag anfangen könne, wollen sie wissen. Aber selbstverständlich, kein Problem für mich!

16.10.2006

Mein erster Arbeitstag. Die Kollegen wirken offen und sympathisch. Ihre Arbeitsmoral scheint hoch zu sein, die meisten sind noch sehr jung. Zum Glück hat niemand einen Abschluss vom IIT. Klar, es wäre bestimmt lustig gewesen, sich
gemeinsam an den guten alten Henry Stark zu erinnern,
aber so ist es sicherer.

Mit einer kleinen Willkommensrunde werde ich in die
Firma eingeführt und allen vorgestellt, ich erzähle in wenigen Sätzen von meinem Arbeitshintergrund. Überall freundliche Blicke, fast fühle ich mich schon wie einer von ihnen.
Mein Kollege Jocke Björklund nimmt mich anschließend
beiseite und führt mich detailliert und geduldig in meinen
Aufgabenbereich ein. Besser kann ein Start nicht laufen.

Um zehn Uhr steht ein Meeting für alle Mitarbeiter an.
Dass die Schweden ihre Meetingkultur hochhalten, wusste
ich, dass ich gleich am ersten Tag in den Genuss dieser Büro-
kultur kommen würde, hätte ich nicht zu hoffen gewagt.
Aber die Leute hier wissen eben: Gründlich besprochen ist
halb umgesetzt, und niemand bleibt dabei auf der Strecke.

Heute soll entschieden werden, wie die Finanzierung von Kaffee und Zimtschnecken erfolgen soll – über einen Bruchteil des Monatsgehalts, der von der Firma einbehalten wird, oder über eine Sammelbox, in die jeder pro Tasse und Zimtschnecke etwas Bargeld steckt.

Beide Möglichkeiten haben ihre negative Seite: Um die Sammelbox muss sich jemand kümmern, und das raubt Zeit, die eigentlich für die Arbeit verwendet werden soll. Und die Monatsgehalt-Variante wiederum berücksichtigt nicht, dass einige Leute weniger Kaffee trinken als andere oder auf süßes Gebäck verzichten. Meine Kollegen diskutieren fast zwei Stunden, anscheinend hat es zu diesem Thema bereits einige Konflikte gegeben. Ich kann beide Seiten gut verstehen. Mit meiner persönlichen Meinung halte ich mich diplomatisch zurück, das ist am ersten Arbeitstag nur sinnvoll.

Bei der geheimen schriftlichen Abstimmung – man soll entweder «Sammelbox» oder «Gehalt» auf einen Zettel schreiben – votiere ich für die Sammelbox und fühle mich gut. Endlich darf ich die erste demokratische Abstimmung an einem schwedischen Arbeitsplatz miterleben und sogar mitgestalten. Das Ergebnis ist knapp, aber dennoch eindeutig: Gewonnen hat die Gehaltsfraktion. Damit habe ich innerhalb von nur einem Monat bereits meine zweite Wahl verloren.

Ein paar Kollegen machen enttäuschte Gesichter, geben sich aber als gute Verlierer. Der Geschäftsführer dankt allen für ihre Teilnahme und informiert uns über die Möglichkeit der professionellen Aufarbeitung: Eine Psychologin ist im Haus und bespricht mit allen, die das wünschen, die unangenehme Erfahrung, zur Minderheit zu gehören.

Ich beschließe, die Psychologin nicht in Anspruch zu nehmen, nicht wegen so was wie der Kaffeekasse. Gleichzeitig bin ich mir bewusst, wie sehr mich allein das Wissen um diese Möglichkeit entspannt. Als die Psychologin am späteren Nachmittag das Haus verlässt, trommelt uns der Geschäftsführer noch einmal zusammen. Er möchte alle persönlich sehen und sichergehen, dass niemand mehr Groll hegt. Recht hat er! Nur so bleibt der Umgang in Firmen langfristig kollegial. Alles andere zerstört langsam, aber sicher die Basis für konzentriertes Arbeiten. Die Zeit für das Meeting war gut investiert.

In Finnland hätte man die Angelegenheit innerhalb von zehn Minuten abgehakt, dann aber zehn Wochen unter schlechtem Arbeitsklima gelitten. Schlimmstenfalls wären zwei oder drei Kollegen aus Frust dem Suff verfallen – soll es alles schon gegeben haben. Doch nun habe ich endlich die Ehre, in einem schwedischen Unternehmen zu arbeiten. Das stärkt meine Psyche, mein gesamtes Selbstbewusstsein enorm. Wer weiß, vielleicht macht mich mein neues Heimatland nicht nur als Arbeitnehmer, sondern auch als Mann und Beziehungspartner souveräner. Ich ermahne mich, nichts zu überstürzen. Die Liebe kommt, wenn sie kommen soll, da lässt sich nichts erzwingen.

20.10.2005

Freitagabend gehen meine Kollegen und ich auf ein Bier in die Kneipe, um auf die gelungene Arbeitswoche anzustoßen. Beide Fraktionen, «Spendenbox» und «Gehalt», können sich in bester Laune zuprosten, und es ist schnell klar, dass es nicht bei dem einen Bier bleibt.

Einige Kollegen fragen interessiert nach meinem Leben. Entspannt erzähle ich von meiner Kindheit in Majorna und dem Studium in den USA. Die Atmosphäre ist locker, irgendwann ziehe ich die Anhänger von GAIS und ÖIS mit den Erfolgen des IFK auf. Auch mit meiner Sympathie für die Sozialdemokraten halte ich nicht hinterm Berg, schimpfe aber natürlich ein bisschen auf Persson. Ein Freitagabend im Kreis netter Menschen, ich blühe richtig auf, wenn ich das mal so blumig sagen darf.

Verständlicherweise gehen die Leute mit kleinen Kindern irgendwann nach Hause. Ich quatsche noch eine Weile mit Oscar weiter, dem Chefprogrammierer aus meinem Team. Er freut sich sichtlich, einen neuen Kollegen zu haben, und erzählt mir ein paar interne Vertraulichkeiten und amüsante Gerüchte. Schön, dass ich nun auch auf diesem Sektor gebrieft bin, das Soziale ist wichtig. Irgendwann muss auch Oscar aufbrechen, sonst verpasst er seinen letzten Bus.

Ich habe noch Bier im Glas und schaue mich um. Am Nebentisch sitzt eine hübsche Frau ohne Begleitung. Sehr hübsch sogar, und dabei ganz natürlich. Vermutlich ist sie leicht geschminkt, auf dezente schwedische Weise, aber das erkenne ich als Mann nicht. Ihre langen blonden Haare trägt sie offen. Ich werfe ab und zu einen kurzen Blick zu ihr rüber, mehr traue ich mich nicht. Dafür steckt mir meine Vergangenheit als Finne noch zu tief in den Knochen. Wie oft bin ich wohl bei Schwedinnen abgeblitzt? Irgendwann habe ich aufgehört zu zählen. Die Frau trägt eine schwarze Bluse und gutsitzende Jeans, die in hellbraunen kniehohen Stiefeln stecken. Unsere Blicke kreuzen sich, doch ich bleibe sitzen. Die erste Arbeitswoche war super, so eine schöne Bilanz will ich mir nicht mit einer Abfuhr verderben.

Zum Glück muss ich gar nichts weiter tun – die Frau kommt von selbst und fragt, ob sie sich zu mir setzen kann.

Ist meine Ausstrahlung in so kurzer Zeit so viel besser geworden?

Sie wirkt unkompliziert und heißt Maria. Sie ist der Arbeit wegen nach Göteborg gezogen und stammt aus Dalarna, genauer gesagt aus Mora, wo die langlebigen Mora-Messer herkommen. Ein Mädel vom Lande also. Dass ich gebürtiger Göteborger bin, erkennt sie sofort an meinem Dialekt. Wir reden über das warme Wetter in diesem Herbst, über Mode und Politik, Maria erweist sich als lustig und lebhaft. Besonders witzig erzählt sie von ihrer Katze, und die Frage, ob sie ein Hunde- oder Katzenmensch ist, wäre damit beantwortet. Sie schwärmt geradezu für die eigenwilligen Vierbeiner.

«Ich habe auch eine Katze», sage ich spontan.

Eigentlich hätte ich mir die Lüge sparen können, Maria mag mich ja offensichtlich auch ohne Katze. Schon zu spät.

«Was für eine Rasse?», will sie wissen.

Mist, jetzt muss ich die Tour durchziehen.

«Eine Siamkatze, hellgrau, sie heißt Pauli.»

Zur Selbstbestrafung setze ich noch einen obendrauf:

«Möchtest du sie vielleicht sehen?»

Jep. Maria will sie sehen. Wer würde Freitagabend nicht die Katze einer vertrauenswürdigen Männerbekanntschaft kraulen wollen? Schon sitzen wir im Taxi. Ich habe genau zehn Minuten Zeit, eine graue Siamkatze in meine Wohnung hineinzuorganisieren. Solche Dienste bietet selbst das Internet nicht an, obwohl es eine Menge Kuriositäten auf Lager hat. Wird die vielversprechende Begegnung mit Maria gleich zu Ende sein, weil ich Idiot es übertreiben musste?

Verdammt nochmal, ich habe eine komplett neue Identität angenommen und einen super Job ergattert, da wird eine dumme kleine Katze ja wohl kein Problem sein! Genau, ich lasse einfach das Licht im Schlafzimmer aus, zeige auf den vielen Wollstaub unter meinem Bett und behaupte, Pauli sei extrem schüchtern gegenüber Besuchern und der hinterste Winkel sein Lieblingsplatz. Na ja, vielleicht doch nicht so überzeugend. Ich hab's! Die Katze ist bei meinem Bruder zur Pflege, da ich kommende Woche auf Dienstreise gehe. Was Besseres fällt mir nicht ein, damit muss ich durchkommen.

Ich schließe die Tür auf. Maria stürzt in die Wohnung und gibt zischelnde Locklaute von sich: «Ksss, ksss, ksss, komm her, kleiner Pauli, ksss, ksss!» Doch Pauli zeigt sich nicht. Wir suchen unterm Bett, unterm Sofa, hinterm Schrank. Nirgends auch nur die Spur einer Katze.

«O Gott, wie dumm! Maria, sorry, aber ich glaube, mein Bruder hat die Katze bereits abgeholt. Die beiden wollen gucken, wie sie miteinander klarkommen. Ich muss nächste Woche auf Dienstreise, und da soll mein Bruder auf Pauli aufpassen. Eigentlich wollte er sie erst morgen holen, aber anscheinend war er schon da. Tut mir echt leid.»

Um es noch glaubwürdiger zu machen, fake ich ein Telefonat: «Hej, sag mal, warst du vorhin mit dem Zweitschlüssel hier und hast Pauli abgeholt? … Dann ist ja alles gut, ich habe mich schon gefragt, ob er ausgebüxt ist. … Wie, er will nichts essen? Gib ihm das Zeug aus dem roten Beutel, das frisst er garantiert. Keine Sorge, der wird sich schon nicht zu Tode hungern. … Okay, Bruderherz, dann schöne Grüße an Pauli. Auch von Maria übrigens, einer sehr charmanten Dame, die dazu noch Katzenliebhaberin ist.» Ich mache eine längere Pause, in der mein Bruder mich vermeintlich wegen meiner Frauenbekanntschaft neckt. Ich antworte gentlemanlike: «Was du gleich immer denkst! Immer schön langsam mit den jungen Pferden. Also, gute Nacht!»

Maria hat alles gehört und sieht mich lächelnd an.

«Tja. Pauli ist tatsächlich bei meinem Bruder», sage ich. «Er scheint noch zu fremdeln, bisher hat er nichts gefressen.»

«Der Arme. Schade, ich hätte deine Katze gern kennengelernt.»

«Beim nächsten Mal», schlage ich vor.

Offiziell bin ich ja erst mal auf Dienstreise. Wenn Maria wirklich nächsten Freitag kommen will, habe ich genug Zeit, mir eine Siamkatze zu organisieren.

Shit. Erst jetzt fällt mir meine Allergie gegen Tierhaare ein! Die hatte ich fast vergessen, denn Tiere spielen in meinem Leben normalerweise keine Rolle. Vielleicht ist es ja bei Katzenhaaren gar nicht so schlimm.

Maria und ich verabreden uns fürs nächste Wochenende, zum Abschied umarmt sie mich zart.

«Dann treffen wir uns aber bei mir, okay?» Sie sieht mir in die Augen, dann ist sie verschwunden – es ist höchste Zeit, ihre Katze zu füttern.

27.10.2006

Die Woche über bin ich also auf Dienstreise – in der Praxis heißt das, ich meide öffentliche Plätze, Cafés und Kneipen. Das Versteckspiel endet am heißersehnten Freitag. Nach der Arbeit mache ich mich frisch, kaufe einen Blumenstrauß und klingle bei Maria. Sie hat für uns gekocht, ein asiatisches Currygericht, das mir bestens schmeckt. Ihre Katze ist genauso gastfreundlich wie sie, ständig hüpft sie mir auf den Schoß. Wäre ja okay, wenn die Tierhaarallergie mich nicht so umhauen würde. Die eine Tablette, die ich vorsorglich eingenommen habe, reicht absolut nicht aus, noch während des Essens habe ich triefend rote Augen. Als aufmerksames Gegenüber spricht Maria mich natürlich darauf an. Als ebenso aufmerksamer Asienreisender weiß ich, dass viele meiner Landsleute die Currygerichte wegen der Cashewnüsse nicht essen konnten.

«Oje, im Essen waren bestimmt Nüsse drin, oder?», frage ich.

«Ja, die gehören zum Rezept, wieso?»

«Ich bin leider allergisch gegen Nüsse, da reicht das kleinste Stückchen.»

«Das tut mir leid, Mikael!»

«Du kannst doch nichts dafür.»

«Doch, ich hätte mich vorher nach deinen Nahrungsmittelunverträglichkeiten erkundigen sollen.»

«Halb so wild, dadurch lassen wir uns nicht den schönen Abend verderben. Es ist längst nicht so schlimm, wie es aussieht, wirklich.»

So kommt eins zum anderen: Wegen der Katzenlüge muss ich Maria nun auch noch die Nusslüge auftischen. Wenn das mit ihr was Festes wird, darf ich mein Leben lang auf Nüsse verzichten. Doch das ist ein geringer Preis für eine gute Beziehung. Ich schiebe ein paar Allergietabletten nach, denn ich spekuliere darauf, die Nacht mit Maria zu verbringen, die mir vom Typ her übrigens immer besser gefällt. Sie sieht gut aus, arbeitet als Grafikerin in einer Werbeagentur und ist definitiv kreativer und kunstinteressierter als ich, aber das macht überhaupt nichts; die Chemie stimmt. Ihrer direkten Art kann ich mich kaum entziehen, ja, sie erinnert mich sogar ein bisschen an meine finnische Exfreundin Tiina, die mich wegen meiner leidenschaftlichen Schwedenbegeisterung verlassen hat. Heute bin ich ein geheilter Mann und bereit für eine entspannte Beziehung.

Ich muss die halbe Schachtel des Antiallergikums schlucken, ehe ich einen lindernden Effekt bemerke. Nächste Woche gehe ich besser mal zum Arzt, der – welch Überraschung! – eine starke Katzenhaarallergie feststellen wird. Zum Glück stellt das kein Problem dar, denn mein Bruder und Pauli sind inzwischen beste Freunde geworden. Aber das sind Sorgen von morgen, jetzt konzentriere ich mich voll und ganz auf Maria. Du liebe Güte, es ist wirklich Liebe auf den ersten Blick – auch wenn der Blick aus meinen Augen etwas verquollen sein mag. Trotzdem kann ich ihr hübsches Lächeln und ihre schimmernde Haut deutlich erkennen. Wir knutschen, und als die Küsse leidenschaftlicher werden, stolpern wir rüber in Marias Schlafzimmer. Ich mache schnell die Tür hinter uns zu, die Katze hat draußen zu bleiben. Bei meinem ersten Mal mit einer attraktiven Schwedin will ich noch was sehen können und keine zugeschwollenen Augen haben.

Rein technisch betrachtet bin ich nicht mehr Jungfrau. Trotzdem ist es wie der erste Sex überhaupt, denn es ist mein erster schwedischer Sex. Er ist umwerfend. Erstaunlicherweise fühle ich mich die ganze Zeit über vollkommen sicher und souverän. Ich schätze, auch das ist auf den schwedischen Sozialstaat zurückzuführen. Das Gefühl der kollektiven Sicherheit schützt die Bürger bis in die intimste Sphäre. Und was fast noch toller ist: Die leidenschaftlichen Worte, die im Moment der Ekstase geflüstert werden, klingen auf Schwedisch wie Poesie. Endlich erlebe ich das erste Mal in meiner Wahlmuttersprache. Das lange Warten hat sich gelohnt.

28.10.2006

Es ist die Nacht meines Lebens. Wir bleiben wach bis in die Morgenstunden und geben uns ganz der Lust hin. Zwischendurch erzählen wir uns persönliche Dinge aus unserem Leben. Ich taumle vor Glück. Kein Wort, das in dieser Nacht gesprochen, keinen Kuss, der in dieser Nacht getauscht wurde, werde ich je vergessen.

1.12.2006

Es braucht nicht viele Dates, bis wir in einer festen Beziehung landen. Wir sind ein Paar, und ich liebe Maria über alles. Alles ist leicht mit ihr, nichts bereitet Probleme. Bis auf eine Sache: Sie will meinen Bruder treffen. Über den Tod meiner Eltern ist Maria als ausgesprochener Familienmensch untröstlich, umso dringender möchte sie den Rest meiner Familie kennenlernen. Sie ist dankbar, dass ich wenigstens noch diesen einen Bruder habe.

Ich vereinbare einen Telefontermin mit dem Anlageberater einer Bank. Sechs Uhr abends ist ideal, Maria will um halb sechs kommen und ist nie unpünktlich.

«Nanu, wer stört uns denn da?», sage ich, als das Telefon klingelt. «Entschuldige, Maria, ich gehe mal kurz ran, vielleicht ist es was Wichtiges ... – Mikael Andersson hier, mit wem spreche ich? ... Ja, der ist mein Bruder ... Ja, ich bin sein einziger noch lebender Angehöriger ... Wieso, ist ihm etwas zugestoßen?»

Ich schweige eine volle Minute und konzentriere mich auf meinen Gesichtsausdruck. Geschockt und bestürzt und traurig muss er sein. Anscheinend bin ich ein passabler Schauspieler, Maria kommt sofort zu mir rüber und legt mir ihren Arm auf die Schulter. Stumm drücke ich auf Beenden und lege mein Telefon in Zeitlupe beiseite. Der verwunderte Banker hat längst aufgelegt. Ich breche in Tränen aus, Maria drückt mich fest an sich. Das verleiht mir im Moment der Trauer neue Kraft. Auch wenn ich meinen letzten Angehörigen verloren habe, meine Partnerin wird mir bleiben. Ab jetzt ist sie mein Ein und Alles.

«Was ist passiert, Mikael? Kannst du darüber sprechen?», fragt sie einfühlsam.

«Ein Autounfall bei Karlstad. Mein Bruder.» Mehr bekomme ich nicht raus.

Selbstverständlich habe ich vorher recherchiert. In Karlstad ist am Nachmittag ein sechsunddreißigjähriger Mann mit seiner Katze ums Leben gekommen. Schuld war überfrierende Nässe, die ihn auf die Gegenfahrbahn rutschen ließ. Der Mann und das Tier, zufällig eine Siamkatze, waren sofort tot.

Maria ist die beste Trösterin, die mir je begegnet ist. Als hätte sie einen Intensivkurs in Empathie absolviert, bei einem Lehrer wie Mikael. Aber eine Frau wie sie braucht keine Lehrer. Maria ist ein Naturtalent.

2.12.2006

Am nächsten Tag fahre ich nach Karlstad, um meinen Bruder zu identifizieren. Ich erledige das lieber allein. Zum Glück hat Maria dafür vollstes Verständnis.

9.12.2006

Die Beerdigung lege ich aufs kommende Wochenende, ich will die traurige Angelegenheit hinter mich bringen. Doch der wahre Grund ist Marias Agenturkurztrip nach Rom, sie wird von Freitag bis Sonntag weg sein. Ich versichere ihr, dass ich ohne sie zurechtkomme, sie soll auf keinen Fall auf die lang erwartete Reise verzichten. Außerdem tut mir ein bisschen Zeit für mich allein ganz gut, ich habe einiges zu verarbeiten. Widerstrebend akzeptiert sie meinen Wunsch und fliegt nach Bella Italia.

Während ihrer Abwesenheit kaufe ich eine Urne und verbrenne einen Kubikmeter Birkenholz. In die Urne lasse ich *Magnus Urban Andersson, 23.2.1970 – 1.12.2006* eingravieren, die Birkenasche säubere ich von versengten letzten Holzstückchen. Ich befülle die Urne und stelle sie ins Regal. So ist mein Bruder stets bei mir, schauspielerisch und auch logistisch anstrengende Besuche auf dem Friedhof entfallen.

Zu guter Letzt besorge ich einen Blumenstrauß und eine Trauerkarte: «Unser Beileid, lieber Mikael. Wir sind für dich da. Deine Kollegen.» Sogar auf der Arbeit denken sie an mich. Ich bin gerührt.

11.12.2006

Am Montag gehe ich gleich wieder ins Büro. Ich hätte Urlaub in Anspruch nehmen dürfen, doch die Arbeit und ein fester Rhythmus geben mir Halt und lenken mich ein wenig ab. Ich beschließe, mich möglichst schnell wieder dem Leben zuzuwenden.

Der Tod meines Bruders hat Maria und mich noch fester zusammengeschweißt. Auf den Tag genau zwei Monate danach tragen wir ihre Sachen in meine Wohnung, die ab sofort unsere gemeinsame ist. Es bleibt sogar ein kleines Zimmer frei für potentiellen Nachwuchs.

Ihre Katze muss Maria weggeben, meine Katzenallergie ist leider zu stark. Glücklicherweise ist der Schock nach meinem Arztbesuch im letzten Herbst längst einer erwachsenen Akzeptanz gewichen. Die Dinge sind nicht zu ändern, und so haben wir uns von Marias kleinem Felix verabschiedet. Mein kleiner Pauli war ja bereits beim Unfall meines Bruders gestorben.

Was mich am Abschied von Felix besonders berührt hat: Keine Sekunde hat Maria an ihrer Entscheidung, ihn in ein neues Zuhause zu geben, gezweifelt. Ich, ihr neuer Freund, stehe klar auf Platz eins. Ein finnischer Partner hätte den Verlust ihrer Katze garantiert nicht wettmachen können.

Maria ist großartig. Am liebsten würde ich mein Glück in die Welt hinausrufen, jedem Fremden auf der Straße ungefragt erzählen, wie schön und klug und sanft sie ist. Doch selbst wenn ich es täte, würden meine Worte nicht ausreichen. Bisher ging mir das nur so, wenn ich über Schweden sprechen wollte oder Olof Palmes Verdienste.

Maria und ich gönnen uns einen Wochenendausflug nach Stockholm. Für den ersten Abend habe ich einen Platz im Operakällaren reserviert, denselben Tisch, an dem Per Albin seine letzte Mahlzeit einnahm, ehe er auf dem Heimweg in der Straßenbahn Nummer zwölf verstarb.

Während Maria, die auch ohne Nachhelfen hübsch genug ist, nochmal auf der Toilette verschwindet, um sich die Lippen nachzuschminken oder so was, stelle ich mir Per Albins letzten Abend vor. Er speiste mit zwei norwegischen Staatsmännern, unterhielt sich angeregt. Schade, dass es kein Gemälde von diesem Moment gibt. Aber ich habe die Szene auch so vor Augen. Links von Albin sitzt Tage Erlander, der leicht feminin aussieht. Der andere Norweger, ganz rechts sitzend, blickt leicht zur Seite, scheint abwehrend. Ich kann förmlich Per Albins Stimme hören, die den rechten Weg der skandinavischen, sozialdemokratischen Werte predigt, doch der Norweger will die Lektion nicht annehmen.

Als Maria zurückkommt und meinen abwesenden Gesichtsausdruck bemerkt, fragt sie: «Na, Schatz, woran denkst du?»

«An die vielen Menschen, die schon vor uns hier gegessen haben, an die lange Geschichte dieses Ortes.»

Nun wird dieser Ort Zeuge eines weiteren historischen Augenblicks. Ich habe nämlich beschlossen, Maria einen Heiratsantrag zu machen. Die kleine Schachtel mit dem Ring ist ins Dessert eingebacken, die Küche hat meinem Wunsch gern entsprochen.

Maria und ich unterhalten uns über die Vergangenheit und die Zukunft. Wir sind traurig, dass ich meinen Bruder verabschieden musste, freuen uns aber auf die Jahre, die vor uns liegen. Wir sind uns unserer Liebe sicher und necken uns mit kleinen Albernheiten. Als der Nachtisch serviert wird, steigt die Stimmung sogar noch. Maria ist überwältigt von dem Ring, der sich in der Mitte ihres leckeren Schokokuchens befindet. Stumm vor Glück klappt sie ihren hübschen Mund auf und zu.

Ich knie vor ihr zu Boden und frage: «Maria, Liebste. Willst du meine Frau werden?»

Vor den Augen der anderen Gäste sagt Maria laut und deutlich:

«Ja, mein lieber Mikael.»

Die Leute applaudieren, ich wische mir eine Träne aus dem Augenwinkel. Jemand sorgt dafür, dass festliche Musik ertönt. Mir ist bewusst, wie privilegiert ich bin. Maria und ich sind ein Ausnahmepaar.

Am Nebentisch erhebt sich sichtlich ergriffen ein gutgekleideter Mann um die sechzig:

«Kellner, bitte eine Flasche Champagner für das reizende junge Paar! Und weil die Stimmung so schön ist und dieser Moment nicht wiederkommt: Auch an sämtliche anderen Tische eine Flasche Schampus, bitte.»

Als alle ein Glas in der Hand haben, prosten sich die Restaurantbesucher zu und trinken auf uns. Der spendable Herr räuspert sich die Kehle frei und erzählt mit brüchiger Stimme, dass der heutige Tag ihm neue Hoffnung verleiht: Vor einiger Zeit habe er seine krebskranke Frau verloren und sich gänzlich vom Glück verlassen gefühlt, doch unser Beispiel schenke ihm neuen Mut, vielleicht sei es ja auch für ihn noch nicht zu spät, noch einmal glücklich zu werden. Dankbar blickt er zu mir.

Darauf muss ich reagieren. Als Finne würde ich brummeln, ich sei kein guter Redner und würde besser schweigen, als Schwede bin ich offen, spontan und zeige meine Emotionen. Hier freuen die Menschen sich über jeden, der sein Innenleben mit anderen teilt, in meiner ehemaligen Heimat wird sich dafür höchstens fremdgeschämt.

Ich stehe auf, straffe die Schultern und blicke in die Runde. «Liebe Freunde. Manchmal muss man einen weiten Weg gehen, bis man ans Ziel kommt. Ich habe eine lange Reise hinter mir und genau wie dieser Herr einige Verluste zu verschmerzen. Viel zu früh habe ich meine Eltern verloren. Und erst kürzlich musste ich mich für immer von meinem Bruder verabschieden. Auch meine Katze lebt nicht mehr. Wie leicht wäre es da gewesen, einfach aufzugeben. Doch ich habe durchgehalten, habe gekämpft. Und jetzt werde ich den Rest meines hoffentlich noch langen Lebens an der Seite einer tollen Frau verbringen. Für mich übrigens die unwiderstehlichste Frau auf diesem Planeten. Kurz: Früher war ich todunglücklich, heute bin ich der glücklichste Mann der Welt.» Ich wische mir über die Augen. «Und nun zu euch, die ihr zufällig Zeugen dieses festlichen Augenblicks wurdet. Ich habe, wie ihr nun wisst, keinerlei Angehörigen mehr, die mich bei diesem entscheidenden Schritt begleiten könnten. Umso mehr möchte ich euch allen herzlich für eure Anteilnahme danken. Und noch mehr: Hiermit lade ich euch ein, am sechzehnten Juni in Göteborg unsere Hochzeit mit uns zu feiern. Ihr sollt die Kirchenbänke füllen, in denen meine Angehörigen gesessen hätten. An alle, die kommen möchten: Bitte hinterlasst eure Namen und Adressen an der Theke, und ihr werdet in den nächsten Wochen unsere Einladung erhalten. Und nun zu Ihnen, oder darf ich du sagen?»

Der Herr am Nachbartisch nickt erfreut: «Aber gerne. Ich bin Mikael Danielsson, meine Freunde nennen mich Micke.»

«Lieber Micke! Das kann kein Zufall sein, wir beide sind Namensvettern. Ich heiße Mikael Andersson, und die Frau an meiner Seite ist übrigens Maria Gustafsson. Micke, deine Worte sind mir nahegegangen, und ich würde mich sehr freuen, wenn dieser Tag tatsächlich zu einem Wendepunkt für dich wird. Glaub mir, ich verstehe deine Gefühle nur zu gut. Mehr, als du dir vorstellen kannst. Eine neue Liebe können wir dir zwar nicht herbeizaubern, aber ich möchte dir meine Freundschaft anbieten. Und dich bitten, mich an Marias und meinem großen Tag zu begleiten. Micke, willst du mein Trauzeuge sein?»

Er braucht mir nicht zu antworten. Er steht auf, kommt an unseren Tisch und umarmt mich. Diese Geste ist stärker als jedes Wort.

16.6.2007

Ein romantischer Frühling mündet wie im Flug in einen heißen Sommer, und schon steht unsere Hochzeit vor der Tür. Am Festtag, den wir außerhalb der Stadt auf einem alten Landgut begehen, weht für die Gäste die schwedische Flagge. Nach einem Sektempfang ist es Zeit für die kirchliche Trauung: Durch ein Spalier feierlich gekleideter Frauen und Männer schreiten Maria und ich zum Altar. Der Pastor hält eine rührende Ansprache und vergleicht die Ehe mit einem langen Weg, an dessen Stationen das geschulte Auge einer Grafikerin und die aufmerksame Informationsverarbeitung eines IT-Technikers gefragt sein werden. Die wichtigste Wunderwaffe bei allen Problemen sei jedoch die Liebe. Dann erfolgt die eigentliche Zeremonie, und nachdem

Maria und ich unsere Ringe und einen innigen Kuss gewechselt haben, erklärt der Pastor uns zu Mann und Frau.

Marias Vater Stig, ab sofort offiziell mein Schwiegervater, vergleicht mich in seinem charmanten Wortbeitrag mit Marias Katze: «Der Mann meiner Tochter ist anschmiegsam, sauber und isst seinen Teller ordentlich leer. Aber du weißt ja, liebe Maria, Katzen und Männern soll man nicht zu viel Auslauf geben, sonst kommen sie am Ende womöglich nicht wieder.» Er zwinkert mir zu und wird wieder ernst. «Ich wünsche euch beiden eine glückliche Ehe, in der ihr euch auch in schwierigen Zeiten die Treue haltet.»

Er umarmt erst mich, dann seine Tochter und schüttelt uns gerührt die Hände. Hinter ihm stellen sich die anderen Gäste auf, um uns zu gratulieren. Beeindruckt lasse ich meinen Blick über die lange Schlange wandern. Und dann passiert es: Ich fange den Blick eines alten finnischen Bekannten auf. Mein früherer Nachbar aus dem obersten Stock! Ich erstarre vor Schreck.

«Maria, wer ist der Mann da hinten mit dem kurzen Bürstenschnitt?», frage ich meine Braut leise.

«Ah, das muss der neue Freund meiner Cousine sein. Er kommt aus Finnland.»

Das darf nicht wahr sein! Was muss Marias Cousine auch so einen miesen Geschmack haben. Der Kerl rückt in der Schlange immer weiter vor, schmierig sieht er aus. Ich kann nur hoffen, dass er mich nicht wiedererkennt. Als er mir die Hand schüttelt, sagt er auf Englisch, ich hätte einen Doppelgänger in Helsinki, einen durchgeknallten Typen, der sich zu Abba einen runterholt.

Puh, das war unangenehm. Ich versuche, den Kerl auszublenden und mich auf meine Hochzeit zu konzentrieren. Die nächsten Stunden vergehen mit leckerem Essen, lustigen Reden und innigen Knutschereien. Immer wenn die Gäste mit dem Besteck an ihre Gläser klopfen, muss das Brautpaar sich küssen. So schöne Hochzeitsbräuche können sich nur die Schweden ausdenken.

Trotzdem bleibe ich innerlich angespannt, denn der Finne schaut regelmäßig prüfend zu mir rüber. Was, wenn er mich vor allen Leuten entlarvt und meine in jahrelanger Arbeit errichtete Lebenskulisse zum Einsturz bringt? Ich ertappe mich beim Gedanken an Flucht. Stopp! Ich, der Bräutigam, will meine eigene Hochzeit vorzeitig verlassen? Nein, ich halte durch. Aber mein Dauerlächeln fühlt sich künstlich an, an meinen Mundwinkeln zerrt die Angst.

Der Hochzeitswalzer steht an, die Gäste scharen sich in einem großen Kreis um uns. Der unangenehme Finne ist inzwischen betrunken und verfolgt unseren Tanz aus der ersten Reihe. Lallend ruft er mir auf Finnisch zu:

«He, Bräutigam! Du bist doch der Virtanen aus meinem Haus, der irgendwann weggezogen ist! Abba-Virtanen, haha!»

Ich schwitze wie blöde. Zum Glück ist die Musik so laut, dass die anderen ihn kaum verstehen dürften, außerdem redet er ja Finnisch, was außer ihm und mir vermutlich niemand sonst im Raum beherrscht.

«He, Virtanen, komm und lass uns einen Schnaps trinken, auf deine heiße Braut!»

Er torkelt zur Schnapstheke und stößt sich unterwegs den Kopf am Lautsprecher. Verärgert donnert er mit der Faust gegen die Technik. Prompt fällt der Lautsprecher aus, der Walzer ist nur noch halb so laut. Tja, man braucht wirklich nur einen einzigen Finnen, um einen schönen Moment kaputt zu machen. Doch als Gastgeber nehme ich die Situation souverän in die Hand und gehe dem Störenfried entschlossen hinterher.

«Haha, du bist Mikko Virtanen, ich weiß es genau», ruft der Finne in heiserem Singsang. «Komm, mein Landsmann, wir trinken einen!»

«Hinterm Haus habe ich eine Flasche finnischen Wodka deponiert, feinsten Koskenkorva», sage ich in meiner verhassten Muttersprache. «Los, wir verschwinden und genehmigen uns einen.»

Ich schleife ihn nach draußen und führe ihn an den alten Brunnen. Dort schnappe ich mir den Spaten, der neben dem Brunnen liegt, und ziehe dem Idioten eins über den Schädel. Ohne weiteren Widerstand geht er zu Boden. Ich blicke mich um, niemand kann uns sehen, drinnen sind alle am Tanzen, jemand hat die Technik wieder fit gemacht. Ich schiebe den Brunnendeckel beiseite, schultere den Finnen und werfe ihn in das tiefe, dunkle Loch. Spaten hinterher, Deckel wieder drauf, fertig. Schnell die Kleider saubergeklopft, schon kehre ich zurück zu meiner Hochzeitsgesellschaft.

An der Tür zum Tanzsaal erwartet mich Maria.

«Ich habe den armen Kerl ins Gästehaus gebracht, er gehörte dringend ins Bett.»

«Wie lieb von dir. Du kümmerst dich wirklich um alles.»

Dankbar hakt sie sich bei mir unter.

Hinter meiner lächelnden Fassade fühle ich mich hundeelend. Meine hinreißende Maria hat soeben einen Mörder gelobt. Ich sage mir, dass ich keine andere Möglichkeit hatte, meine und letztlich auch ihre Zukunft zu schützen. Vielleicht war dies das letzte Hindernis auf meinem steinigen Weg. Tapfer habe ich es aus dem Weg geräumt.

Mit der Zeit entspanne ich mich wieder, auch die schwedischen Gäste schmunzeln inzwischen gutmütig über den finnischen Säufer. Seine Freundin kommt verlegen zu uns und entschuldigt sich für sein Verhalten.

«Schwamm drüber», sage ich.

Im Grunde habe ich auch ihr einen Gefallen getan. Sie war auf dem besten Wege, in die Ehe mit einem Finnen zu schlittern, und hätte damit echte Höllenjahre vor sich gehabt.

Bald bin ich wieder in Bestform, und auf das vereinbarte Zeichen hin bittet mein Trauzeuge um Ruhe. Es ist Zeit für meine kleine Rede.

Mit Maria an meiner Seite beschreibe ich den Gästen meine ständige Suche nach dem richtigen Lebensstil. Dem, der wirklich zu mir passt. Denn so lehrreich meine Jahre in den USA auch waren, eigentlich habe ich mich dort nie zu Hause gefühlt. Erst die Rückkehr in meine alte Heimat Göteborg hat mich zur Ruhe kommen lassen, nicht zuletzt, weil mir dort die richtige Frau über den Weg gelaufen ist.

Unsere Gäste lächeln versonnen, einige Frauen lehnen den Kopf an die Schulter ihres Partners.

Ich mache eine Kunstpause und blicke vielsagend auf Marias Bauch.

«Liebe Freunde, und nun noch etwas. Die Zeit des Versteckspiels hat ein Ende. Maria trägt ein wallendes Hochzeitskleid, damit man unser kleines Geheimnis nicht sieht, doch jetzt möchten wir euch einweihen. Meine Frau und ich werden Eltern von Zwillingen, schon diesen Herbst.»

Die Leute sind ganz aus dem Häuschen, springen auf, umarmen uns und freuen sich mit uns. In Finnland hätte sofort jemand gesagt: «Ihr kriegt Zwillinge im Oktober? Pah, wir kriegen Drillinge im September.» Hier rufen sie mit feuchten Augen hurra.

Irgendwann geht selbst die beste Party zu Ende, und als Maria und ich die letzten Gäste verabschiedet haben, fahren wir in eine nahegelegene romantische Villa, wo wir die

Hochzeitssuite gebucht haben. Ich habe die letzten Stunden keinen Alkohol mehr angerührt und bin absolut fahrtüchtig.

Maria ist glänzender Laune, schläft aber sofort ein, die ausgedehnte Feier und ihre Rolle als Gastgeberin haben sie müde gemacht. Meine Laune ist eher so lala – jetzt, wo der Trubel vorbei ist, drückt mir die Leiche im Brunnen aufs Gemüt. So nahe am Ort der Feier wird man den Finnen sofort finden. Als meine Braut tief und regelmäßig atmet, ziehe ich mich wieder an und fahre zurück an den Tatort.

Schwein gehabt, der Brunnen ist nicht tief. Ich klettere an den Eisensprossen hinein, wickle das Abschleppseil aus dem Wagen um den Finnen, klettere wieder raus und hieve ihn hoch. Auch den Spaten nehme ich mit. Mit dem Toten im Kofferraum fahre ich etliche Kilometer in den Wald, grabe eine Grube, schütte sie über dem Finnen wieder zu und lege kreuz und quer Steine und Äste darüber.

Im Hotel liegt Maria noch immer im tiefsten Schlaf. Die Süße, sie erholt sich von der Aufregung. Meine Hochzeitsnacht dagegen fällt superkurz aus – leider nicht aus dem sonst üblichen Grund. Ich versuche meine Stimmung zu heben, indem ich vor Marias Bett ein Stillleben aus frischen Erdbeeren und Sekt aus dem Kühlschrank aufbaue.

17.6.2007

Maria macht die Augen auf. Zum ersten Mal erwachen wir als Ehepaar. Und zum ersten Mal haben wir ehelichen Sex. Yesss!

19.6.2007

Es darf auch mal was anderes sein als Schweden: Unsere Hochzeitsreise führt uns auf die Karibikinsel Aruba. Wir haben eine super Zeit, die auch von der SMS ihrer Cousine kaum gestört wird: «Keine Spur von meinem Freund. Seit Mikael ihn netterweise ins Gästehaus gebracht hat, ist er verschwunden und reagiert nicht auf meine Anrufe. Hat sich wahrscheinlich so für seinen Auftritt geschämt, dass er wieder aufgestanden und davongetorkelt ist. Irgendwann wird er sich schon melden. Und wenn nicht, ist es vielleicht besser so. Er war schon ein komischer Vogel.»

23.9.2007

Unsere Hochzeit liegt über drei Monate zurück. Endlich ist es so weit: Maria liegt in den Wehen, und ich wende das Wissen aus dem Geburtsvorbereitungskurs an. Hat sich gelohnt, dass ich da gut aufgepasst habe. Ich habe den Eindruck, Maria wirklich unterstützen zu können. Als Erstes kommt ein kleiner Junge zur Welt, gleich darauf seine Schwester.

Mir fehlen die Worte vor Glück. Endlich sind wir eine Familie. Die vier Anderssons.

25.9.2007

Zwei Tage später verlassen wir das Krankenhaus. Ein völlig neuer Alltag beginnt. Maria und ich teilen die Zeit mit den

Babys und die Arbeit im Haushalt genau fifty-fifty auf. So, wie es sozialdemokratische Politikergrößen schon Jahrzehnte vor dem Jahr 2000 empfohlen haben.

26.11.2007

Die ersten Monate als Vater sind ein ziemliches Chaos, aber trotzdem supertoll. Was mich organisatorisch rettet, ist der Kochkreis der Nachbarschaftspapas, in den ich schnell integriert werde.

Die Grundidee ist so simpel, dass man sich fragt, wieso nicht längst die ganze Welt sie übernommen hat: Mindestens sieben Väter treffen sich einmal pro Woche zu einer Koch-Session, bei der jeder Mann eine große Menge von genau einem Gericht produziert. Ich zum Beispiel mache heute Cannelloni, Anders Rindergeschnetzeltes, Stickan Kartoffelauflauf, Pelle macht Pizza, Erik ein Asia-Curry, Flippan Lasagne und Jocke backt Blechkuchen, denn sonntags gehen diese Woche alle sieben Familien auswärts essen.

Am Ende kann jeder eine Familienportion Cannelloni, Rindergeschnetzeltes, Kartoffelauflauf, Pizza, Asia-Curry, Lasagne und Kuchen in seinen Tupperdosen mit nach Hause nehmen, den Kram einfrieren und braucht die ganze Woche nicht zu kochen.

Dieses Mal gibt es eine Szene, die mir Eindruck macht: Als ich nicht weiß, wie ich die Cannelloni am geschicktesten befülle, hat Jocke einen Rat: «Hier. Du tust den Schmodder einfach in einen großen Gefrierbeutel, schön vollfüllen, dann unten eine Ecke abschneiden, und schon kannst du die Soße direkt in die Pastarohre spritzen.»

«Genial. Woher hast du das?»

«So habe ich im Sommer das Silikon in die Risse meines Boots gedrückt. Ist seitdem perfekt abgedichtet.»

Großartig, wie sich ursprünglich männliche Methoden aus dem handwerklichen Sektor in die Küche übertragen lassen. Da zeigt sich mal wieder, dass es stimmt, was Hansson, Palme und Co. schon früh predigten: Es gibt keine rein männliche und rein weibliche Arbeit. Heutzutage gibt es nur noch gemeinsame Elternarbeit. Spontan umarme ich Jocke.

Zu Hause schaut Maria zufrieden dabei zu, wie ich die Tupperdosen ins Gefrierfach räume.

7.1.2008

Nach einer ruhigen Silvesterfeier – als Zwillingseltern haben wir einfach nicht die Power für eine echte Party – beginnt ein neues Jahr. Es wird eins der besten meines Lebens, da bin ich jetzt schon sicher. Mit jedem Gramm Körpergewicht, das unsere Babys zulegen, steigt auch mein Selbstbewusstsein. Wenn das so weitergeht, bin ich psychisch bald der stärkste Mensch der Welt.

Wir haben unsere Kleinen Olof Per und Astrid Anna genannt. Ja genau, nach Olof Palme und Astrid Lindgren. Maria und ich hatten keine Lust auf angesagte Modenamen, Olof und Astrid sind zeitlos. Ich werde die beiden ihren Namenspatronen gemäß erziehen, natürlich ohne Druck auszuüben. Die beiden müssen keine weltberühmten Politiker oder Schriftsteller werden. Sie sollen einfach nur sie selbst sein und dabei möglichst glücklich und zufrieden. Und sollten sie doch in die Politik gehen oder schreiben wollen, werde ich mich ihnen bestimmt nicht in den Weg stellen. Hauptsache, sie leben ein gutes Leben. Und das in Schweden! Bloß nicht in Finnland mit den vielen deprimierenden Tangos und Schlagern.

8.2.2008

Motiviert starte ich in eine neue Arbeitswoche, seit kurzem bin ich stundenmäßig wieder voll eingestiegen. Als Erstes lese ich meine Mails: Mein Chef bittet mich, um zehn in sein Büro zu kommen, er hätte ein kleines Anliegen.

Er erwartet mich zusammen mit einem schlechtgekleideten Mann im mittleren Alter, mein Chef stellt ihn mir vor.

«Mikael, dies ist Kalle Tuomela von unserer Partnerfirma in Finnland. Da du immer so freundlich und sozial bist, könntest du ihn heute ein bisschen herumführen und ihm zeigen, wie wir hier arbeiten?»

War ja klar. So mies sitzende Klamotten, so tief hängende Schultern, das konnte nur ein Finne sein. Wie unerfreulich. Aber als Schwede denke ich inzwischen durch und durch positiv und nehme die Situation als kleinen Test. Schaffe ich es, in meiner Rolle als Schwede zu bleiben, wenn plötzlich jemand aus der ehemaligen Heimat vor mir steht? Ich darf mich durch nichts verraten.

Es läuft ganz gut. Ein bisschen Smalltalk hier, ein bisschen Herumführen da. Unsere schöne Kaffeeküche, vor allem die Pausen- und Gesprächskultur scheinen Kalle zu beeindrucken. Ich hoffe, er wird sie zum Bestandteil seiner finnischen Firmenkultur machen können. Heikel wird es am Mittagsbuffet mit dem All-you-can-eat-Modus: Kalle belädt seinen Teller, als gäbe es nie wieder was zu essen. Gut, dass es keinen Alkohol gibt, er würde sich sofort ins Koma saufen. Für heute muss das Fresskoma reichen. Während ich ihm beim Schlingen zusehe, muss ich mich zusammenreißen, ihn nicht auf Finnisch zu beschimpfen, so sehr ekle ich mich vor ihm. Tief durchatmen, schön freundlich bleiben, bete ich innerlich. Ich schaffe es, Distanz zu bewahren. Trotzdem fällt eine echte Last von mir ab, als ich Kalle zum Flughafenbus bringe und ihn verabschiede.

Abends im Bett erzähle ich Maria von meinem Tag.

«Wir hatten heute einen Finnen zu Besuch, von unserer Partnerfirma in Helsinki.»

«Und, wie war der so?»

«Wie die Finnen halt sind. Ganz okay, aber mies angezogen und keine Tischmanieren. Er hat gefressen wie ein Schwein. Man merkt doch immer wieder, dass die Finnen aus den Wäldern kommen und total unzivilisiert sind.»

«Mikael! So habe ich dich ja noch nie reden hören. Das klingt ja geradezu rassistisch.»

«Aber so sind Finnen nun mal.»

«Von einem armen Mann schließt du auf ein ganzes Land? Das enttäuscht mich. Also, ich jedenfalls finde Finnen sympathisch, ungekünstelt und liebenswert. Die haben doch durchaus Ähnlichkeit mit uns, nur sind sie viel ehrlicher. Früher dachte ich immer, ich könnte glatt einen Finnen heiraten.»

«Ich glaube nicht, dass du mich genommen hättest, wenn ich Finne gewesen wäre.»

«Natürlich hätte ich dich genommen, ich habe mich schließlich in dich verliebt, nicht in deine Nationalität.»

Unsere Zwillinge sind fast ein halbes Jahr alt. Heute übernachten sie zum ersten Mal bei ihren Großeltern. Marias Eltern wohnen zum Glück nur dreißig Kilometer von Göteborg entfernt, als Rentner sind sie aus Dalarna weggezogen, um näher bei ihrer Tochter zu leben.

Als wir Olof und Astrid samt Gläschen und Windeln abgeliefert haben und auf dem Weg in ein Restaurant sind, fühlen wir uns fast einsam, so sehr haben wir uns an unsere Kinder gewöhnt.

Aber Verlobungstag ist Verlobungstag, der heutige Abend gehört nur uns beiden. Und die erholsamen Stunden zu zweit tun uns gut: Kerzenlicht, leise Musik, leckeres Essen, dazu ein ausgezeichneter Wein. Ich bin happy, dass ich Maria gefunden habe, jeden Tag aufs Neue. Etwas verlegen frage ich Maria, ob es ihr genauso geht.

«Mikael, ich bin noch nie so glücklich gewesen wie heute.»
Dankbar stoßen wir miteinander an.

28.4.2008

Wir packen die Umzugskisten. Die Kinder wachsen wie Spargel, und mittelfristig werden wir mehr Platz brauchen, also besser jetzt schon handeln. Ich werde Majorna, das Viertel meiner Kindheit, hinter mir lassen. Bei einer letzten Runde vor dem Auszug statte ich den wichtigsten Orten einen Abschiedsbesuch ab. Jetzt muss ich den Fussballplatz, den Park und die Kletterbäume anderen überlassen.

Die Melancholie wird gemildert durch unsere neue Wohnadresse: Wir ziehen in den Stadtteil Johanneberg, direkt neben den Vergnügungspark Liseberg. Das ist eine echte Zukunftsinvestition. Wir haben genug Zimmer für alle, und in der Nachbarschaft leben nette Familien mit denselben sozialen Werten. Und mit Babys in Astrids und Olofs Alter.

1.6.2008

Wir schließen uns dem Nachbarschaftsausschuss an und bestimmen bei der Anschaffung eines gemeinsamen Rasenmähers mit. Auch bei den Grillfesten sind wir dabei. Wir haben immer mehr Johanneberger Freunde, die wichtigsten sind die Ingessons. Lisa arbeitet in der gleichen Agentur wie Maria, ihr Mann Klas ist ein grundentspannter Typ, der gern mit anpackt. Ihre und unsere Kinder spielen oft zusammen auf einer großen Decke im Garten, und an den Wochenenden unternehmen wir regelmäßig gemeinsame Ausflüge. Genau so sollte das Leben sein. Kernfamilien schließen sich zu größeren, ebenso festen Einheiten zusammen, die nichts mehr trennen kann.

15.6.2008

Ich liege auf der Terrasse und lese einen Krimi von Liza Marklund. Maria ist mit Lisa einen Kaffee trinken gegangen, die Kleinen schlafen in ihren Emmaljunga-Kinderwagen. Ein perfekter Moment. Das Einzige, was stört, ist Nachbar

Tommy Lagerbäck, der mit seinem Uralt-Rasenmäher durch die Stille knattert. Er ist ein dubioser Eigenbrötler und wollte mit dem Nachbarschaftsausschuss nichts zu tun haben. Also kann er auch unseren leisen Rasenmäher nicht nutzen. Als er endlich fertig ist, komme ich nicht mehr in den Krimi rein. Also beobachte ich weiter sein Treiben. Lagerbäck bringt rund um seinen Zaun irgendwelche Kabel an. Das weckt mein Interesse, und ich gehe ihm meine Hilfe anbieten. Er selbst bietet übrigens nie Hilfe an.

«Hej, Tommy, du bist ja nur am Ackern! Was genau machst du denn da? Kann ich dir irgendwie helfen?»

«Nee, bin gleich fertig. Eine Alarmanlage fürs gesamte Grundstück. Die Idioten haben den Karlssons einen Gartenzwerg geklaut, das soll mir nicht passieren. Diese Schokos aus dem Nachbarviertel werden immer dreister.»

Ich bin geschockt. Wie hat der die Migranten genannt? Und das im heutigen Skandinavien!

«Tommy, ich glaube, du übertreibst. Johanneberg war schon immer eine sichere Gegend, und die Migranten ein paar Straßen weiter sind doch nur eine Bereicherung.»

«Quatsch mit Soße! Alles blauäugiges Gerede. Ihr wollt doch nur der Wahrheit nicht ins Auge sehen. Deshalb habe ich auch keine Lust auf eure Nachbarschaftskränzchen. Grillen mit Hinz und Kunz, immer schön die Ausländer einladen, damit die sich hier breitmachen – was kommt als Nächstes?»

«Ehrlich gesagt, die Migranten einzuladen war meine Idee. Die Gräben in unserer Gesellschaft werden doch sonst nur tiefer.»

«Ich sag dir eins, Mikael, die Gräben können gar nicht tief genug sein! Und zwar im wahrsten Sinne des Wortes. Sonst kommen die Wichser morgen auch auf mein Grundstück und klauen das neue Fahrrad meiner Tochter!»

Ich bemühe mich um Gelassenheit und denke an das, was mein Lehrer Mikael mir über angemessenes Diskussionsverhalten beigebracht hat. Offen, sachlich und ruhig bleiben.

«Tommy. Vielleicht liegt das Problem für alles genau in dieser Gegenüberstellung. Hier wir, drüben die. Das zementiert den Gegensatz von Arm und Reich doch nur. Glaubst du nicht, du machst es mit deiner Alarmanlage nur schlimmer?»

Doch Lagerbäck ist ein harter Brocken.

«Schön und gut, klingt ja alles prima, was du da sagst, aber wenn's hart auf hart kommt, ist das neue Rad meiner Tochter weg und ich bin zweitausend Kronen ärmer. Und der Eigenbetrag bei meiner Versicherung liegt bei vierhundert Kronen! Da lacht sich der Neger doch eins!»

Es hat absolut keinen Zweck. Ich ziehe mich kopfschüttelnd in meinen Liegestuhl zurück. Was ist mit diesem Land los? Lagerbäck hat studiert und ist nicht auf den Kopf gefallen! Und jetzt holt der sich eine Alarmanlage? Das ist ein Schlag ins Gesicht von Hansson, Palme und Co.! Hansson hat garantiert nicht mal gewusst, was eine Alarmanlage ist.

Meine Vision von einem friedlichen nachbarschaftlichen Zusammenleben gerät gefährlich ins Wanken.

10.7.2008

Zu meinem Entsetzen muss ich feststellen, dass Lagerbäck nicht der Einzige bleibt. Nach und nach legen sich fast alle eine Alarmanlage zu und weisen mit entsprechenden Schildern am Zaun darauf hin: alarmgesichert, Videoaufzeichnung.

Nun ja, die Sozialdemokraten können in der Opposition wenig ausrichten, das macht sich immer deutlicher bemerkbar. Ich tröste mich mit dem Gedanken, dass ich ihre Werte umso stärker hochhalten werde. Dieses Land ist immer noch eins des Dialogs und der Diskussion. Gutes entsteht nicht aus dem Nichts, man muss was dafür tun und falsche Entwicklungen korrigieren. Und wenn die Politiker momentan so wenig unternehmen, ist der Einzelne umso mehr gefragt. Leute wie ich tragen eine große Verantwortung. Wir gebürtigen Schweden müssen dieses Land offen halten für Neuankömmlinge aus anderen Ländern. Und noch gibt es viele von meinem Schlag. Das Volksheim steht weiterhin auf festem Fundament. Und wenn man ehrlich ist – selbst das schönste Gebäude hat ein paar Mängel.

23.9.2008

Der erste Geburtstag unserer Zwillinge. Ihre Persönlichkeiten treten immer deutlicher hervor. Astrid ist neugierig wie eine Forscherin, völlig angstfrei erkundet sie ihre Umgebung, man darf sie keine Sekunde aus den Augen lassen. Und das will ich auch gar nicht. Meine süße Tochter.

Olof ist vorsichtiger, mehr der Denkertyp. Als würde er schon jetzt über künftige Taten brüten. Gute Voraussetzungen für eine politische Karriere. Aber ich werde ihn nicht in irgendeine berufliche Richtung lenken. Dennoch, Olof Palme war sicher ein ganz ähnliches Kind.

Maria und ich freuen uns sehr darüber, dass unsere Kinder sich nicht gemäß der üblichen Rollenbilder entwickeln. Astrid ist wild wie ein Junge, Olof brav wie ein Mädchen, um mal beim Klischee zu bleiben. Und Maria und ich sind erleichtert, dass die beiden in erster Linie Kleinkinder sind, nicht Geschlechterrepräsentanten.

Auch wir selbst bemühen uns um gute Rollenvorbilder. Maria nutzt eine Karrierechance und wird Chefgrafikerin in ihrer Agentur – ich bleibe ab sofort zu Hause und kümmere mich um die Kinder und den Haushalt. Erfreulicherweise hat auch Klas Elternzeit genommen, so können wir zusammen auf den Spielplatz gehen und Ausflüge mit den Kleinen machen. Ich nehme die Kindererziehung sehr ernst und zeige Astrid und Olof schon jetzt, wie man als guter, sozialer Schwede leben sollte. Meine Zeit zu Hause mit ihnen ist gut investiert.

26.9.2008

Das Wetter ist noch immer mild und sonnig, perfekt für einen Angelausflug. Ich verstaue die Ausrüstung und ein Picknick, schnalle die Kleinen im Volvo auf ihren Kindersitzen an, los geht's.

Auch wenn Astrid und Olof sicher noch nicht ganz verstehen, was ich da am Ufer des kleinen Sees mache – sie spielen zufrieden im Sand und halten sich brav vom Wasser fern. Konzentriert werfe ich die Rute aus und bewundere die noch immer intakte Angelrolle ABU Cardinal 755. Läuft wie geschmiert. Vielleicht ziehe ich ja einen Hecht aus dem Wasser. Oder einen Barsch.

Die Angelrolle ist ein schwedisches Fabrikat, ich nutze sie seit meiner Kindheit. Sie ist eine der wenigen Gegenstände, die ich bei meinem Umzug aus Finnland mitgenommen habe. Das gute Stück stammt noch aus Olof Palmes Zeit und repräsentiert das alte Schweden, auch wenn damit viele Jahre nur im Nachbarland geangelt wurde. Ich weiß noch, wie ich als Zehnjähriger meinen ersten Hecht am Haken hatte und ihn mit genau dieser Angelrolle an Land gezogen habe.

Dank der schwedischen Anglerzeitschrift *Angebissen!* konnte ich mir alle Anglertricks selbst beibringen. Die Zeitschrift wurde auch in Finnland verkauft und war damals so was wie meine Bibel.

Ich höre meine Kinder zufrieden brabbeln, halte die Angelrute in der Hand und starre auf die alte Metallrolle. Heute ist ja alles aus Plastik, überall herrscht Wegwerfmentalität. ABU heißt heute ABU-Garcia und lässt alles in China produzieren, und meine Nachbarn statten sich mit Alarmanlagen aus. Ja, meine alte Angelrolle mag noch ewig halten (aus der *Angebissen!* weiß ich, dass man das Metall nach jedem Angeltrip trockenwischen muss) – das Land Schweden aber ist am Rosten. Wirklich, der Zustand meines Heimatlandes ist Besorgnis erregend.

Ein guter Indikator dafür ist auch das Verhalten im Straßenverkehr. Auf unserer Rückfahrt sticht es mir so richtig ins Auge: Überall Volvos, die drängeln und riskant überholen. Früher war dies der Wagen, mit dem man rücksichtsvoll und besonnen seinem Ziel entgegensteuerte. Die Automarke stand für Sicherheit, Familie und Freundschaft und so was wie Unbescholtenheit. Jetzt sitzen rücksichtslose Individualisten am Steuer und rasen zu ihrer Golf- oder Pilates-Stunde. Mein Schwedenbild erfährt eine echte Kränkung.

Ein Glück, habe ich Maria und die Kinder. Astrid und Olof bringen eine Menge Freude in mein Leben und fangen mit ihren ersten Laufversuchen an. Astrid ist zuerst dran, ihr Bruder folgt ihr vorsichtig. Mit den beiden zu spielen ist für mich wie Therapie. Zugleich ist mir bewusst, dass der Rückzug ins Familienleben eine Flucht vor der Außenwelt ist. Doch ich habe nun mal Angst vor dem, was sich da draußen abspielt. Da ist es nur konsequent, auch keine Zeitung mehr zu lesen. Über die neuesten Steuersenkungen auf Kosten der Ärmeren und die zunehmende Beliebtheit der Rechtsradikalen würde ich mich sowieso nur aufregen.

Ich richte meine Energie ganz auf die Zwillinge und setze darauf, dass sie als Erwachsene ein besseres Land vorfinden werden als seinerzeit ihr Vater. Läuft nicht alles immer in Wellenbewegungen? Es wird wieder besser werden, darauf hoffe ich fest.

4.10.2008

Maria hat einen anstrengenden Tag hinter sich, sitzt auf dem Sofa und blättert in der Zeitung. Ab und zu schaut sie etwas müde zu den lärmenden Kleinen rüber. Sie liebt sie, sie vermisst sie tagsüber im Büro, und trotzdem – was ihr im Moment am meisten fehlt, ist ein klassischer Pärchenabend ohne Kinder.

«Mikael, wir sollten mal wieder ausgehen, nur wir beide. Ins Theater oder so. Was meinst du?»

«Total gern, jederzeit», sage ich und halte Astrid davon ab, mit ihren Bauklötzen den Fernsehbildschirm zu zertrümmern.

«Im Stadttheater läuft eine Komödie, die super sein soll», sagt Maria.

«Klingt gut.»

«Wow, und die Hauptrolle hat eine meiner Lieblingsschauspielerinnen! Früher war sie in Stockholm engagiert, jetzt scheint sie bei uns in Göteborg zu sein.»

«Wer ist es denn?»

«Stina Larsson, sie hat früher mal in einer Fernsehserie mitgespielt, als Nonne, die sich in einen Abt verliebt, echt sexy. Wahrscheinlich erinnerst du dich nicht mehr.»

Und wie ich mich an Stina Larsson erinnere! Auch die Rolle der weihnachtlich gestimmten Ehefrau aus Umeå hat sie perfekt durchgezogen. Jetzt arbeitet sie also hier am Theater, und es ist nur noch eine Frage der Zeit, bis wir uns irgendwo in der Stadt begegnen. So eine Scheiße.

«Doch, ich erinnere mich vage. Ja, die war ganz gut», stammle ich, irgendwas muss ich ja sagen.

Ich versuche, die aufkommende Angst mit Optimismus einzudämmen. Hier leben über eine halbe Million Menschen, es kann zwei Jahrzehnte dauern, bis Stina Larsson und ich uns über den Weg laufen, und dann erkennt sie mich garantiert nicht mehr wieder.

15.10.2008

In den nächsten Tagen begegne ich ihr jedenfalls nicht. Ich versuche sie zu vergessen und mich auf meinen Job als

Hausmann zu konzentrieren. Die Kinder fangen an zu sprechen, als Erstes sagen sie Mama. Aber Papa ist gleich das zweite Wort. Wie heißt es noch gleich? Kinder, wie die Zeit vergeht – nicht mehr lange, und sie werden über soziale Absicherung und gesellschaftliche Werte reden.

17.10.2008

Mein Schwedentum bekommt erste Risse! Immer wieder brechen finnische Verhaltensweisen durch. Nichts Gravierendes, eher kleine banale Dinge – aber trotzdem.

Einmal zum Beispiel sind wir bei Lisa und Klas zu Besuch, und als die vier Kinder immer lauter und wilder werden, sage ich:

«Jetzt aber Schluss mit lustig, sonst gibt's am Ende großes Geheule.»

«Was ist denn das für eine Logik, Mikael?», fragt Maria irritiert. «Die Kinder lachen doch so schön. Wieso bist du so negativ?»

Mein Satz war ein alter Reflex, ich habe mir so was als Kind ständig anhören müssen.

«Entschuldige, Maria. Du hast absolut recht. Das war dumm von mir, ich bin einfach ein bisschen gestresst.»

«Schon gut, das kann jedem mal passieren.»

Ein anderes Mal sage ich zu meinem Sohn: «Ein Junge weint nicht. Komm, Olof, reiß dich zusammen.»

Was für ein Quark. Soll etwa nur Astrid ihre Gefühle zeigen?

Schwedische Reaktionsspontaneität hin oder her, ich darf mich nicht so gehenlassen. Ich muss aufpassen, was ich sage.

Die finnische Denkweise schimmert immer wieder durch. Als ich einmal mit den Kollegen ein Bier trinken gehe, um als Hausmann nicht den Anschluss zu verlieren, sage ich:

«Für mich nur Kakao, bitte.»

«Wieso ‹nur›?», fragt die Bedienung halb amüsiert, halb skeptisch. «Was ist schlecht an Kakao? Der schmeckt bei uns doch besonders gut.»

Wie peinlich. In Schweden gibt es kein «nur Kakao». Anders als in Finnland muss sich hier niemand dafür rechtfertigen, keinen Alkohol zu trinken. Hier darf man selbstbewusst Saft, Tee, Kaffee und weitere Heißgetränke bestellen und stolz darauf sein, ein gutes Gespür für den eigenen Körper zu haben.

4.12.2008

Nach der Kakao-Episode stoße ich auf ein deutlich größeres Problem, vor das mich ausgerechnet Maria stellt.

«Mikael, wir wollten doch in dieses Theaterstück. Die Vorstellungen für nächste Woche sind alle ausverkauft, aber an der Kasse gibt es noch Restkarten. Ich habe in der Agentur gerade so viel zu tun – könntest du vielleicht hingehen und nachfragen?»

«Aber natürlich, Maria.»

In Wirklichkeit kriegen mich keine zehn Pferde ins Theater, nicht mal an die Kasse. Da stoße ich garantiert irgendwo auf Stina Larsson, und schon haben wir den Schlamassel. Ich werde Maria sagen, dass die wenigen Restkarten schon alle weg waren – wirklich furchtbar schade, das Stück scheint ja der Renner zu sein.

Maria ist enttäuscht, dass es mit dem gemeinsamen Theaterabend nicht geklappt hat. Zum Trost kaufe ich die DVD von *Szenen einer Ehe* und schlage einen gemütlichen Kinoabend zu Hause vor. Als die Zwillinge schlafen, machen wir es uns auf dem Sofa bequem.

Egal wie oft ich dieses Meisterwerk von Ingmar Bergman sehe, es haut mich immer wieder um. Ohne es zu merken, flüstere ich einen Großteil der Sätze von Ehemann Johan mit. Als der Abspann läuft, fragt Maria erstaunt:

«Kann es sein, dass du viele Dialoge auswendig kennst?»

«O Gott. Wie peinlich. Ja, ich gebe zu, es ist einer meiner Lieblingsfilme.»

«Wieso hast du das nicht eher gesagt? Immer, wenn ich mit dir über *Szenen einer Ehe* reden wollte, bist du ausgewichen.»

Langsam bin ich es leid, schon wieder muss ich mir eine Lüge ausdenken.

«Tut mir leid, Maria. Ich weiß, es ist doof, aber immer, wenn es um Ingmar Bergman ging, waren irgendwelche Freunde dabei, und ich wollte vor den Männern nicht zugeben, wie sehr ich diesen Mann bewundere, und ganz besonders diesen einen Film.»

Maria kauft mir die Lüge ab. Und mehr noch, meine Begründung scheint ihr zu gefallen.

«Ach, Mikael! Immer musst du deinen weichen Kern verstecken und den harten Mann spielen. Aber genau das mag ich ja so an dir.» Sie lehnt sich an mich und gibt mir einen langen Kuss. Wir gehen rüber ins Schlafzimmer, wo es so leidenschaftlich zugeht wie schon eine ganze Weile nicht mehr. Bergmans Kunst und meine Männlichkeit haben Maria sexuell stimuliert.

Ich hatte gehofft, die Sache mit dem Theater hätte sich erledigt, aber ich habe mich zu früh gefreut.

Maria kommt in bester Laune von der Arbeit nach Hause und umarmt mich schwungvoll.

«Rate mal, was hier in meiner Handtasche ist? Wir haben Theaterkarten, Mikael! Meine Arbeitskollegin aus dem Freizeit- und Kulturausschuss hatte noch zwei übrig. Im Februar sehen wir endlich Stina Larsson.»

«Phantastisch», sage ich gezwungen.

Immerhin erst nächsten Monat. Genug Zeit, mir einen Vollbart wachsen zu lassen.

3.2.2009

Auch wenn es in der letzten Zeit ein wenig hakelt, bleibt mein Grundgefühl positiv. Schließlich bin ich schwedischer Familienvater!

Um meine Ausrutscher wiedergutzumachen, versuche ich, typisch schwedische Verhaltensweisen zu betonen. Als eine Möglichkeit bietet sich da der kreative Umgang mit Sprache. Das hat mir schon immer Spaß gemacht, dürfte also kein Problem sein. Als ich bei einem Fußballspiel den Sportreporter über einen Spieler sagen höre, «Kim är inte med i matchbilden», Kim ist nicht drin im Spielgeschehen, kommt mir die Idee, diese schöne Beschreibung auch im Alltag zu verwenden.

Ich teste es bei meiner Frau aus.

«Maria, die Regierung hat ja die finanziellen Mittel zur Behandlung psychisch Kranker deutlich reduziert. Ist dir aufgefallen, dass man im Straßenbild immer mehr leicht Verwirrte sieht, die eigentlich Hilfe bräuchten? Erst heute war da wieder so ein Mann vor dem Supermarkt, eigentlich sehr sympathisch, aber leider stark depressiv und eindeutig nicht drin im Spielgeschehen.»

Maria schaut mich liebevoll an.

«Du hast mal wieder so was von recht. Es ist wirklich traurig. Und wie freundlich du das ausdrückst. Nicht drin im Spielgeschehen, toll, das trifft den Nagel auf den Kopf.»

4.2.2009

Ich werde versuchen, die Redewendung in der Öffentlichkeit zu etablieren, und reibe mir die Hände. Ich bin sicher, es funktioniert. Genau so entsteht Spracherneuerung. Außerdem schlage ich zwei Fliegen mit einer Klappe, die Kürzungen im Gesundheitssektor empören mich wirklich.

Motiviert verfasse ich einen Leserbrief und schicke ihn an zwanzig Redaktionen großer und kleiner Tageszeitungen.

Ich möchte auf einen Umstand hinweisen, der mir zunehmend Sorge bereitet. Als Familienvater aus Göteborg fällt mir immer öfter auf, dass die psychisch Kranken in diesem Land nicht mehr die Behandlung erfahren, die sie bräuchten. Verwirrt laufen sie durch unsere Innenstädte, sind sichtlich nicht drin im Spielgeschehen und jagen Kindern mit ihrem sonderbaren Verhalten Angst ein. Dabei können sie gar nichts dafür. Schuld ist die Regierung, die bei ihren Haushaltsbeschlüssen die falschen Prioritäten gesetzt hat und die Schwächeren in unserer Gemeinschaft im Stich lässt.

Ich bin enttäuscht darüber, dass dieses Land sich in eine immer unsozialere Richtung bewegt. Die konservative Regierung versucht, sich auf Kosten der Bedürftigen gesund zu sparen. Das ist so was von krank! Meine Schwiegermutter, die ihr ganzes Berufsleben in einer Nervenklinik gearbeitet hat, stellte kürzlich fest: So instabil wie heute haben die Menschen auf den Straßen dieses Landes noch nie gewirkt. Wir merken es doch alle: Unter uns sind Mitbürger, die längst aus dem Spielgeschehen herausgefallen sind. Und die jetzige Regierung ist schuld an dieser Entwicklung.

Jeder auch nur halbwegs intelligente Mensch sieht: Die Angelegenheit ist nicht das Problem der betroffenen Individuen, sie ist ein Problem unserer Gesellschaft. Wir alle, allen voran die Politik, sollten zu seiner Lösung beitragen.

Mikael Andersson, verheiratet, zweifacher Vater, Johanneberg, Göteborg

Wenn das nicht der Anfang einer sprachlichen Neuerung ist. Und hoffentlich auch einer Debatte über die Werte hier im Land. Schweden hat nur gut neun Millionen Einwohner, da ist eine Diskussion schnell angestoßen.

Dann muss ich mich beeilen. Anzug anziehen, frischmachen und so weiter. Marias Eltern sind gekommen, um auf die Kleinen aufzupassen, damit Maria und ich ins Theater gehen können. Mein Vollbart ist üppig wie zur besten Abba-Zeit in den Siebzigern, ich hoffe inständig, dass das genügt und Stina Larsson mich nicht erkennt. Sie hat ja immerhin zu tun da oben auf der Bühne. Trotzdem rutsche ich bei Szenen, in denen sie direkt vom Bühnenrand ins Publikum spricht, tief in den Sessel.

Die Komödie ist unterhaltsam und gut gespielt, die Zuschauer sind begeistert. Nur ich kann in den kräftigen

Schlussapplaus und die Bravo-Rufe nicht mit einstimmen. Erst als Maria und ich das Theater verlassen haben, in einem Restaurant sitzen und ich ein kühles Bier serviert bekomme, entspanne ich mich. Idiotischerweise trudeln kurz nach uns auch die Darsteller vom Theater ein und setzen sich ausgerechnet an den Nebentisch. Maria lässt es sich nicht nehmen, ein Autogramm von Stina Larsson zu erbitten und ihr ein Kompliment für ihre schauspielerische Leistung zu machen. Ja, wenn ihr was gefällt, ist Maria sehr spontan. Normalerweise mag ich das, heute wäre mir etwas Zurückhaltung deutlich lieber, logisch.

«Wir sitzen gleich neben Ihnen, der Mann dort am Nachbartisch ist mein Mann Mikael», plaudert Maria. «Mikael, hej, sag doch mal hallo zu Stina Larsson!»

Ich nicke kurz rüber und tue, als wäre ich in das Programmheft vertieft. Stinas Blick ist routiniert-freundlich, wird dann wacher – als würde sie überlegen, ob sie mich schon irgendwo gesehen hat.

Maria und ich müssen hier unbedingt raus. Als sie wieder neben mir sitzt, sage ich ihr, ich hätte Kopfschmerzen und würde lieber nach Hause gehen.

«Natürlich, du Armer, kein Problem.»

Wir zahlen unsere Getränke und machen uns vom Acker, Stina scheint bereits ins Gespräch mit ihren Schauspielerkollegen vertieft. Das war knapp. Ich hoffe, sie denkt nicht weiter über mich nach. Ich darf nie wieder in eine so riskante Situation geraten.

7.2.2009

Öffentliche Bibliotheken sind was Feines. Hier kann ich in Ruhe nachlesen, ob mein Leserbrief aufgegriffen und in welchen Kontext er gestellt wurde, und dabei noch frische Zimtschnecken essen und Kaffee trinken.

Wow, ich bin beeindruckt. Viele Redaktionen haben mein Anliegen abgedruckt, ein paar der Zeitungen stellen sogar Experten-Interviews auf die Nebenseite. In der *Dagens Nyheter* steht ein Kommentar aus dem Gesundheitsministerium unter meinem Text, sie wollen den Etat zur Behandlung psychisch Erkrankter mittelfristig nochmal prüfen. Und, für mich fast genauso toll: Alle Reaktionen greifen meine Formulierung vom Spielgeschehen auf. Ich habe tatsächlich zwei Fliegen mit einer Klappe geschlagen.

10.7.2009

Ich mache weiter. Unter verschiedenen Namen und mit verschiedenen Mailadressen verschicke ich regelmäßig neue Leserbriefe. Viele werden veröffentlicht. Ich befasse mich mit der Verteilung der Gelder im Kultursektor, den Problemen des hektischen Arbeitslebens, der Verkehrssicherheit und der zunehmenden Raserei am Steuer, dem Bildungswesen und der Situation von Migranten. Auch den Verfall des Gemeinwesens, die schrumpfende Anzahl von Nachbarschaftszirkeln und die gleichzeitige Zunahme des dämlichen Fernsehgeglotzes lasse ich nicht unkommentiert. Sendeformate mit aufgeblähtem Amateurgesinge oder der Eurovision Song Contest – die helfen meinem Land wirklich nicht weiter.

Der Morgen beginnt schlecht. Durch den Postschlitz in der Haustür segelt ein Zettel, der das Ende des Nachbarschaftszirkels bekannt gibt: zu wenig Aktivität, um Neues anzuregen, zu wenig Spendenbereitschaft, um Neues anzuschaffen. Und niemand hat Zeit, den Zirkel wiederzubeleben. Deprimierend. Auch unser Väter-Kochkreis ist eingeschlafen. Das liegt daran, dass wir bisher in der Grundschulküche kochen konnten, wo wir genug Platz hatten, um uns auszutoben. Jetzt ist die schulische Essensversorgung an eine komische neue Firma delegiert worden, die keine fremden Köche in den Räumen duldet. Überall schwindet die Gemeinschaftlichkeit. Ich frage mich, ob meine Leserbriefe überhaupt noch helfen können.

14.8.2009

Ein Plus hat meine Leserbrief-Aktivität doch: Weil ich die wichtigsten Texte unter meinem Namen veröffentlicht habe, erlange ich eine gewisse Bekanntheit. Und die Schwester meiner Nachbarin arbeitet beim Fernsehen in Stockholm und sucht für eine Diskussionssendung genau so jemanden wie mich – bodenständig, aber kritisch, immer im Einsatz für die guten alten Werte. Also bringt meine Nachbarin dort mich ins Spiel. Prompt werde ich in die Sendung eingeladen.

Auch wenn die Öffentlichkeit ein gewisses Risiko birgt, sage ich zu. Wichtiger scheint mir die Chance, etwas zu bewirken. Verdammt nochmal, das Land fährt gerade mit hundertachtzig Sachen vor die Wand! Da muss man doch eingreifen. Ich kann Schwedens Airbag werden, der Typ, der in Zeitungen, im Fernsehen und wieso nicht demnächst auch im Internet an die sozialen Wurzeln des Landes erinnert. Die Diskussion wird eine Sondersendung sein, live, sogar der Premierminister nimmt teil, jeder zehnte Schwede wird einschalten! So erreiche ich viel mehr Leute als mit Leserbriefen. Genial. Nur noch eine Woche bis zur Sendung.

21.8.2009

Ich wache früh auf und schlage sofort den Medienteil der Tageszeitung auf. Da steht es, dick angekündigt: 20 Uhr, *debatt*, *samhällsprogramm*. Debatte, Gesellschafsprogramm! Sondersendung, Moderation Lennart Persson, Gäste: der Premierminister, Experten, Bürger. Themen: Gibt es Gott?, Fahrradhelme ja oder nein?, Wohin geht Schweden?

Ich bin zum dritten Themenblock eingeladen. Die Spannung steigt, allmählich werde ich nervös. Das Frühstück kriege ich kaum runter. Noch elf Stunden bis zur Livesendung.

Erst mal muss ich nach Stockholm. Heute bringt Maria die Zwillinge zur Kita, doch erst begleiten die drei mich zum Bahnhof und winken mir am Gleis hinterher. Die Kleinen werden sich wundern, wenn sie Papa abends auf der Mattscheibe sehen. Dafür dürfen sie sogar etwas länger wach bleiben.

Ich sitze im gleichen Zug wie damals, als ich mit meinem Lehrer Mikael vom Live-Unterricht in Göteborg zurück nach Stockholm fuhr. Mikael saß im Speisewagen, ich bewunderte den Schweden vor mir, der Göteborg und das Umland mit schnellerem Internet versorgte. Heute bin ich selbst für das Wohl des Landes im Einsatz. Wieso sind Männer wie wir so selten geworden? Frustrierend. Ich hoffe, heute Abend mit meinem Elan ein paar Leute anstecken zu können.

In Stockholm nehme ich ein Taxi ins Fernsehstudio, kriege was zu essen und komme in die Maske. Auch alle anderen treffen nach und nach ein, der Premierminister gibt sich volksnah und jovial. Wir werden kurz zum Ablauf gebrieft, dann beginnt der Countdown. Meine Gruppe muss als Letztes auf die Bühne. Aus einem Studioraum verfolgen wir die Diskussionen zum Thema Glaube beziehungsweise Fahrradhelm. Der Grundtenor bei den Themen ähnelt sich erstaunlicherweise: Zwingen kann man niemanden, jedenfalls nicht die Erwachsenen, aber besser «fährt» man «mit». In unserer Familie tragen selbstverständlich alle Fahrradhelm. Glaube und Kirche begleiten unser Leben eher passiv.

Dann wird es Zeit für meinen Auftritt.

Wir werden aus dem kleinen Warteraum zur Studiobühne geführt, treten unter Applaus auf und setzen uns. Fernsehmoderator Lennart Persson führt ins Thema ein: «In den letzten Wochen kamen die aufmerksamen Zeitungsleser und Fernsehzuschauer an einem Thema nicht vorbei: Wohin geht Schweden? Pflegen wir die richtigen Werte? Steckt das Land in einer Krise? Und wenn ja, wie schlimm ist sie? Was kann jeder Einzelne dagegen tun?» Dann stellt er die Diskussionsteilnehmer vor, über mich sagt er: «Und aus Göteborg zu uns ins Studio gereist ist IT-Fachmann und Familienvater Mikael Andersson aus Johanneberg. Herzlich willkommen!»

Ich nicke zum Dank. Da ich sehr angespannt bin, überlasse ich die ersten Wortbeiträge den anderen.

«Schweden steuert in der Tat auf eine Krise zu», sagt die grüne Kommunalpolitikerin, «aber noch können wir gegenhalten.»

Der Historiker stimmt ihr zu. «Ein erfolgreiches, sozial gut funktionierendes Land ist ohne den Einsatz jedes Einzelnen nicht zu haben. Der heutige schwedische Lebensstil ist angenehm, aber wir dürfen die alten Werte des Miteinanders nicht aus den Augen verlieren, sonst verändert sich das Land zum Negativen, und die ersten Folgen sehen wir bereits. Von nichts kommt nichts. Ein gutes gesellschaftliches Zusammenleben läuft nicht von allein, es ist Arbeit, und es braucht politische Steuerung.»

Der Premierminister und ich schweigen.

Lennart Persson legt nach: «‹Werte des Miteinanders›, ‹gesellschaftliches Zusammenleben›, ‹Steuerung›. Sollten wir das nicht konkretisieren? Uns geht es hier ja nicht um Schlagwörter, sondern die praktischen Dinge des Alltags. Mikael Andersson, Sie kehren gerade nach einer längeren Elternzeit in Ihre Arbeit zurück. Hinter Ihnen liegt die tägliche Pflege zweier Kleinkinder. In dieser Zeit haben Sie sich aber nicht nur um Ihre Familie, sondern auch um die Gesellschaft gekümmert und mit zahlreichen Leserbriefen auf Missstände in unserem Land hingewiesen. Was bedeuten die sogenannten schwedischen Werte für Sie?»

Das ist mein Stichwort. Jetzt muss ich loslegen. Doch ehe ich berichte, was als Nächstes passiert ist, muss ich etwas zwischenschieben:

Meine letzten Lebensjahre waren großartig. Als geretteter Nationalitätstransvestit konnte ich mich über nichts mehr beklagen, wirklich. Trotzdem muss ich zugeben, dass ich ab und zu leichte Entzugserscheinungen beobachtet habe: Vielleicht war mir die öffentliche Sauna mal nicht heiß genug eingestellt. Oder ein Meeting auf der Arbeit hat mich aufgrund seiner Ausführlichkeit am Ende etwas genervt. Manchmal hat mir auch die typisch finnische Küche gefehlt. Und der Respekt für die würdigen finnischen Veteranen, die in ihrer Jugend das Land gegen Russland verteidigt und seine Unabhängigkeit bewahrt haben. Ich hatte das aber immer unter Kontrolle. Jetzt, im grellen Scheinwerferlicht und mit rasend viel Adrenalin im Blut, bricht sich das Alte in mir Bahn.

«Mikael Andersson, was bedeutet es für Sie, hier zu leben?», fragt Lennart Persson und wird allmählich ungeduldig.

«Das bedeutet für mich, in einem freien, demokratischen Land mit sauberer Umwelt zu leben.»

Ich habe komplett als Finne geantwortet. Noch fällt es niemandem auf.

«Wo aber liegt das Problem, was verspielen wir gerade?», fragt Persson.

«Den Respekt für die alten Werte. Wir können doch den Kriegsveteranen gar nicht genug danken, dass sie uns gegen den bösen Russen verteidigt haben. Ihnen verdanken wir unsere heutige Freiheit.»

Was fasle ich da? Mir wird eiskalt.

Im Studio herrscht absolute Stille. Keine verklemmte Stille, wie ich sie aus Finnland kenne, sondern warmherzige, wenn auch ziemlich ratlose. Die Sekunden vergehen so schmerzvoll langsam wie meine früheren Jahre als Finne. Dem perplexen Moderator werden über seinen Knopf im Ohr irgendwelche Hilfen aus dem Senderaum gegeben, gedämpft höre ich eine hektische Frauenstimme, aber er selbst bleibt stumm. Sein cooler Stockholmer Look mit löchrigen Jeans und lässigem Jackett hilft ihm auch nicht weiter.

Zum Glück fühlt der Premierminister sich berufen, mir aus der Klemme zu helfen.

«Ich stimme Ihnen zu, ja, absolut. Wir müssen die Alten, die Veteranen, alle, die etwas für unser Land erkämpft haben, wieder mehr in den Fokus rücken. Dazu gehört auch, dass wir in den kommenden Jahren noch einmal gründlich über die Renten debattieren.»

Im Land der Redefreiheit darf praktisch jeder dem Premierminister widersprechen:

«Ich würde Ihren Einsatz in Sachen Renten wirklich sehr begrüßen», sagt der Historiker, «aber ich darf sicher darauf hinweisen, dass der letzte Krieg, den Schweden geführt hat, zweihundert Jahre zurückliegt und heute keine Veteranen mehr unter uns leben.»

Guter Punkt, leider. Die Studiogäste lachen erleichtert auf und applaudieren.

Die Kommunalpolitikerin macht einen auf empathisch und versucht, mich zu verstehen:

«Herr Andersson meinte das wahrscheinlich metaphorisch, mit den Veteranen meint er die Generation der Älteren, die für die klassischen skandinavisch-sozialdemokratischen Werte stehen.»

Ein glänzender Versuch, mich zu rehabilitieren. Aber ich sitze wie gelähmt da und kriege nicht einmal ein Nicken zustande. Dafür reitet der Premierminister weiter auf den Veteranen herum. Er hat eindeutig Lücken in schwedischer Geschichte. Am Ende artet es in einen Schlagabtausch zwischen ihm und dem Historiker aus; die freundliche grüne Kommunalpolitikerin hat nichts mehr zu melden. Ich bin sowieso längst aus dem Spielgeschehen raus. Auch Lennart Persson scheint einen schwachen Tag zu haben und nur noch auf den Abpfiff zu warten, wahrscheinlich war auch er immer schlecht in Geschichte. Irgendwann ist die Sendezeit um.

Es war die Chance meines Lebens. Ich habe sie vergeigt und mich vor allen zum Affen gemacht, einem finnischen Affen. Hoffentlich ist das nicht der Anfang vom Ende.

22.8.2009

Die Zeitungen halten mich für einen genialen Herausforderer, der den Premierminister hinters Licht geführt hat: «Debatt-Mikael lurade statsminister», schreibt das *Aftonbladet*, «Fiasko i debatt» der *Expressen*.

Nur ich weiß, dass es anders war. Ich hatte einen Blackout und habe als Mikko Virtanen gehandelt.

Maria verurteilt mich zum Glück nicht. Sie weiß aus eigener Erfahrung, dass Lampenfieber einen wahnsinnig machen und man schon mal wirres Zeug reden kann. Und Schweden ist ein Land, in dem man auch auf der Verliererseite stehen darf. Bis meine Frau nicht mehr zu mir steht, muss viel mehr passieren.

20.11.2009

Ich lasse nicht zu, noch länger deprimiert zu sein. Im Laufe des Herbstes hört endlich auch der Spott im Büro auf, nur ab und zu sagt nochmal jemand augenzwinkernd *Krigsveteran*-Micke.

Wie heißt es so schön? Nach vorne schauen. Weihnachten steht wieder vor der Tür, und wir wollen zum ersten Mal nach Thailand fliegen. Am tollsten wäre es natürlich, ich könnte den Kreis schließen und mit Maria und den Kindern genau dorthin reisen, wo ich die ersten wichtigen Studien für meine schwedische Existenz betrieben habe. Aber dort würden wir etlichen Leuten begegnen, die meine finnische Vergangenheit kennen – im Gegensatz zu Maria. Es wäre sozialer Selbstmord.

Ich bin sicher, wir werden auch auf einer anderen thailändischen Insel nette Schweden treffen, neue. Ein gewisses mulmiges Gefühl werde ich trotzdem nicht los. Die Altlasten summieren sich und wiegen immer schwerer. Der tote Mikael in Nordschweden. Der tote finnische Freund von Marias Cousine bei Göteborg. Stina Larsson. Meine Bekanntheit als *Debatt-Mikael*. Obendrein darf ich nicht vergessen, im Restaurant zu sagen, dass ich eine Nussallergie habe und mein Curry ohne Cashewkerne serviert bekommen möchte. Und mit amerikanischen Urlaubern sollte ich ganz spontan über das Illinois Institute of Technology plaudern können. Das sind Urlaubsaussichten!

2.12.2009

Mit Kindern muss man anders packen als früher, wir brauchen dringend Strandspielzeug. Also schnappe ich mir die Kleinen und tingle mit ihnen durch ein riesiges Spielwarengeschäft. Begeistert laden sie Schaufeln, Eimer und eine aufblasbare Wasserbahn in unseren Einkaufswagen. Fehlen nur noch Schwimmflügel und ein Strandball.

Plötzlich steht ein Mädchen neben dem Regal und sagt fragend «Papa?» zu mir. Ich bin nicht ihr Vater, ich habe dieses Kind nie gesehen, obwohl – kommt mir das Gesicht nicht irgendwie bekannt vor?

Und prompt steht Stina Larsson neben dem Mädchen, hinter ihr taucht noch ein Junge auf. Verdammt, das sind Lina und Joakim, Stinas Kinder. Jetzt erinnere ich mich.

«Du Arschloch», zischt Stina. «Was war das eigentlich für eine schräge Nummer mit dem Weihnachtsfest in Umeå?»

Ich bitte alle vier Kinder, sich kurz bei den Schnorcheln und Schwimmflossen umzusehen, und versuche Stina zu besänftigen.

«Es tut mir furchtbar leid. Ich war damals total durch den Wind, aber ich hätte das natürlich nie tun dürfen. Es war nicht mein Haus, ich habe nicht um Erlaubnis gefragt. Ich war einsam und verzweifelt und hatte eine Riesensehnsucht nach Normalität. Bitte entschuldige, ich wollte einfach nur Weihnachten feiern.»

«Auf unsere Kosten! Die Kinder waren vollkommen verwirrt! Und der Hausbesitzer erst.»

«Hat er dir geglaubt, dass du unschuldig bist?»

«Na ja, ich denke schon, ich war ja selbst so irritiert. Das kann selbst der beste Schauspieler nicht vortäuschen. Wir hatten am Ende noch einen ziemlich guten Abend, dieser Åke und ich. Da hast du echt Glück gehabt, dass er nicht zur Polizei gegangen ist. Und am nächsten Morgen hat er uns zum Bahnhof gefahren.»

«Stina, ich habe echt Scheiße gebaut und dich mit reingezogen, und ich bitte dich um Verzeihung. Aber jetzt stehe ich wieder voll im Leben, und niemand weiß von dem dunklen Kapitel damals. Wäre es für dich okay, wenn du mich nicht verrätst?»

«Na gut. Ich bin ja kein Unmensch, und wir haben alle unsere Krisen. Aber das war damals schon eine schlimme Geschichte für mich und die Kinder.»

«Danke. Du hast echt was gut bei mir. Glückwunsch übrigens zu deinem Engagement am Göteborger Theater. Super, dass du wieder eine feste Arbeit hast. Naja, bei deinem Talent war das nur eine Frage der Zeit.» Wir schütteln uns die Hand, schnappen unsere Kinder und gehen in entgegengesetzte Richtungen auseinander.

Mir fällt ein Stein vom Herzen. Dauernd hatte ich Angst vor diesem Zusammentreffen, und nun ist es so gut gelaufen. Perfekt, dass Maria nicht dabei war. Ich habe mehr Glück als Verstand.

15.12.2009

Ich fliege ein paar Tage vor Maria und den Kindern nach Thailand und nehme schon einen Großteil des Gepäcks mit. Ich will die Lage abchecken, damit wir auch wirklich nicht irgendwelchen alten Bekannten von mir begegnen, und erst dann die Unterkunft buchen. Wir brauchen einen flachen Badestrand für die Kinder, einen wohnlichen Bungalow, ein gutes Restaurant und viele neue nette Schweden um uns herum.

17.12.2009

Ich finde den idealen Ort für uns vier, östlich der großen Halbinsel. Die kleine Insel, auf der ich früher immer war, liegt westlich. Ich beschwatze die gutgläubigen thailändischen Resortleiter und darf einen Blick ins Buchungsverzeichnis werfen – «Vielleicht haben sich auch Freunde von uns über Weihnachten hier eingebucht!». Zum Glück nicht. Es sind zwar viele schwedische Namen unter den Urlaubern, aber keine, die ich kenne. Finnen scheinen nicht anzureisen, die tummeln sich lieber in den Touristenhochburgen.

Ich kann mich also entspannen. Trotzdem bleibt ein Rest Unruhe, und ich besorge mir ein gebrauchtes Motorboot, das auf der anderen Seite der Insel in einem kleinen Hafen liegt. Man sollte immer einen Plan B in der Tasche haben.

19.12.2009

Als ich meine Familie vom Flughafen abhole, sind alle Sorgen vergessen. Die Kinder staunen über das warme Wetter, der Bungalow auf unserer Ferieninsel kommt bestens an. Das Strandspielzeug erfüllt seinen Zweck, und wir finden schnell Kontakt zu anderen schwedischen Urlaubern. Es ist alles genau so, wie ich es mir vor fünf Jahren erträumt habe. Inzwischen lebe ich diesen Traum. Wer weiß, vielleicht hört uns ja irgendeine Nationalitätstranse, die von einem Leben als typischer Schwede träumt, heimlich ab? Über diese Idee muss ich immer wieder schmunzeln.

22.12.2009

Noch zwei Tage bis Weihnachten. Wir sind dankbar, mal nicht im kalten Nordeuropa zu feiern. Beim Essen können wir immer draußen sitzen, mit anderen Familien die Tische zusammenschieben und auf die neue Freundschaft trinken.

Kaum sind die Leute nicht mehr zu Hause, treten die alten schwedischen Qualitäten viel deutlicher hervor als in der Heimat. Nichts hier erinnert an die bröckelnden Werte und den einzelkämpferischen Individualismus. In Thailand ist Schweden noch in Ordnung. Weil auch das Internet und der Handyempfang auf dieser Insel noch nicht funktionieren, ist es tatsächlich fast wie früher in den neunziger Jahren.

23.12.2009

Besonders eng freunden wir uns mit den Ohlssons an, deren Kinder etwas älter sind als unsere. Malin und Kristjan sind beide Ärzte und leben in Stockholm-Bromma. Astrid und Elin werden sofort Freundinnen, und auch Olof spielt gern mit dem kleinen Daniel.

Wir machen einen Ausflug auf die Nachbarinsel. Beim Anblick des alten Kutters, mit dem wir und ein paar andere Urlauber rüberfahren, erzählt Kristjan uns von seinem neuen Segelboot und lädt uns für den Sommer zu einer gemeinsamen Tour in den Stockholmer Schären ein. Unser Kontakt wird auch nach dem Urlaub fortbestehen, da bin ich mir sicher.

24.12.2009

Wir feiern mit den Ohlssons, schwelgen in Weihnachtsbräuchen und erzählen uns Anekdoten von den Weihnachtsfesten unserer Kindheit. Nach der Bescherung treffen wir uns mit den anderen Familien, jemand hat in einer Strandbar einen langen Tisch reserviert. Andächtig singen wir heimische Weihnachtslieder, einer der Väter packt seine Gitarre aus und begleitet uns. Die Kinder spielen im Sand und probieren ihre neuen Geschenke aus. Die Urlauber aus den anderen Ländern schauen neidisch zu uns rüber.

Der Abend wird lang. Die Kinder dürfen heute aufbleiben, so lange sie wollen. Die meisten legen sich irgendwann mit ihrem Lieblingsgeschenk in den warmen Sand und schlafen selig ein. Irgendwann tragen die Eltern sie vorsichtig ins Bett, schalten das Babyphon ein und kommen wieder zurück in die Bar. Auch ich gehöre zu den Vätern, die ihre Kinder in den Bungalow tragen und drinnen liebevoll zudecken.

Draußen wird die nächste Flasche Wein bestellt. Wir haben einen grandiosen Abend.

25.12.2009

Am ersten Weihnachtsfeiertag treffen sich alle zu einem späten Frühstück wieder. Nur einer fehlt – Kristjan ist mit dem Schiff aufs Festland gefahren, um seine traditionelle Weihnachtsmail mit Schnappschüssen von Heiligabend an Freunde und Verwandte versenden zu können. Auf den Fotos haben alle Kinder rote Wichtelmützen auf und lachen fröhlich.

28.12.2009

Weihnachten liegt hinter uns. Und irgendwas ist anders. Unsere neuen schwedischen Freunde halten spürbar Abstand zu uns, niemand schiebt mehr mit uns die Tische zusammen. Ich kann mir das nicht erklären. Freilich, an dem Abend in der Strandbar habe ich einiges getrunken, aber bestimmt nicht mehr als die anderen, eher weniger. Meine finnische Saufvergangenheit ist auf keinen Fall durchgekommen. Und auch beleidigt habe ich garantiert niemanden.

Kristjan, Malin und ihre Kinder reisen ohne Abschied ab, obwohl sie eigentlich bis zum sechsten Januar gebucht hatten. Nur Elins glitzernden Sandeimer lassen sie zurück, den Astrid gern übernimmt. Auch ein paar andere Familien reisen ab. Als wir diejenigen, die noch da sind, zu einem gemeinsamen Abendessen einladen wollen, heißt die Antwort: «Wir essen lieber unter uns, bitte nehmt es nicht persönlich, aber wir reisen bald ab, und die Kinder sollen sich schon mal dran gewöhnen, wieder in der Kernfamilie zu leben, nicht in der großen Gruppe.»

Klingt einigermaßen elegant, fast schwedisch sogar, aber ich glaube trotzdem nicht, dass es stimmt.

29.12.2009

Wir versuchen irgendwie weiterzumachen. Ich esse mit den Kindern zu Mittag, alle anderen sitzen weit von uns weg. Maria ist zur Massage gegangen, sie hofft, dort für einen Moment abschalten zu können. Die Arme, sie hat kaum geschlafen. Gestern hat sie vergeblich versucht, auf die anderen schwedischen Frauen zuzugehen und herauszubekommen, was los ist. Alle sind mit nichtssagenden Floskeln ausgewichen. Heute Morgen konnte sie vor lauter Weinen kaum aufstehen. Nichts ist trauriger anzusehen als ein aus der Gruppe verstoßenes schwedisches Individuum. Die Gemeinschaft steht in der Werteskala noch höher als das eigene Wohlergehen, als Schwede würde man ja glatt anfangen, aufs Essen zu verzichten, wenn es der Gruppe zugutekäme. Und nun bleibt Marias Bedürfnis nach Zugehörigkeit unerfüllt. Ich ahne vage, dass es mit mir zusammenhängt, nur die Ursache kann ich mir nicht erklären.

Die Kinder schenken mir Trost. Sie sind so in ihrer Mitte, dass sie weiterhin unbefangen durch den Tag gehen. Während ich noch esse, holen Astrid und Olof schon die Malsachen aus unserer Tasche und beginnen wild zu kritzeln. Halt, wieso kritzeln?, es sind kleine Kunstwerke! Astrid malt unsere Familie, und das in den buntesten Farben. Ich schwebe schützend über allem, Maria hat Engelsflügel und lange blonde Haare, Astrid selbst steht im grünen Gras, Olof fehlen noch die Beine.

Olof malt langsamer, trinkt zwischendurch von seinem Orangensaft und blickt versonnen umher. Plötzlich ruft er «Papa, Polizei!» und zeigt zum Strand. Was für ein aufmerksamer Junge, tatsächlich, dort legt gerade ein Polizeiboot an. Zwei schwerbewaffnete thailändische Polizisten steigen aus, nach ihnen klettert ein etwas älterer blonder Herr in Shorts und Poloshirt aus dem Boot. Ich befürchte das Schlimmste.

Kurz entschlossen schnappe ich die Kinder und verlasse zügig das Restaurant. Rennen darf ich nicht, das würde Aufmerksamkeit erwecken. Astrids schönes Bild von unserer Familie bleibt unvollendet. So ist es im Leben leider oft, das Beste bleibt unvollendet.

Wir gehen zum Massagestudio und bitten Maria mitzukommen. Sie mault über die Störung und würde lieber noch länger die Behandlung genießen. Leider muss ich ihren ersten guten Moment seit der Party an Heiligabend zerstören, völlig unschwedisch schnauze ich sie an. Verstört zieht sie sich ihre Sachen über.

Wir laufen auf die andere Seite der Insel und steigen in das Boot. Die Kinder heulen, weil ich sie grob anpacke. Maria verlangt eine Erklärung, ich vertröste sie auf später. Das wird die längste und umständlichste Erklärung der Welt, und ich befürchte, Maria wird sie mir nicht abnehmen. Fast wünsche ich es mir, mein Leben wird allmählich anstrengend.

Doch jetzt ist keine Zeit zum Nachdenken. Ich ziehe den Kindern Rettungswesten über und reiche Maria ebenfalls eine. Selbst in der übelsten Hektik vernachlässigt ein Schwede nie den Faktor Sicherheit. Ich starte den Motor, er springt zuverlässig an. Ich habe nicht umsonst nach einem Boot mit Volvo-Motor gesucht.

Mit drei weinenden Mitfahrern halte ich aufs Festland zu, der schwedische Motor gibt alles. Aber es reicht nicht. Man hat unsere Flucht bemerkt, nach ein paar hundert Metern fährt das Polizeiboot direkt neben uns. «Stop, stop!», rufen die Thaipolizisten und schießen drohend mit ihren Waffen in die Luft.

Es ist vorbei. Ich halte an, die Boote liegen nun direkt nebeneinander. Der blonde Mann stellt sich als Leif Persson von der Kripo Stockholm vor und fragt nach meinem Namen.

«Mikael Andersson.»

«Aha. Kennen Sie zufällig diesen Mann, den Finnen Mikko Virtanen?»

Er hält mir ein altes Foto von mir unter die Nase.

«Ja, den kenne ich. Das bin ich. Macht vermutlich keinen Sinn, es abzustreiten.»

Der Schwede erklärt mir überaus freundlich, dass ich des Betruges und Mordes verdächtigt werde und er sich leider mit mir unterhalten müsse. Die thailändischen Kollegen strahlen bei weitem nicht seine Ruhe aus.

Maria krümmt sich entsetzt zusammen. Vom Polizeiboot begleitet fahren wir zurück an den Strand und steigen aus. Maria hält die Kinder fest an den Händen. Ihr geschockter Gesichtsausdruck signalisiert mir, dass ich mich ja von den Zwillingen fernhalten soll.

Leif Persson nimmt mich einfühlsam beiseite.

«Wo können wir in Ruhe reden? Vielleicht dort drüben in der kleinen Bar?»

Ich nicke. Jetzt entdecke ich in einigem Abstand unsere schwedischen Freunde von Heiligabend. Sie beobachten mich und den Mann von der Kripo und sehen irgendwie erleichtert aus. Jetzt verstehe ich, wieso sie sich von unserer Familie distanziert haben.

Maria sieht mich fassungslos an und verlangt eine Erklärung. Leif Persson beruhigt sie geschickt und verweist auf später, jetzt soll sie erst mal packen. Seine asiatischen Kollegen begleiten Maria und die Kinder zu unserem Bungalow. Persson wendet sich mir zu.

«Kann ich Ihnen etwas empfehlen?», versuche ich ihm zuvorzukommen. «Der Bananen-Milchshake schmeckt hier hervorragend.»

Wir bestellen zwei Bananen-Milchshakes, dann übernimmt Persson die Gesprächsführung.

«Soll ich Sie Mikko Virtanen oder Mikael Andersson nennen?»

«Ehrlich gesagt habe ich mich inzwischen an Mikael Andersson gewöhnt.»

«Also gut. Herr Andersson, Sie werden in Schweden polizeilich gesucht. Eine Ihrer hiesigen Urlaubsbekanntschaften hat den Fahndungsaufruf im Internet gesehen und Sie erkannt.»

Er erzählt noch mehr: Mikaels Leiche ist gefunden und identifiziert worden. Mein merkwürdiger Fernsehauftritt unter seinem Namen hat Verdacht erweckt. Auch meine versteinerte Miene beim gemeinschaftlichen Singen hat man in den Fernseharchiven gefunden. Gespräche mit Stina Larsson, Åke, meinem Arbeitgeber und dem Sekretariat des IIT in Illinois ergaben den Rest. Lasse Pöystis Aussage und die Auskunft meiner früheren Interviewpartner, ich hätte mich als Ethnologe ausgegeben, waren da nur noch eine Kleinigkeit.

«Sie haben gemordet, Urkunden gefälscht, sich eine falsche Existenz aufgebaut und unter falschem Namen geheiratet. Möchten Sie einen Anwalt anrufen?»

«Ich denke, ich komme auch so zurecht. Am besten erzähle ich Ihnen mal meine Sicht der Dinge. Hätten Sie einen Moment Zeit? Sie machen auf mich einen netten, empathischen Eindruck.»

Mein Kompliment scheint ihm zu schmeicheln. Er lehnt sich leicht im Stuhl zurück, trinkt einen Schluck von seinem Shake und mustert mich freundlich.

Ich erzähle ihm alles; vor meinem geistigen Auge läuft meine Geschichte wie ein hochdramatischer Film ab: meine deprimierende Kindheit, der gefühlskalte Vater, die Hochzeit von Carl und Silvia, die Ermordung Palmes, mein langes Tief, die Hoffnung auf ein Leben als Schwede, meine Lektionen mit den *Szenen einer Ehe*, das Weihnachtsfest in

Umeå, meine Begegnung mit Mikael, sein unglückliches Leben, unser Unterricht, meine Hilfe bei seinem Suizid. Ich erzähle ihm von meinem glücklichen Leben als Mikael Andersson, meiner Ehe mit Maria und unseren Kindern. Von unseren Eigenheimen, erst in Majorna, nun in Johanneberg, und vom Kochkreis der Väter. Ich beichte ihm die Leiche des finnischen Hochzeitsgastes, breite mein ganzes Leid als Nationalitätstransvestit vor ihm aus.

Irgendwann scheint Leif Persson genug zu haben, obwohl er für einen Polizisten unglaublich sensibel wirkt. «Schauen Sie, ich kann Sie bis zu einem gewissen Punkt verstehen, allerdings nur bis zu einem gewissen Punkt. Ich wollte ursprünglich Architekt werden und ästhetische Gebäude entwerfen, nun bin ich Polizist, und mein Job ist alles andere als ästhetisch.»

Ich wusste doch, ich kann ihm vertrauen. Zwischen zwei Schweden basiert alles auf Empathie. Ich frage ihn, ob er mir Handschellen anlegen will, lege meine Unterarme vor ihm auf den Tisch. Er schüttelt den Kopf und sagt:

«Nicht nötig. Wir packen jetzt auch Ihre Sachen, dann geht's zum Flughafen.»

Im Flugzeug bittet Maria Leif Persson, sich einen Moment um die Kinder zu kümmern. Sie ist wirklich eine gute Mutter und will Astrid und Olof nicht zeigen, wie sauer sie auf ihren Vater ist.

«Was ist hier los? Was um Himmels willen hast du getan?!»

«Ich bin nicht Mikael Andersson.»

«Das habe ich kapiert. Aber mit wem war ich bis zum heutigen Tag verheiratet? Was für ein krankes Arschloch hat mein Vertrauen missbraucht?»

«Mikko Virtanen. Ein typisch finnischer Mann.»

«Ein Finne?»

«Nur auf dem Papier. Im Geiste bin ich ein echter Schwede, schon immer. Und ich liebe dich aufrichtig und habe es immer ernst gemeint.»

«Das nennst du Liebe? Du hast mich von vorne bis hinten belogen und betrogen! Ich wette, du hattest nie eine Katze, und auch deinen Bruder und seinen Unfall hast du erfunden!»

«Das ist richtig. Aber –»

«Mehr will ich nicht hören, das reicht! Mir wird schlecht!»

«Maria, bitte. Es stimmt, ich war nicht immer ehrlich, doch –»

«Nicht immer ehrlich?! Unser ganzes gemeinsames Leben ist eine einzige Lüge! Ich bin angeekelt, ich bin geschockt!»

«Nein, es ist keine Lüge. Meine Gefühle waren immer echt, sie sind wahr! Maria, wir beide, das ist etwas ganz Besonderes!»

«Ich will keinen Ton mehr hören! Du bist ein Monster, hörst du, ein Monster! Wieso hast du mir nicht gesagt, wer du wirklich bist? Ich habe mich doch in *dich* verliebt, nicht in deinen schwedischen Pass!»

«Das hätte mir nicht gereicht. Versteh doch, unser Leben, unsere Kinder, ist es nicht perfekt? Der Zweck heiligt die Mittel, das sagt man doch nicht umsonst! Maria!»

Keine Chance. Aus Marias beschränkter Perspektive hat sie die ganze Zeit mit einem Lügner und Mörder zusammengelebt. Sie will kein Wort mehr mit mir wechseln. Auch an die Kinder lässt sie mich nicht mehr ran.

Am Flughafen nehmen Marias Eltern ihre Tochter und die
Enkelkinder in Empfang, mich ignorieren sie. Maria reicht
die Scheidung ein. Auf mich warten mehrere Jahre Gefängnis. Maria und die Kinder bekommen therapeutische Unterstützung. Schweden ist und bleibt ein gutes Land.

Epilog

Ich lebe in einem Gefängnis, einem schwedischen Gefängnis. Ein schönes altes Gebäude direkt an einem See. Die Wärter sind sympathisch und hören sich geduldig unsere Probleme an. Meine Zelle ist sechs Quadratmeter groß, hell und gemütlich.

Das Einzige, was man kritisieren könnte, ist der Weckruf um sieben Uhr – zu früh. Aber den gleicht das leckere Frühstück um acht wieder aus. Spätestens da kriegt jeder noch so grantelige Häftling neue Energie.

Weil ich dem Wärter etwas von meinem restlichen Geld zugesteckt habe, bekomme ich täglich Zeitungen reingereicht. Ich muss doch verfolgen, was über die «Ermordung des Einzelgängers» und den «Schwedomanen» geschrieben wird.

Ich finde die Bezeichnung für Mikael ja richtig fies. Sie klingt fast, als wäre es kein Wunder, wenn man als Einzelgänger eines unnatürlichen Todes stirbt. Mikael war kein Einzelgänger, er war eine starke Persönlichkeit und ist konsequent seinen Weg gegangen. In einem Land wie Schweden kriegt man da gleich einen Stempel aufgedrückt, muss gesprächig und gesellig sein, sonst macht man sich verdächtig.

In Finnland, so lese ich, erobert gerade der sogenannte Cooper-Test den Schulsport – zwölf Minuten laufen und dabei so weit kommen wie möglich. Jungs, die unter zweitausend Metern, und Mädchen, die unter tausendfünfhundert Metern bleiben, haben eine schlechte Kondition und werden zu regelmäßiger Bewegung verdonnert. Leider sind das erschreckend viele.

Schweden ist natürlich ein durch und durch sportliches Land. Hier wäre es eher eine Herausforderung, zwölf Minuten lang so unsozial wie möglich zu sein. Die meisten würden in Minute acht einknicken. Das ist übrigens auch beim Cooper-Test die kritische Phase.

Mikael hätte die schwedische Testvariante locker bestanden. Und zugleich Misstrauen erweckt. In Schweden darf man so einen Test nicht schaffen, man darf nicht an sich selbst denken, sondern immer nur an die Gemeinschaft, zumindest muss man so tun.

Einer wie Mikael darf ruhig sterben. Meinen Part in dieser Angelegenheit lasse ich mal außen vor – Mikael war mein Freund, mir geht es um ihn, *er* kann sich nicht mehr wehren. Ich bin echt geschockt, wie seine ehemaligen Weggefährten jetzt über ihn sprechen. Mitschüler bezeichnen ihn als verlorene Seele, dubiosen Freak und unberechenbares Arschloch. Dazu sage ich: Schweden ist auf keinem guten Weg.

Im *Expressen* gibt es gleich mehrere Sonderseiten, im *Aftonbladet* ebenfalls. Auch ich kriege mein Fett weg: Der schwedomane Mörder ist ein Finne! – Klar, was sonst, Finnen können ja nichts Konstruktives. Zu meinem Erstaunen sprechen meine Mitschüler viel positiver über mich. «Er war ein ganz normaler, netter Kerl» und so weiter, und auf den Fotos, die die Zeitung mit abdruckt, sehen sie traurig und ein wenig schüchtern aus. Meine Exfreundin Tiina erwähnt den schwedischen Altar, verliert aber kein schlechtes Wort über mich.

Ein Journalist vergleicht mich mit berühmten finnischen Kriminellen wie dem Dreifachmörder Juha Valjakkala, der sich heute Nikita Bergenström nennt. Viele Knastis geben sich einen neuen Namen. Bei mir würde sich Carl Gustaf Bernadotte anbieten.

Als die Verhöre beendet sind, werde ich in eine große Zwei-
erzelle verlegt. Mein Mitbewohner liegt auf seinem Bett
und schaut nachdenklich an die Decke. Er ist schätzungsweise sechzig, sein Körper von Tattoos bedeckt.

«Hej, ich bin Mikko Virtanen.»

«Dann lass doch das Schwedischquatschen sein und rede
Finnisch, Kumpel. Ich bin Pera.»

Pera sitzt wegen zweifachen Mordes und irgendwelcher
Scherereien bei den Trabrennen in Solvalla. Ich hak da nicht
weiter nach, Pera ist ein korrekter Typ, was soll ich auch
über ihn urteilen, ich habe selbst zwei Leute auf dem Gewissen. Wir sind also beide nicht der allerbeste Umgang,
aber seine Gesellschaft tut mir gut. Wir reden viel über unsere Erfahrungen mit diesem Land, Pera ist schon viel länger
hier, seit den frühen Siebzigern, in denen er bei Volvo in
Trollhättan anständig Kohle gemacht hat.

«Da war dieses Kackland noch in Ordnung. Das Gehalt
kam pünktlich, und Freitagabend hat man sich Schnaps ge-
gönnt. Alle paar Monate ein Besuch in Finnland, ein bisschen angeben, wie gut man's getroffen hat, fertig. Aber irgendwann lief das nicht mehr. Ich hab meine Arbeit, meine
Wohnung, mein Auto und meine Frau verloren, in dieser
Reihenfolge. Dann saß ich in einem miesen Betonblock mit
all den anderen Verlierern. Da kann schon mal Frust auf-
kommen, das sag ich dir.»

«Aber deshalb gleich zur Waffe greifen? Ich meine, hättest du –»

«Hätte-hätte-Arschbulette, nachher ist man immer
schlauer. Ich bin in schlechte Kreise geraten, alles Loser aus
anderen Ländern, und irgendwann hab ich die tollen Schwe-

den in ihren feinen Häusern nur noch gehasst. Rache den Svenssons, war mein Motto. Was willste machen! Ich hätte mehr Schnaps gebraucht, um meine Nerven zu beruhigen, aber Alkohol kostet, und Geld hatte ich keins. Schlechte Kombination, was?»

14.1.2010

Der Tag ist gut strukturiert, die Arbeits- und Beschäftigungsprogramme sind okay, zumal man da andere Leute trifft. Abends wird in kleinen Gruppen geduscht. Dabei sehe ich, dass Peras Körper ziemlich vernarbt ist, schätzungsweise ist er mehrfach knapp dem Tod entronnen. Darauf angesprochen sagt Pera:

«Wenn ich auf meiner krummen Lebensbahn eins gelernt habe, dann das: Ein Messer im Bauch ist schlimmer als eine Kugel. Eine Kugel ist 'ne saubere Sache, aber ein Messer reißt dir das Fleisch kaputt.»

«Danke für den Tipp. Ich hoffe, ich komme nie in die Lage, mich zwischen Kugel und Messer entscheiden zu müssen. Apropos entscheiden: Wenn du zwischen Schweden und Finnland wählen müsstest, welches Land würdest du nehmen?»

«Heikle Frage, Freundchen. Ich hab in beiden Ländern lange gelebt, und eine Zeitlang war es in Schweden verdammt gut. Aber das ist lange her. Inzwischen würde ich mich immer für Finnland entscheiden, ist einfach ehrlicher. Wie 'ne Kugel, hart, aber ehrlich. Schweden ist wie ein Messer, das ganze Getüddel und Gequatsche ist ein einziges Rumstochern in der Wunde.»

Sein resignierter Gesichtsausdruck zeigt mir, dass das Thema für ihn beendet ist. Im Bett liege ich noch lange wach und denke über den Unterschied zwischen Messer und Kugel nach.

15.1.2010

Pera bleibt nicht mein einziger Freund. Ich finde hier schneller neue Kumpel als in Johanneberg, und bessere. Meine Wohnnachbarn wollten mit mir höchstens den Rasenmäher teilen und irgendwann auch den nicht mehr, meine Knastbrüder teilen mit mir alles, was sie haben.

Neben Finnen gibt es hier noch jede Menge Somalis, Kurden, Ex-Jugoslawen und Hells-Angels-Anhänger. Kaum zu glauben, dass es ein schwedisches Gefängnis ist. Anfangs bin ich verwundert, dass es keine einheimischen Inhaftierten gibt, irgendwann geht mir ein Licht auf. Ich bin schwer enttäuscht von Schweden, und zwar endgültig. Hierhin steckt dieses Land seine Migranten also. Bei Politikveranstaltungen und Festtagsreden wird das offene, multikulturelle Schweden gelobt und von gelungener Integration gefaselt – hier zeigt sich das wahre Gesicht. Schweden ist ein gutes Land nur für die, die hier geboren sind und keinen Migrationshintergrund haben, alle anderen dürfen, wenn sie Glück haben, Marktschreier oder Pizzabäcker werden. Eine andere Identität, eine in der Mitte der Gesellschaft, gibt es für sie nicht. Deshalb landen so viele hinter Gittern. Hierher werden die Leute aus dem Weg geräumt, die den Bürgerlichen nicht passen, und dann muss man sich keine Gedanken mehr über sie machen. Immer schön die Probleme unter den Teppich kehren.

Und ich wollte ein bürgerlicher Schwede werden! Genau der Menschentyp, der die Wurzel allen Übels ist! Der sich alles schönredet und die Probleme höchstens mal über die Medien mitbekommt, wenn er sich überhaupt dafür interessiert. Viel wichtiger sind ihm seine eigenen kleinen Probleme. Ich meine, mal ehrlich, die leben hier doch alle nach der Maxime *Yoga first, society second*!

22.1.2010

Früher war halt alles besser. Pera kriegt feuchte Augen, wenn er vom goldenen Jahrzehnt des Volksheims spricht. Ich hätte es gern miterlebt, doch ich kam zu spät.

Ich habe mich verhalten wie die allermeisten Autokäufer: Man spart, man träumt, man recherchiert und arbeitet darauf hin, und wenn man sich dann für ein Modell entschieden hat, will man gar nicht mehr wissen, ob eine andere Marke vielleicht bessere Bremsen gehabt hätte, nur mal als Beispiel.

Um im Bild zu bleiben: Schweden hat schon lange keinen Check-up mehr gemacht, geschweige denn den TÜV bestanden. Die Autodesigner und Mechatroniker haben sich verabschiedet und ihr Produkt einer irren Schussfahrt überlassen.

Ich wollte es nicht sehen. Habe mich zwar über den zunehmenden Individualismus geärgert, aber nicht erkannt, dass das eben keine einzelnen Triebe an einem gesunden Baum sind, sondern dass der ganze Baum morsch ist.

Schon Palme wurde von einem Individualisten ermordet. Aus einer starken Gemeinschaft heraus hätte so etwas nicht passieren können.

Ich habe mehrere Jahre mehlige Äpfel von einem fauligen Baum gegessen und mir eingeredet, sie würden schmecken. Das Ziel, das ich vor Augen hatte, gab es gar nicht mehr. Bis heute will das keiner wahrhaben.

Ich wollte mitbauen am großen sozialen Projekt und habe nicht erkannt, dass alles längst auf Abriss stand.

10.2.2010

Heute spielt Schweden gegen Finnland, Eishockey, Olympische Winterspiele. Statt zu arbeiten, dürfen wir ausnahmsweise Fernsehen gucken, so hält man die Leute bei Laune. Im Speisesaal ist ein Beamer aufgebaut, die Stühle sind aufgestellt wie in einer kleinen Arena. Es gibt Chips und alkoholfreies Bier, die finnischen Häftlinge dürfen ein Finnland-T-Shirt tragen, sofern sie eins besitzen.

Ich sehe mich in der großen Runde um. Mit vielen Männern habe ich Freundschaft geschlossen. Auch wenn es Knastbrüder sind, vor mir sitzt eine geballte Ladung Talent. So gut wie alle sind ehemalige Kreismeister im Sport, viele spielen hervorragend Schlagzeug oder Gitarre. Andere sind großartige Mathematiker und kreative Architekten. Die älteren Finnen haben fast alle schon mit dem Folkmusiker Irwin Goodman gespielt, die jüngeren mit der Rockband HIM. Einige sind Sandkastenfreunde des Eishockeyspielers Teemu Selänne, doch dann kamen andere Dinge dazwischen.

Nur von den wenigen Schweden, die unter uns sind, weiß ich nichts Persönliches. Wir grüßen uns kurz, dabei bleibt's. Genau wie vorher mit meinen Nachbarn: Hej, wie geht's, wie steht's – aber wirklich geduldig zuhören will dann doch keiner. Puderzucker darf man sich beim Nachbarn jederzeit borgen, aber wehe, man klingelt und fragt nach so Elementarem wie Eiern, Butter oder Mehl. Das geht zu weit.

Das Spiel beginnt. Ich bleibe relativ cool, war ja eigentlich nie ein großer Eishockeyfan. Meine Kumpel steigern sich da schon mehr rein. Die Wärter stehen zwischen dem schwedischen und dem finnischen Fanblock und passen auf, dass der Humor nicht flöten geht. Es wird ein super Abend, die Haftanstalt hat ein gutes Händchen für gemeinsame Aktionen. Als Finnland ein Tor schießt, springe ich spontan auf und umarme Pera. Eine feste, männliche Umarmung, dann in die Luft gereckte Arme, geballte Fäuste. Es fühlt sich erstaunlich gut an. Und ist ein völlig neues Gefühl. Vielleicht ein finnisches? Es ist warm und hell und kommt von tief innen. Eine solche Wärme habe ich noch nie gespürt.

Am Ende verliert Finnland doch. Aber das gehört dazu. Gewinnen kann jeder, Verlieren ist eine hohe Kunst. Ich bin stolz auf die finnische Mannschaft, sie trägt das Ergebnis mit Fassung.

Nachts kann ich nicht schlafen. Nicht weil Finnland ausgeschieden ist, sondern wegen meiner starken Gefühlsreaktion. Es ist das erste Mal, dass ich etwas Positives für meine ehemalige Heimat empfinde. Und dann gleich so intensiv. Ich kann das kaum glauben.

Bevor ich schließlich doch eindöse, fällt mir ein: Ich hatte meinen Nachbarn in Finnland damals gebeten, meine Briefe postlagernd an die Hauptpost in Stockholm zu schicken.

Wie gut, dass es Leif Persson gibt! Ich beauftrage ihn, für mich zur Post zu gehen und mir meine Briefe gebündelt zuzuschicken. Er ist eine Seele von Mensch und erfüllt mir meinen Wunsch gern. Ich glaube, es tut ihm aufrichtig leid, dass er mich festnehmen musste.

In dem Päckchen mit meinen Briefen befinden sich vor allem Kontoauszüge. Allerdings wurde ich in der Zwischenzeit auch zu einem Klassentreffen eingeladen, das ich durch die lange Zeit in Schweden leider verpasst habe. Schade, ich hätte meine alten Mitschüler gern wiedergesehen. Schon wieder ein neues und sehr gutes Gefühl. Wie es ihnen wohl geht? In welche Richtung haben sie sich weiterentwickelt, und in welche Richtung unser Land? Jetzt hätte ich genug Distanz, um all das wertzuschätzen. Als Kind war alles viel zu nah dran.

«Du zerbrichst dir den Kopf? Was ist los, Kumpel, sag's mir.»

Pera ist mein Freund, er will es wirklich wissen.

«Ach, ich ärgere mich über meine eigene Dummheit.»

«Das bringt nichts, davon werden die Toten auch nicht wieder lebendig. Du musst dir verzeihen und nach vorne schauen.»

«Besser als zurückschauen, klar. Ist aber leichter gesagt als getan.»

«Erscheinen deine Toten dir nachts im Traum?»

«Zum Glück nicht.»

«Mir leider schon.»

«Das wird bestimmt irgendwann besser, Pera. Wir müssen Frieden schließen mit dem, was war. Wie du schon sagst, nach vorne schauen. Und deshalb habe ich heute um Verlegung nach Finnland gebeten.»

«Verdammt nochmal, Kumpel, ich glaub's nicht. Herzlichen Glückwunsch! Das Essen wird dir besser schmecken, die Zellen sind meistens etwas kleiner. Aber gute Leute, wirst ja sehen.»

11.3.2010

Ich freue mich jeden Tag über Peras ehrliche Art. Seine Sprache kommt direkt aus dem Herzen, seine Tipps sowieso. Er hat auch schon in Finnland eingesessen, insofern kann er mir ein paar Orte empfehlen.

Niuvanniemi in der Kleinstadt Kuopio käme in Frage, eine Kombination aus Knast und Psychiatrie. Da wäre ich mit den finnischen Bekloppten zusammen, die im Vergleich mit den schwedischen in aller Regel schwer in Ordnung sind. Nach spätestens zehn Jahren würde ich rauskommen und eine neue Chance kriegen.

12.3.2010

Der Gefängnispsychiater ist sympathisch. Ich kann ihn so oft treffen, wie ich will, und ihm alles über meine Vergangenheit erzählen. Ich vertraue ihm. Nach unseren Gesprächen ist auch er für Niuvanniemi. Er verspricht mir, eine nachdrückliche Empfehlung zu schreiben. Bei unserer letzten Begegnung wünscht er mir alles Gute für Finnland.

12.4.2010

Endlich ist er da, der Tag meiner Abreise aus Schweden. Ich werde in meine alte Heimat verlegt. Nach dem Frühstück verabschiede ich mich von meinen Freunden. Den Finnen verspreche ich, ihre Kumpel in Niuvanniemi zu grüßen, andere Kurierdienste lehne ich höflich ab.

Melancholisch packe ich meine wenigen Sachen. Umziehen ist immer mit Abschiedsschmerz verbunden. Ich schaue mich ein letztes Mal in der Zelle um. Ich habe mich wohlgefühlt hier, vor allem wegen Pera.

Der Abschied von ihm ist das Schwerste. Wir sind völlig verschiedene Typen und hatten trotzdem sofort eine gemeinsame Wellenlänge. Wir planen, uns draußen wiederzusehen, wenn wir unsere Strafen abgesessen haben. Ich weiß, dass das kein leeres Gequatsche ist. Pera ist ein echter Freund, und er ist ein Finne. Wir umarmen uns, dann muss Pera zum Beschäftigungsprogramm.

Ein Wärter holt mich ab und begleitet mich zur Tür. Im Hof wartet ein Gefangenentransporter, neben ihm steht ein finnischer Wärter. Er ist extra bis hierher gereist, um mich abzuholen. Ich steige ein. Im Wagen sitze ich zwischen dem Finnen und dem Schweden. Das zeigt ganz gut, wie mein Leben bisher verlaufen ist. Der Schwede kommt noch bis zum Flughafen mit.

Ehe wir das Gelände der Haftanstalt verlassen, wird mein Gepäck noch gründlich durchgecheckt. Dann öffnet sich das schwere Tor, und wir fahren hinaus. Hinter mir hebt der schwedische Pförtner die Hand in die Luft und winkt.

Viel zu lange und viel zu empathisch.